Über mich:

Wie schön, dass du mein Buch liest.

Ich bin Maja, Münchnerin mit großer Liebe zu Hamburg, glücklich verheiratet und Mutter eines schon erwachsenen Sohns. Neben dem Schreiben und meiner Familie liebe ich Yoga, meine Freunde, Gin Tonic, den Englischen Garten, Schnee und das Meer.

Schöne Sprache hat mich schon immer begeistert. Und irgendwie habe ich auch immer schon geschrieben. Bis zu meinem ersten Buch hat es allerdings über vierzig Jahre gedauert. Es heißt *I love Teens*, ist im Piper Verlag erschienen und ein sehr persönlicher Elternratgeber über die Pubertät. Inzwischen schreibe ich leidenschaftlich gern Liebesromane. Ich erzähle Geschichten über moderne Frauen und das, was sie bewegt: Traum- und Albtraummänner, Freundschaft und Leidenschaft, Betrug und Vertrauen, Erwartungen und Enttäuschungen und natürlich – vor allem! – die ganz große Liebe :))

Viel Spaß mit Juli und Ruben,
alles Liebe und bis bald!

Maja

Maja Overbeck

ZWEI WOCHEN & *Alles*

Liebesroman

ISBN: 978-3-947738-90-8

© 2021 Kampenwand Verlag
Raiffeisenstr. 4 · D-83377 Vachendorf
www.kampenwand-verlag.de

Versand & Vertrieb durch Nova MD GmbH
www.novamd.de · bestellung@novamd.de · +49 (0) 861 166 17 27

info@majaoverbeck.de | majaoverbeck.de

Lektorat: Dorothea Kenneweg | lektorat-fuer-autoren.de
Korrektorat: Ruth Pöß | das-kleine-korrektorat.de
Satz: Stefanie Scheurich | stefaniescheurich.de/buchsatz
© Covergestaltung: Laura Newman | lauranewman.de
Druck: CUSTOM PRINTING
Wał Miedzeszyński 217, 04-987 Warszawa, Polen

Bibliografische Information der Deutschen Nationalbibliothek: Die
Deutsche Nationalbibliothek verzeichnet diese Publikation in der
Deutschen Nationalbibliografie; detaillierte bibliografische Daten sind
im Internet über dnb.dnb.de abrufbar.

Für Ariane.
Und für Ella und Lia.

KAPITEL 1

Juli

Rebecca fuhr zum Aus-dem-Wagen-Springen. Aufs Gas und wieder runter. Und Gas und wieder runter. Ihr in nagelneuen Sommersandalen steckender Fuß bearbeitete das Pedal im Rhythmus der jaulenden Italo-Disco-Beats ihrer Urlaubsplaylist, die sie freudestrahlend eingeschaltet hatte, kaum dass sie in München auf die Autobahn gefahren waren. Wäre Juli nicht so guter Laune gewesen, sie wäre aggressiv geworden von dem ständigen Geruckel und dem gewöhnungsbedürftigen Musikgeschmack ihrer Kollegin am Steuer. Doch der Himmel hätte nicht blauer strahlen, die Sonne nicht gleißender durch die Windschutzscheibe blenden können auf ihrem Weg in Richtung Toskana, wo sie es sich für die nächsten vierzehn Tage in einem Wellnesshotel auf den Hügeln vor Florenz gemeinsam gut gehen lassen würden. Es musste schon mehr passieren, um Juli ihre Vorfreude auf diesen Urlaub zu verderben, als ein eigenwilliger Fahr- oder Musikstil. Und letztlich passte beides zu Becca, genau wie der penetrante Vanillegeruch im Wagen und der pinkfarbene Trolley im Kofferraum des Fiat Cinquecento, neben dem Julis dunkelblauer wirkte, als sei sie nicht drei, sondern mindestens zehn Jahre älter als Becca.

Juli wusste, worauf sie sich mit dieser Reise eingelassen hatte. Becca war keine wirkliche Freundin, nur eine Kollegin aus der Eventagentur, in der sie beide beschäftigt waren. Seit einem halben Jahr teilten sie sich ein Büro und arbeiteten auf einigen Projekten zusammen. So verschieden sie waren, die viele Zeit – absurd viel Zeit – die sie über Tage, Nächte und Wochenenden miteinander für ihre Kunden ackerten, hatte sie einander nah gebracht. Becca war unkompliziert, sympathisch und vor allem unterhaltsam. Und so war Juli spontan begeistert, als Becca eines Abends nach ein paar After-Work-Drinks mit dem Vorschlag eines gemeinsamen Italienurlaubs daherkam. *Einfach nur relaxen, Vino trinken und gut essen. Und vielleicht ein paar Italiener zum Dessert vernaschen,* hatte sie geschwärmt und Juli das unschlagbar günstige All-inclusive-Angebot des *Borgo dei Fiori* auf ihrem Handy unter die Nase gehalten. Bis auf den letzten Punkt konnte Juli sich nichts Besseres vorstellen, zumal ihre letzte längere Reise Jahre zurücklag. Ihr Freund Basti verbrachte seine Urlaube ausnahmslos mit Rennradfahren und hatte ihr von Anfang ihrer bald zehnjährigen Beziehung an unmissverständlich klargemacht, dass er sich bei seinen anspruchsvollen Touren auf seinen sportlichen Ehrgeiz konzentrieren wollte. *Außerdem tun uns diese Pausen gut, Julchen, was sollen wir uns denn sonst auf Dauer noch erzählen?* Er hatte ja recht. Sie hatten das seltene Glück einer Liebesbeziehung, die aus einer perfekten Zusammenarbeit entstanden war. Basti war als Kreativdirektor der Agentur ihr liebster Kollege, ihr Sparringpartner gewesen, schon bevor sie sich ineinander verliebt hatten. Sie teilten die Passion für ihren Job, für atemberaubende Events und irgendwann war daraus eben auch Leidenschaft füreinander geworden. Jede Beziehung war anders, und ihre brauchte eben keine gemeinsamen Urlaube, weil sie im Alltag so viel Zeit miteinander verbrachten wie kaum ein anderes Paar. Juli schnappte sich ihr Handy und tippte:

High Heels am Steuer, rosa Trolley im Kofferraum. Miss you!

Basti sah ihre Nachricht, antwortete aber nicht. Der Arme, er hielt die Stellung im Büro und hatte exzessiv darüber gejammert, dass er nun zwei Wochen ohne sie zurechtkommen musste. Juli schmunzelte bei dem Gedanken daran, dass ihr Freund ihr strukturiertes Arbeiten und ihr Auftreten bei Kunden für unersetzlich hielt. Gutgelaunt guckte sie aus dem Fenster, zählte wie schon als Kind auf der Fahrt in die Ferien die Burgen und beobachtete eine schneeweiße Wolkenformation, die sich wie Zuckerwatte hinter dem Südtiroler Bergmassiv auftürmte. »Ob es heute noch gewittern wird?«

»Wie kommst du denn da drauf?« Becca riss ihre kugelrunden Mädchenaugen auf und beugte sich weit nach vorne, um den Himmel zu begutachten. Juli bereute prompt, gefragt zu haben, während der Wagen sich gefährlich in Richtung Leitplanke bewegte.

»Uups!« Im letzten Moment zog Becca das Steuer in die andere Richtung und fuhr in einer kleinen Schleife zurück auf Spur. »Das zieht vorbei!« Sie legte ihre goldblonde Haarmähne über die andere Schulter.

Juli rollte innerlich mit den Augen, doch sie lächelte. »Du, ich könnte dringend einen Kaffee gebrauchen. Wie sieht's bei dir aus? Bereit für den ersten Cappuccino?«

»Oh ja, eine gute Idee! Gleich hier?« Schwungvoll scherte

Becca aus, um die Ausfahrt zu nehmen, an der sie eigentlich bereits vorbeigefahren war.

Juli stöhnte. »Klar. Warum nicht.«

Becca überholte einen Bus frech von rechts, dann drückte sie aufs Gas und schoss an einem Mercedes vorbei in die letzte Parkbucht vor dem flachen Gebäude des *Autogrill*. Sie sprang aus dem Wagen, schmiss die Tür zu und warf einen koketten Luftkuss in Richtung des fluchenden Fahrers. »Komm runter, Baby. Musst halt schneller sein.«

Juli atmete aus. Dann schnappte sie sich ihre Handtasche und folgte Becca, die bereits vorausstolzierte. Juli bewunderte einmal mehr ihre endlos langen Beine, die durch kurze Jeansshorts und hohe Hacken bestimmt nicht zufällig betont wurden. Warm genug war es jedenfalls für diesen Sommerlook, und Juli überkam ein vorfreudiges Kribbeln, als ihr langer Rock ihr im lauen Wind um die Beine flatterte. Sie sah sich schon am Pool liegen – und das im April.

Im Gehen reckte Becca den Autoschlüssel gen Himmel, als feierte sie einen guten Song. Sie ließ den Fiat in ihrem Rücken aufquietschen und schubste mit Schwung die Glastür des Restaurants auf. »Kommst du?«

Juli eilte die Stufen hinauf und folgte ihr. Die unverkennbare Duftmischung aus Espresso und frischgebackenen Panini schlug ihr entgegen und weckte sofort Erinnerungen an die Italienreisen ihrer Kindheit. Sie lächelte bei dem Gedanken, dass sie Jahre später plötzlich den gleichen Impuls verspürte wie ihre Mutter damals: Der Urlaubsanfang musste mit einem Cappuccino zelebriert werden, kaum dass der Brenner hinter einem lag – da hatte ihr Vater noch so sehr über die strategisch viel zu früh eingelegte Pause stöhnen können. Becca lief zielstrebig an die Bar. »Due cappuccini e due panini con prosciutto per favore.« Ihre Aussprache war fehlerfrei, das musste man ihr lassen.

»Hey, Becca! Wir müssen erst an der Kasse zahlen«, rief Juli ihr zu.

Becca reagierte nicht. Doch wenn sie dachte, ihr Augenaufschlag würde allemal für bevorzugte Behandlung reichen, hatte sie sich getäuscht. Freundlich, aber bestimmt erklärte der gut aussehende Barkeeper ihr in reinstem südtirolerisch, dass er ohne Kassenbeleg leider nichts herausgeben könne. »Ci vuole lo scontrino«, setzte er augenzwinkernd hinzu.

Juli bezahlte an der Kasse und ein paar Minuten später wurden ihnen *due Cappuccini* mit Herzen im Schaum serviert. Sie stützten ihre Ellenbogen auf die Bar, grinsten sich an und bestätigten sich gegenseitig, wie großartig ihre freien Tage werden würden.

Es brummte in der Tasche vor Julis Bauch. Sie fischte das Handy heraus. Eine ihr unbekannte Nummer erschien im Display. »Entschuldige, ich muss kurz …«, sagte sie und nahm den Anruf an. »Hallo? Juli Peters hier.«

»Hallo. Mein Name ist Rosa Berger. Ich bin Personalberaterin und würde mich gerne mit Ihnen über ein Jobangebot eines meiner Klienten unterhalten. Passt es Ihnen gerade?«

Juli zuckte unmerklich zusammen und drehte sich abrupt zur Seite. Es war ihr unangenehm, diesen Anruf in Beccas Anwesenheit zu erhalten. »Nein, tut mir leid, es passt gerade gar nicht«, stammelte sie. »Und ehrlich gesagt bin ich auch nicht interessiert. Ich fühle mich wirklich wohl, wo ich bin«, setzte sie leise hinzu.

»Das ist sehr schade.« Die Stimme klang sympathisch. »Es ist ein wirklich toller Job. Darf ich Ihnen meinen Kontakt schicken? Dann können Sie ja noch mal überlegen, ob ich Ihnen nicht wenigstens erzählen darf, worum es geht.«

»Das können Sie gerne machen – auch wenn es nicht nötig sein wird.«

»In Ordnung. Vielleicht für ein anderes Mal. Einen schönen Tag noch, Frau Peters!«

Julis Hände schwitzten, als sie den Anruf beendete. Sie bekam nicht oft Anfragen dieser Art. Doch es stimmte, sie war zufrieden mit ihrem Job, so stressig er auch war. Und als sie sich entschieden hatte, ins Eventmarketing zu gehen, hatte sie gewusst, worauf sie sich einließ. Ein Privatleben gab es quasi nicht, denn irgendein Kunde wollte immer irgendwas. Doch sie hatte das große Glück, dass durch ihre Beziehung mit Basti Privat- und Berufsleben ohnehin verschmolzen. Außerdem hatte ihr Einsatz ihr erst kürzlich eine Beförderung zur Senior-Beraterin beschert. Nein, es gab wirklich keinen Grund, über einen Jobwechsel auch nur nachzudenken. Schon gar nicht auf dem Weg in den ersten Urlaub seit Jahren.

»Was Wichtiges?«, fragte Becca, die damit beschäftigt war, mit dem Barkeeper zu flirten.

Juli schüttelte den Kopf. »Sag mal, ist wirklich jeden Tag eine Massage inklusive?« Sie kicherte. »Da werde ich nach zwei Wochen ja so entspannt sein, dass ich gar nicht mehr arbeiten will!«

Beccas Handy sang *Bad Guy*. Sie rollte mit den Augen. »Was ist eigentlich hier los?« Lächelnd hob sie es ans Ohr. »Ja? Oh, Darling. Warte kurz, ich hör dich schlecht.« Sie lief ein Stück in Richtung Ausgang. Minuten später kam sie zurück. »Sorry. Das war Jan. Ich hatte vergessen, ihm zu erzählen, dass ich wegfahre. Uups!« Sie schlug ihre Hand vor den Mund. »Er war *not amused*, dass er die nächsten zwei Wochen mit seiner Frau vorliebnehmen muss, während ich mich auf die Suche nach hübschen Italienern mache.«

Juli verschluckte sich am Panino. »Mit seiner Frau?« Sie hustete. »Dein Freund ist verheiratet?«

»Yep. Aber er ist nicht mein *Freund*.« Becca zuckte die Schultern.

»Na ja – du schläfst doch mit ihm?«

»Klar.« Becca legte den Kopf schief und versuchte Julis Blick zu treffen. »Du klingst, als wäre das ein Problem …?«

Juli hob die Hand. »Nee. Das ist echt deine Sache.« Sie rührte das Kakaopulver in ihren Cappuccino.

»Jetzt sag schon, was du darüber denkst.« Becca schien ein gutes Gespür für die Stimmungen anderer Menschen zu haben.

»Okay.« Juli biss sich auf die Lippe, lächelte dann gequält. »Ich denke halt an Jans – so heißt er, oder? – Frau.« Sie schielte zur Decke. »Vielleicht bin ich ein bisschen altmodisch. Aber – ich zumindest könnte das nicht.«

»Sie weiß ja nichts davon.« Becca kämpfte mit dem Prosciutto. Ihr selbstzufriedener Gesichtsausdruck gefiel Juli nicht. Sie sollte dieses Gespräch beenden, sonst hatten sie ein Streitthema, bevor ihr Urlaub richtig angefangen hatte. Doch Becca plapperte munter weiter, den Mund voll Panino. »Ich bin ja auch keine Gefahr für sie. Jan und ich vögeln nur. Er liebt seine Familie über alles, das ist total klar.«

Juli holte Luft. »Ich muss dir noch das Geld für die Übernachtung geben. Danke fürs Reservieren.«

»Wechselst du gerade bewusst das Thema?«, sagte Becca trocken.

»Kann sein.« Juli grinste ertappt. »Ich bin da einfach anderer Meinung. Sehr anderer Meinung. Lassen wir es lieber dabei, okay?«

»Ach ja? Wieso denn?«, insistierte Becca.

»Also«, Juli zwang sich zu lächeln, »ich führe seit bald zehn Jahren eine glückliche Beziehung. Und –«, sie holte tief Luft, um den Knoten zu lösen, der plötzlich leise, aber fühlbar in ihrer Brust pochte. »Ich kann einfach nicht verstehen, warum Menschen fremdgehen«, sagte sie, »geschweige denn, dass sie es regelmäßig tun.«

»Ist das dein Ernst? Du glaubst an – Treue?« Becca sah Juli an, als hätte sie ihr gerade eröffnet, dass sie Jungfrau war.

»Ja, das tue ich!«

»Puh!« Theatralisch blies Becca die Luft durch ihre geschürzten Lippen. »Das ist echt heftig.«

»Und wieso bitte?«, fragte Juli hitziger, als sie wollte.

Becca nahm einen weiteren Bissen. Während sie ausgiebig kaute, betrachtete sie ihre knallrot manikürten Fingernägel. Sie schluckte, dann sah sie Juli abrupt in die Augen. »Weil alle Männer fremdgehen.«

Juli bemühte sich, Mitgefühl zu empfinden, um die aufkommende Abneigung zu verdrängen. »Tut mir leid, wenn du so schlechte Erfahrungen gemacht hast«, sagte sie. »Ich weiß, dass viele Männer sich wie Arschlöcher verhalten. Aber es gibt auch welche, für die Fremdgehen einfach kein Thema ist. Glaub mir, es lohnt sich, danach zu suchen. Ich weiß, wovon ich spreche.« Sie lächelte. »Du hast bestimmt auch irgendwann das Glück, so jemanden zu treffen.«

Beccas Augen leuchteten türkis wie Karibikwasser. Ihre makellose Haut schimmerte rosig in der dampfigen Hitze der Bar. Sie war wirklich hübsch. »Hab noch keinen kennengelernt, der nicht fremdvögeln würde – wenn sich die Gelegenheit ergibt«, sagte sie langsam.

»Puh, das ist eine echt harte Einstellung. Und ich hoffe, du liegst daneben.« Abrupt stieß Juli sich von der Bar ab. »Wollen wir langsam weiter?«

Becca rührte sich nicht und schob ihre Ringe zurecht. Dann hob sie den Blick. »Dein Basti übrigens auch.«

Etwas sackte in Julis Magen. Ein großer toter Vogel. Ihre Ohren verschlossen sich, als müsste sie dringend Druck ausgleichen. Beccas Gesicht verschwamm vor ihren Augen, und dort, wo ihre Beine sein sollten, herrschte plötzlich bodenlose Leere. Sie tastete nach der Bar.

»Tut mir leid – ich wollte nicht …«

Juli spürte eine Hand auf ihrem Unterarm.

»Tut mir echt leid«, begann Becca erneut. »Ich hätte nicht …, ich dachte nur …, dass du …, dass jemand es dir endlich sagen muss.« Ihre Worte drangen von weit weg in Julis Ohren, als würde sie am anderen Ende des Raumes stehen.

Juli griff nach ihrem Cappuccino, führte ihn zum Mund, trank, doch da war nichts als ein kaltes, bitteres Rinnsal. Heftig knallte sie die Tasse zurück auf die Bar. »Was genau meinst du?«, brachte sie schließlich hervor und zwang sich, Becca anzusehen.

»Er treibt es mit den Praktikantinnen. Auf den Produktionsreisen. Mit den Assistentinnen. Mit den Junior-Art-Direktorinnen. Er nimmt jede, die er kriegen kann. Und alle wissen es.« Sie fingerte erneut an Julis Arm herum.

Juli schüttelte sie ab. »Nein«, flüsterte sie mit einer Stimme, die nicht ihre war.

»Doch, leider.« Becca legte den Kopf schief und sah sie so mitleidig an, dass Juli sich wegdrehen musste.

»Woher willst du das wissen?«

»Weil er es auch bei mir probiert hat.«

Der Pfropfen, der Julis Kehle verstopft hatte, löste sich.

»Du Schlampe!«

Becca zuckte zusammen, trat ein Stück zur Seite. »Was hast du gesagt?«

»Du bist eine verdammte Schlampe«, wiederholte Juli. Ihrer Stimme fehlte der Ton, und in ihrer Brust brannte es, als hätte sie nicht Espresso, sondern ein Gift geschluckt, das ihr die Atemwege verätzte.

»Jetzt beruhig dich mal, okay?« Becca kräuselte ihre Nase. Es ließ sie aussehen wie ein Greifvogel. »Ich hatte nichts mit ihm.« Sie stöhnte und schüttelte den Kopf. »Er ist echt nicht mein Typ! Sorry, ich hätt's dir nicht sagen sollen. Mein Fehler.«

Juli bemerkte, wie sie die Fassung verlor. Sie schluckte mehrfach. »Nein. Richtig. Du solltest nicht so eine verdammte Scheiße erzählen!«

Becca verdrehte die Augen. »Du willst es nicht glauben? Willst du Namen hören?«

Etwas in Juli explodierte. Ein grollender Laut verließ ihre Kehle, anscheinend waren ihre Stimmbänder wieder in Form. »Du lügst doch!«, schrie sie, so laut, dass der Barista und die wenigen Gäste erschrocken zu ihnen herübersahen. Es war ihr egal. »Bist du neidisch auf meine Beziehung? Hast du ihn angebaggert, und er wollte dich nicht? Und jetzt setzt du irgendwelche abstrusen Storys in die Welt? Findest du dich nicht selbst zum Kotzen?« Juli schnappte nach Luft. »Hau einfach ab!«, brüllte sie, und als Becca nicht reagierte: »Verpiss dich!«

Becca, die anfangs versucht hatte, ihre Hand zu nehmen, war inzwischen ein paar Schritte zurückgewichen. Jetzt schüttelte sie ununterbrochen den Kopf. »Du hast sie doch nicht alle«, rief sie, als Juli Luft holte. »Und bitte, das muss ich mir echt nicht geben. Schon gar nicht im Urlaub.« Sie vollführte eine elegante Drehung auf ihren Zehn-Zentimeter-Absätzen und hob im Gehen beide Hände. »Ich bin weg. Du hast es so gewollt!«

Sie verschwand zwischen Körben voller Parmesan, Stapeln von *Baci Perugini* und Weinkisten. Juli starrte ihr nach und rührte sich nicht vom Fleck, während ihr Tränen wie heiße Wasserfälle übers Gesicht liefen.

*

Eine halbe Stunde war vergangen, seit Becca verschwunden war. Seit Juli sie vertrieben hatte, um genau zu sein. Als die Schockstarre langsam nachließ, war Juli aus dem *Autogrill* gewankt. Die Sonne brannte in ihren verheulten Augen, und ein einziger Blick genügte, um zu realisieren, dass der rote Fiat nicht mehr auf seinem Parkplatz stand. Es dauerte jedoch eine ganze Weile und einige Runden zur Tankstelle, vorbei an der Schlange der chinesischen Touristen vor den Toiletten, zwischen den abgestellten Lkws hindurch und wieder zurück zum flachen Restaurantgebäude, bis Juli glauben konnte, wonach es aussah: Becca hatte nicht nur

17

höchstwahrscheinlich mit ihrem Freund geschlafen, sondern war samt ihrem roten Fiat und Julis Reisegepäck abgehauen und hatte sie hier eiskalt in der Hitze stehen lassen.

Juli ließ sich auf die grauen Stufen zum Restaurant fallen, während die Gedanken durch ihren Kopf ratterten, lauter als der Hintergrundsound des Autobahnverkehrs. Vielleicht hatte Becca sich nur wichtig machen wollen. Vielleicht waren es Gerüchte, nichts als Gerüchte, die so ein charmanter wie gut aussehender Kreativchef wie Basti eben anzog, vielleicht Neid. Doch irgendetwas sagte Juli, dass es nicht so war. Sie hätte diese Stimme gern überhört. Verhindert, dass aus dem kleinen Samen des Zweifels eine hässliche Schlingpflanze intuitiver Gewissheit wuchs, dass Basti, ihr Basti, nicht so war, wie Juli ihn sich all die Jahre gemalt hatte. Und dass die Beziehung, die sie pflegte wie ihren wertvollsten Schatz, nicht die war, für die sie sie gehalten hatte. Um sich abzulenken, begann Juli zu rechnen, wie lange es dauern konnte bis zur nächsten Ausfahrt oder vielleicht zur übernächsten und zurück. Eine Stunde? Anderthalb vielleicht?

Eine weitere Stunde verging, und kein Cinquecento tauchte auf, zumindest keiner mit Münchner Kennzeichen. Und mit jeder Minute tröpfelte ein wenig mehr bittere Gewissheit in Julis brennende Brust, dass sie auch ihren Urlaub mit jemandem angetreten hatte, den sie viel weniger kannte als angenommen. Es fühlte sich fast erleichternd an, als sich irgendwann die schnöde Frage vordrängte, was sie jetzt eigentlich tun sollte. Auf den Knien hielt Juli ihre Handtasche umklammert. Nicht auszudenken, was wäre, hätte sie auch Handy und Geld im Wagen gelassen. Kurz kam ihr der Gedanke, Becca einfach anzurufen. Doch er verschwand so schnell, wie er gekommen war. Becca besaß die Kaltschnäuzigkeit, sie hier sitzen zu lassen, und Juli würde sie auf keinen Fall an etwas erinnern, was eigentlich selbstverständlich war: dass man eine Freundin nicht einfach an einer verdammten Tankstelle zurückließ. Aber Becca war eben keine Freundin. Alles, nur das nicht. Erneut schossen Juli Tränen in die Augen. Sie wischte sie energisch weg. Heulen konnte sie später. Zuerst brauchte sie einen Plan.

KAPITEL 2
Ruben

Ruben parkte den Wagen neben den Baracken der ehemaligen Zollhäuser. Er nahm das Handy aus der Mittelkonsole und drückte auf Katis Namen.

»Ist das dein Ernst?«, blaffte sie grußlos in sein Ohr.

Ruben sah auf die Uhr. Es war kurz nach eins. Er war immerhin seit acht Stunden unterwegs. »Ich wollte nur – hat alles geklappt heute Morgen?«

»Was denkst du denn?«

»Kati, bitte. Kannst du mir einfach Matilda geben? Danke.«

»Papa?« Matilda klang vergnügt. So wie immer. »Bis du schon da?«

»Nee, mein Schatz, erst am Brenner. Das ist ganz im Norden von Italien.«

»Weiß ich.«

»Geht's dir gut?«

»Klar.«

Etwas raschelte im Hintergrund. »Was machst du?«

Statt einer Antwort kicherte sie.

»Tilda?«

»Hmm? Wir spielen gerade Uno.«

»Ach so. Okay. Gibst du mir Kati noch mal kurz?«

»Okay. Tschüss, Papa.«

»Tschüss, mein Schatz«

»Ja?« Kati hatte schon wieder diesen Ton. Er musste aufpassen.

»Hey, ich wollte nur noch mal sagen: Wenn irgendwas ist …«

»Ruben!« Sie unterbrach ihn. »Gute Fahrt weiterhin. Ich lege jetzt auf.«

»Danke Kati.«

Die Leitung war bereits getrennt. Ruben kramte in der Sporttasche auf dem Beifahrersitz und fand die silberne Alubox, die Kati ihm beim Abschied heute Morgen um fünf überreicht hatte. *Damit du nicht verhungerst.* Er ließ den Deckel aufschnappen. Ein Zettel fiel ihm entgegen. *Viel Spaß!* stand in Katis riesiger Handschrift darauf. Und *Ich meine es ernst!* Unterschrieben hatte sie mit einem Smiley. Ruben platzierte den Zettel sorgfältig in einem der Getränkehalter, sodass er ihn sehen konnte. Dann nahm er eins der körnigen Butterbrote aus der Box. Es roch asiatisch. Bestimmt eine von Katis gesunden Pasten. Er grinste. Während er in das Brot biss und sich über den guten Geschmack wunderte, dachte er an gestern Abend.

Sie wollten noch ein Glas Wein zusammen trinken. Um ein paar weitere Details zu besprechen. Während Kati wie üblich, kaum dass sie zur Tür reinkam, anfing, Matildas und seine Reste vom Abendessen wegzuräumen, hatte er überlegt, wie er ihr am besten beibringen konnte, was er sich überlegt hatte. »Hast du nicht auch das Gefühl, vierzehn Tage sind ganz schön lang?«, hatte er begonnen.

Es hatte gescheppert, als Kati die Tür der Spülmaschine

mit Schwung zuwarf. »Hör endlich auf!« Sie schnaubte wie ein störrischer Esel, so übertrieben, dass Ruben lachen musste. Als sie herumwirbelte und ihn durch ihre riesige schwarze Brille so wütend ansah, dass er für einen Moment dachte, sie würde ihm ihren Kopf in den Solarplexus rammen, ahnte er, dass es ein schwieriges Gespräch werden würde.

»Ich mein es ernst!«, sagte sie, schnappte sich alle vier leeren Wasserflaschen auf einmal und lief zur Speisekammer. Ruben zuckte zusammen, als das Glas mit Karacho im Kasten landete.

»Hör du erst mal auf, ständig unseren Dreck wegzuputzen.« Er trat hinter sie, legte die Hände auf ihre Schultern und drehte sie sanft, aber bestimmt in Richtung Wohnzimmer. Sie schüttelte ihn ab, rollte mit den Augen, doch sie tappte vor ihm her zum Sofa. Ruben nahm zwei Weingläser aus dem Schrank, hielt sie ins Licht des Deckenstrahlers und platzierte sie auf dem Tisch. »Endlich«, seufzte er. »Ich bezahl dich fürs Babysitten nicht fürs Putzen!«

»Ich mach das gern«, murmelte Kati. »Und du willst nur ablenken.« Sie fuhr durch ihre kurzen Haare und streckte ein Bein von sich. Das andere winkelte sie an und legte den Fuß hoch in ihre Leiste. Ruben bekam schon vom Hinsehen Muskelkater. Als er flüchten wollte, um den Wein zu holen, griff sie nach seiner Hand. »Ganz im Ernst, Ruben, du brauchst diesen Urlaub. Dringend.« Ihre durch die Brillengläser noch größer erscheinenden grünen Augen suchten seine. Er war gerührt über die Ernsthaftigkeit, mit der seine eigentlich immer vor guter Laune sprühende Freundin ihn ansah. Gleichzeitig ging ihm ihre übertriebene Sorge ganz schön auf die Nerven.

»Ich fahr ja.«

Sie ließ ihn los, lachte endlich wieder, während sie ermahnend den Finger hob. »Und zwar zwei Wochen. Wie ausgemacht!«

Ruben lief in die Küche und nahm den Grauburgunder aus dem Kühlschrank. Er prüfte die Temperatur – er hasste zu warmen Weißwein – dann kramte er in einer der Schubladen.

»Rechts, ganz außen«, rief Kati.

Ruben schüttelte den Kopf. Sie kannte sich in seiner Wohnung besser aus als er. Kein Wunder, sie verbrachte ja auch mehr Zeit hier. Er öffnete den Wein, roch prüfend am Korken, dann schnappte er sich mit skeptischem Blick die Tüte Gemüsechips, die Kati mitgebracht hatte, und lief zurück ins Wohnzimmer. »Willst du Wein?«

Sie nickte. »Hast du gepackt?«

»Noch nicht.«

Sie ließ ihn nicht aus den Augen.

»Ich –«, er räusperte sich, »habe mir überlegt, dass ich vielleicht erst nächste Woche fahre.«

»Verdammt, Ruben …!«

Er hob beschwichtigend beide Hände. »Es gibt da diesen kritischen Patienten. Ich will mich vergewissern, dass bei ihm alles richtig läuft. Und Matilda hat ihre Theateraufführung.«

»Ich weiß. Ich werde in der ersten Reihe sitzen.«

»Aber –«

»Ruben!«, kopfschüttelnd schielte Kati zur Decke.

Er nahm einen Schluck Weißwein. Enttäuscht schob er das Glas von sich. Seit einiger Zeit schmeckte jeder Wein sauer. »Du musst das verstehen, Kati!«

Sie löste ihr Bein, stellte bedächtig ihr Glas auf den Holztisch. Als sie ihn ansah, erwartete Ruben eine weitere Tirade an Vorwürfen, *wie kann ein Herzchirurg so wenig auf sein eigenes Herz achten,* doch sie blieb stumm.

Ruben konnte ihrem Blick nicht standhalten. Er schenkte Wein in die fast vollen Gläser nach. Dann öffnete er die Chipstüte und steckte seine Nase hinein. »Was ist das eigentlich wieder für'n Gesundkram?« Sein Lachen blieb ihm im Hals stecken, als sie nicht reagierte. Er holte Luft. Warum brachte ihn Kati dazu, sich zu fühlen wie ein Junge, der etwas ausgefressen hat? »Also, zwei Wochen sind eine lange Zeit«, begann er und bemühte sich um einen energischen Ton. Er war Oberarzt, er war es gewohnt, unbequeme Entscheidungen zu treffen. »Ich möchte einfach nicht, dass Matilda sich verlassen vorkommt. Und meine Patienten …«, er sah ihr fest in die Augen. »Ich denke, in einer Woche kann ich mich auch super erholen. Deswegen …« Die tiefe Furche, die sich zwischen Katis Augenbrauen gebildet hatte, ließ ihn verstummen. »Verstehst du das nicht? Wenigstens ein bisschen?«, setzte er leise hinzu.

»Nee. Kein bisschen.« Ihre Stimme klang gelassen, doch das irritierte ihn mehr, als wenn sie ihn angebrüllt hätte. »Du arbeitest seit drei Jahren jeden Tag und meist auch noch die Nacht. Das letzte Woche war dein – keine Ahnung – vierter *kleiner Ausfall?*« Sie malte Anführungszeichen in die Luft. »Also, ich würde sagen, wenn du so weitermachst, *dann* wird sich Matilda irgendwann verlassen vorkommen! Aber auf meine Meinung legst du ja neuerdings keinen Wert mehr.«

»Ich hatte nur zu wenig getrunken.«

Kati ließ die Hände sinken und starrte ihn an. Wie in Zeitlupe stand sie auf. »Okay«, sagte sie heiser, ohne ihn anzusehen. »Ich bin raus.«

»Hey … Du musst das verstehen.« Er griff nach ihrer Hand. Sie zog sie zur Seite. In der Tür blieb sie stehen und drehte sich noch einmal um. »Nur so ne Frage: Verschwendest du eigentlich auch mal einen Gedanken daran, wie ich mich fühle? Seit drei Jahren teile ich mir meine Zeit genau so ein, wie es Doc Superdaddy für seinen vollen Terminkalender braucht. Ich hab meine Manuskriptabgabe verschoben, damit ich zwei Wochen lang ganz für Matilda da sein kann. Und jetzt machst du ein paar Stunden vorher einen Rückzieher? Nee, Ruben, mein Verständnis ist echt aufgebraucht. Ich bin weg!« Im Flur schnappte sie sich ihre klobigen Sneakers. Ohne sie anzuziehen, lief sie hinaus und knallte die Tür. Ruben hörte Füße die Holzstufen hinuntertrampeln, dann das Krachen einer weiteren Wohnungstür. Erst als die Bässe von unten hinaufhämmerten, war ihm klar geworden, was gerade passiert war.

»Papa?« Matilda hatte plötzlich barfuß in der Tür gestanden. Das Nachthemd mit den Regenbögen ging ihr nur noch bis zum Oberschenkel. Sie war schon wieder gewachsen.

»Hey, mein Schatz.« Mit einem Satz war er bei ihr und umarmte sie. Sie war ganz warm. Er versenkte die Nase in ihren wirren Haaren. »Bist du aufgewacht?«, fragte er.

Sie befreite sich. »Wo ist Kati?«

Er strich ihr über den Kopf. »Sie ist nach Hause gegangen.«

»Aber wieso? Habt ihr gestritten?«

Ruben seufzte. Eine weitere Frau in seinem Leben, die sich nichts vormachen ließ. »Nichts Schlimmes.«

Matilda riss die Augen auf. »Also ja? Ist sie jetzt sauer?«

»Hmm. Ziemlich.«

»Auch auf mich?«

Er schloss seine Hände um ihre. »Nein, mein Schatz. Nur auf mich.«

»Wieso, was hast du denn gemacht?« Sie sah ihn streng an.

»Ich habe ihr gesagt, dass ich erst nächste Woche in Urlaub fahren möchte.«

Mit einem Ruck riss Matilda sich los. »Was? Aber warum denn?«

Ruben zuckte mit den Schultern und lächelte. »Ich würde gerne deine Aufführung sehen. Das wäre doch schön, oder?«

»Jaaa …« Matilda zog die Buchstaben in die Länge. »Aber …« Sie runzelte die Stirn. »Kati will doch kommen, Papa. Und wir wollen Pizza essen. Und ich darf bei ihr unten übernachten.«

Der verzweifelte Ausdruck auf ihrem Gesicht brachte Ruben zum Grinsen. »Okay verstehe. Dann störe ich wohl.«

Matilda nickte eifrig, und ihr Gesicht hellte sich etwas auf. »Und du brauchst doch mal Urlaub.«

Ruben grinste. »Das hat dir Kati gesagt.« Er streichelte ihr über die glühende Wange. »Wirst du mich denn nicht furchtbar vermissen?«

»Wieso?« Sie sah überrascht aus. Dann seufzte sie übertrieben.

Er hörte Kati in seinem Ohr. *Sie wird dich nicht vermissen. Dafür sorge ich schon.* »Und bist du nicht traurig, dass du nicht mitkommen kannst?«, fragte er.

Sie schüttelte den Kopf, dass die roten Locken flogen. »Ich hab doch Schule.«

Er strich ihr die Haare aus dem Gesicht und gab ihr einen Kuss auf den Kopf. Als sie die Arme um seinen Bauch schlang, hob er sie hoch.

»He, Papa, ich bin kein Baby mehr!« Sie zappelte.

»Tschuldigung.« Er setzte sie ab. »Apropos Schule, ab ins Bett mit dir!«

»Okay.« Matilda tappte los.

In ihrem Zimmer schlug Ruben der süßliche Duft von Kinderschlaf entgegen. Er kippte das Fenster. Dann schüttelte er die Bettdecke und ließ sie sanft über seiner Tochter landen.

»He!« Sie befreite ihre Arme. »Elsa und Anna brauchen doch Luft!« Matilda schob die Decke nach unten und nahm ihre beiden Disneypuppen in je einen Arm. »Nacht, Papa.«

»Gute Nacht, mein Schatz.« Er hielt einen Augenblick inne. »Matilda«, flüsterte er. »Ich fahr dann morgen sehr früh.«

»Weiß ich.«

»Aber ich verabschiede mich noch.«

»Hm.«

Er riss sich los. In der Tür drehte er sich noch einmal um. »Ich bin jetzt vielleicht noch ganz kurz unten bei Kati.« Er holte Luft. »Muss mich entschuldigen.«

»Okay.« Sie drehte sich zur Seite.

Er klopfte an das grau getünchte Holz. Aus irgendeinem Grund scheute er sich, die Klingel zu benutzen. Ihre Füße tappten übers Parkett, dann wurde die Tür aufgerissen.

»Was ist?« Die dunklen Haare standen noch wirrer als sonst vom Kopf. Sie blitzte ihn angriffslustig an. Wie eine Wildkatze mit Brille.

»Es tut mir leid.«

Kati rührte sich nicht vom Fleck. Stierte plötzlich demonstrativ auf ihre schwarz lackierten Fußnägel. Sie war wirklich sauer.

»Kann ich reinkommen?«

Sie trat kommentarlos zur Seite. Erleichtert lief Ruben an ihr vorbei.

»Die Schuhe.«

Als wüsste er nicht, wie peinlich genau seine beste Freundin darauf achtete, keinen Straßendreck in ihre Wohnung zu bekommen.

»Ach, sorry!« Er streifte die Nikes ab und lief ins Wohnzimmer. Leonard Cohen sang im Hintergrund. Kati war ihm nicht gefolgt. Er hörte sie in der Küche hantieren. Sie ließ ihn zappeln. Ruben begrüßte den tanzenden Shiva auf dem Fensterbrett und stierte eine Weile in die Dunkelheit des Innenhofs. Was machte sie denn? Er ließ sich auf eins der riesigen Bodenkissen sinken.

Als sie endlich kam, schob er ihr ein zweites Kissen zurecht, doch sie setzte sich auf einen Stuhl am Esstisch. Aus sicherer Entfernung betrachtete sie ihn stumm. Er konnte ihrem Blick nicht standhalten. Wenn sie nicht mehr sprach, musste es ihr wirklich ernst sein. »Kati –« Er wusste nicht, wie er anfangen sollte.

»Ich mach das so nicht mehr«, erlöste sie ihn.

»Ich weiß«, beeilte er sich zu sagen. »Und es tut mir leid.« Er holte Luft. »Aber es ist halt schwer.«

Der Stuhl polterte, als sie aufsprang. »Nee, Alter, jetzt reicht's!«, brüllte sie, und irgendwie war ihm das lieber als ihr Schweigen. Sie lief zur Stereoanlage und drehte Leonard den Saft ab. Dann lehnte sie sich ans Bücherregal am anderen Ende des Zimmers. »Ich versteh das alles, ehrlich«, sagte sie. »Die Trennung von Alex war hart. Aber das ist jetzt drei Jahre her, Ruben. Du musst endlich damit abschließen. Wenn nicht dir, dann Matilda zuliebe. Entweder du bist in der Klinik, oder du machst dieses Drama-Gesicht. Und diese dauernde Schwere – wenn ich davon schon Beklemmungen kriege, wie soll Matilda das aushalten? Seit drei Jahren machst du dir immerzu Sorgen. Hast du dir mal überlegt, wie sich das anfühlt für deine Tochter?« Sie hatte begonnen, durch den Raum zu laufen. »Okay, ihre Mutter lebt jetzt woanders. So fucking what!« Abrupt blieb sie vor ihm stehen. »Hast du Matilda mal gefragt, bei wie vielen ihrer Freundinnen die Eltern getrennt leben? Es ist das Normalste der Welt.« Mit einem übertriebenen Seufzer ließ sie sich auf das Kissen neben ihm fallen und verschränkte die Beine im Schneidersitz.

»Wir haben uns nicht getrennt. Ihre Mutter hat sie einfach verlassen«, sagte Ruben leise. »Das ist ein Unterschied.«

»*Verlassen*«, äffte Kati ihn nach. »Klar, so wie du es sagst, ist es der Untergang der Welt.« Sie sah ihn an und ihre Stirnfalte verschwand. »Sieh es doch mal so«, sagte sie viel weicher. »Du könntest auch dankbar sein, dass du deine Tochter nicht nur alle zwei Wochen sehen darfst. Und wer sagt eigentlich, dass Kinder unbedingt bei ihrer Mutter aufwachsen müssen? Erst recht, wenn sie so einen tollen Vater haben wie Matilda.«

Ruben streckte ein Bein nach dem anderen. Katis Bodenlandschaft war der reinste Horror für seine verkürzte Oberschenkelmuskulatur. Sie grinste, weil sie das Problem kannte, und als er ein Lächeln wagte, erwiderte sie es.

»Einen tollen Vater – der irgendwann auch mal ein toller Typ war. Bevor er eine Heulsuse wurde. *Sie hat uns verlassen.* Mann Ruben, lass die Alte endlich los!« Sie sprang auf, geschmeidig wie eine Feder. »Auch 'n Bier?« Sie verschwand nach draußen.

Ruben erhob sich ächzend und setzte sich an den Esstisch. *Wenn es nur so einfach wäre.*

Sie kam zurück mit zwei bunt bedruckten Flaschen irgendeines Craft Beers. »Hier!« Sie hielt ihm die eine vor die Nase.

»Ich wollte keins.«

»Schnauze. Du trinkst jetzt ein Bier mit mir.«

Er wagte nicht zu widersprechen. Wortlos stießen sie die Flaschen aneinander.

»So. Das musste mal raus.«

Ruben nickte. »Offensichtlich«, brummte er.

Kati stützte das Kinn auf die Hände und sah ihm von unten in die Augen. »Versprich mir, dass du dir Mühe gibst, ein bisschen Spaß zu haben.«

»Ja, Mama.«

Sie hob den Kopf. »Ruben! Es ist mein Ernst. Du kannst nicht ewig so weitermachen.« Ohne ihn aus den Augen zu lassen, ließ sie das Bier in ihren Rachen gluckern.

Er lachte. »Und wer klingt jetzt dramatisch?«

Kati runzelte die Stirn.

»Okay okay.« Ruben hob die Hände. »Falls es dich glücklich macht: Wenn mein alter Freund sich nicht allzu sehr verändert hat, dann ist es in seiner Gegenwart fast unmöglich, *keinen* Spaß zu haben.«

»Sehr gut.«

Er sah ihr in die großen Augen. »Ich frage jetzt nur noch ein letztes Mal: Es ist okay für dich, wenn ich ganze zwei Wochen abhaue?«

Kati schielte zur Decke. »Ja, ist es. Und wenn's dir leichter fällt: Ich mach es nur wegen des Geldes.« Sie zwinkerte. »Da muss eine arme Autorin viele Bücher verkaufen, um so viel zu verdienen, wie du mir bezahlst. Außerdem freu ich mich wie Bolle auf deine Dachterrasse. Wenn Tilda in der Schule ist, werde ich mich da oben in den Liegestuhl fläzen und mit Blick rüber zum Alex den spannendsten Thriller aller Zeiten schreiben.«

Während seine Freundin lachte und all ihren Ärger vergessen zu haben schien, war Ruben von einer Welle der Dankbarkeit überwältigt worden. Wenn Kati nicht gewesen wäre – wenn sie nicht von einem auf den anderen Tag bereit gewesen wäre, ihren Autorenalltag umzustrukturieren und sich während der Woche um Matilda zu kümmern – er hätte nicht gewusst, was tun, als Alex ihn verlassen hatte. Ihn, und vor allem ihre Tochter. Weil sie ihre große Liebe wiedergetroffen hatte: Torsten, von dem Ruben erstmals an dem Tag erfahren hatte, als sie ihren Koffer gepackt hatte, um mit ihm auf Weltreise zu gehen. Mit der *Liebe ihres Lebens* – die größer war als ihre Mutterliebe.

Ruben startete den Motor. Er griff nach seinem Handy und drückte auf *Play*. Die Beats begannen zu hämmern, als er, den Kopf an die Nackenstütze gelehnt, aufs Gas trat und den Audi zurück auf die Autobahn lenkte. Kati hatte recht. Er musste dringend mal raus.

KAPITEL 3

Juli

»Arschloch!«

Der zweigliedrige Fünfzehntonner drückte zum zweiten Mal auf seine Elefantenhupe und dann aufs Gas und hüllte Juli in eine dunkelgraue Wolke. Ein BMW rollte vorbei, der Fahrer duckte sich ein bisschen, glotzte und drehte sich schnell wieder nach vorne. Durch die Heckscheibe zog ein kleiner Junge eine Grimasse und winkte. Juli winkte nicht zurück. Sie wischte sich über die Augen, strich die Haare glatt, richtete sich auf und streckte den Arm. Als der nächste Wagen nahte, setzte sie ein freundliches, aber entschlossenes Gesicht auf und ließ den Daumen hochpoppen. Er fuhr im Schritttempo an ihr vorbei. Die junge Fahrerin schüttelte entsetzt den Kopf. Sie dachte wahrscheinlich, Juli wolle was verkaufen, womöglich sich selbst. Trampen an der Autobahn, das machte doch keiner mehr in diesem Jahrhundert. Dafür gab es Apps. Menschen, die jemanden mitnehmen wollten, organisierten das vorher, niemand ließ mehr spontan jemanden in sein Auto einsteigen. Schon gar nicht eine verheulte Vogelscheuche ohne Gepäck – eine Prostituierte womöglich oder eine Psychopathin, da gab man lieber Gas, so wie die Frau es jetzt tat.

Juli drehte sich weg. Sie zückte ihr Handy, entsperrte den Bildschirm, starrte auf das Display. Die einzige Nachricht war von Frau Berger, die ihren Kontakt geschickt hatte. Julis Blick fiel auf den Balken rechts oben, dessen Füllung nur noch aus einem kaum erkennbaren Strich bestand. Sie ließ das Handy sinken und starrte in den stahlblauen Italienhimmel. Doch auch er gab ihr keine Antwort, was sie jetzt tun sollte.

»Alles okay bei dir?«

Juli fuhr herum. Ein goldenes Geschoss stand mit blubberndem Motor neben ihr. In ihrem Selbstmitleid hatte sie es nicht einmal bemerkt. Die Sonne spiegelte sich auf dem flachen Dach. Eine E-Gitarre quietschte aus dem heruntergekurbelten Fenster, aus dem sich eine zottelige Hundeschnauze Juli neugierig entgegenreckte.

»Hey, brauchst du Hilfe?«

Es klang, als spräche das fellige Etwas mit ihr. Juli wischte sich über die Augen, beugte sich zögernd hinunter und schreckte zurück, als der Hund zweimal heiser kläffte.

»Amy, lass mich mal vorbei. Los! Nach hinten mit dir.«

Als das Gesicht zur Stimme sie aus der braunen Tiefe des Wagens anlächelte, dachte Juli endgültig, sie hätte vor lauter Verzweiflung den Verstand verloren.

»Soll ich dich mitnehmen?«

Sie sah aus, als dürfte sie noch nicht Autofahren. Fünfzehn, sechzehn maximal, Haare wie weißgebleicht, kurze Jeans, die nackten Arme übersät mit Drachen, kryptischen Schriftzeichen und Blumenranken. Ein ausgefranster Schal im roten Schottenkaro vervollständigte Julis Eindruck, in einem sorgfältig inszenierten Fotoshooting gelandet zu sein. Von hinten hupte es.

»Ja. Nein. Also –« Jetzt, wo es endlich so weit war, konnte Juli sich nicht entschließen, in ein fremdes Auto zu steigen. Schon gar nicht in eins, das aussah wie eine Requisite. Dessen TÜV wahrscheinlich im letzten Jahrtausend abgelaufen war und dessen Fahrerin ihren Führerschein selbst gedruckt haben musste.

»Also?«, fragte das Mädchen, während es einen grünen Armeesack nach hinten zu ihrem Hund auf den kaum vorhandenen Rücksitz beförderte.

Es hupte wieder.

Juli warf einen Blick auf den drängelnden Mercedes, der nur darauf wartete, an ihr vorbeizurauschen – wie all die anderen Mitfahrgelegenheiten in der letzten Stunde. Es sah ganz danach aus, als sei Blondie im Porno-Ford-Capri das Beste, was das Schicksal gerade zu bieten hatte. »Gerne«, murmelte sie schließlich und öffnete langsam die Wagentür.

»Na, dann ma rin, wa?« Das Mädchen grinste, als Juli sich auf den abgeranzten Ledersitz in der Farbe von Single Malt Whiskey fallen ließ. Sie legte den Gang ein und gab Gas. Der Wagen röhrte.

Juli grapschte nach dem Türgriff.

»Alles klar?«

»Ja. Danke.« Sie schob sich in eine halbwegs senkrechte Position. »Danke, dass du gehalten hast.«

»Kein Ding. Ich bin Luna.«

»Juli.«

Luna drehte den Schmirgelpapiergesang leiser.

»Hast einen coolen Wagen, Luna«, sagte Juli.

»Danke.«

»Ist der noch –? Ich meine, *darf* der noch – fahren?«

Das Mädchen, Luna, lachte ein rauchiges Lachen, das zu ihrem Äußeren passte wie Zigarren zu einem Weihnachtsengel. »Hmhm. Darf er. Und ich hoffe, er hält noch eine Weile durch. Ich hab eine ziemliche Strecke vor mir. Und du? Wo geht's hin?«

»Ich –«, Juli atmete aus. *Habe keine Ahnung!* »Nach Verona«, sagte sie schließlich, dankbar für die Idee, die ihr in diesem Moment zugeflogen war. »Zum Flughafen. Liegt das zufällig auf deinem Weg?«

»Eigentlich fahr ich heute nur noch bis zum Gardasee. Bin schon eine Weile unterwegs.«

»Du kommst aus Berlin, oder?«

»Genau. Kennste?«

»Leider nur vom Hörensagen. Muss eine tolle Stadt sein. Spannender als München.«

Luna nickte grinsend. »Heißt das, du trampst von München nach Verona?«

»Nein.« Juli lachte bitter. Ihr fehlten die Worte.

»Nicht?« Luna sah zu ihr hinüber. Ihre hellgrauen, weit auseinanderliegenden Augen erinnerten Juli an eine Wölfin.

Juli schüttelte den Kopf. »Ich fliege von Verona zurück nach München«, sagte sie leise und versuchte tief einzuatmen. Doch der Kloß auf ihrer Brust versperrte der Luft den Weg.

»Ah.« Ihr Blick ohne Blinzeln war freundlich und gleichzeitig hoch konzentriert. »Ungeplant«, sagte sie, während sie sich zurück auf die Autobahn besann. Es war keine Frage gewesen.

Hinter Julis Augen begann es wieder zu brennen. »Yep«, sagte sie. »Spontaner Plan B sozusagen.« Sie konzentrierte sich auf die Weinberge zu ihrer Rechten.

»Und was war Plan A?«

»Wow. Small Talk ist nicht deine Sache, oder?«, murmelte Juli.

Luna schnappte hörbar nach Luft. »Oh nein, tut mir leid, ich wollte nicht neugierig sein.«

Juli lächelte müde. »Ist schon okay.« Sie hatte Angst davor, die Ereignisse der letzten Stunden in Worte zu fassen, so, als würden sie dadurch erst real. Doch das Bedürfnis, sich Luft zu machen, überwog. »Eigentlich wollte ich mit einer Kollegin für zwei Wochen Urlaub nach Florenz. Aber –« Es brauchte ein paar Atemzüge, bis Juli den Satz beenden konnte. »Das hat sich ganz plötzlich erledigt.«

»Und wieso?«, fragte Luna.

»Sie hat Dinge behauptet. Schlimme Dinge. Gerüchte in die Welt gesetzt.«

»Nämlich was?«

War eigentlich klar, dass diese Luna sich nicht mit Andeutungen zufriedengeben würde. »Sie behauptet, mein Freund würde fremdgehen. Schon lange.« Es als reine Behauptung zu bezeichnen, machte es leichter.

»Oh. Krass.«

»Ja. Und es wird noch krasser.« Juli redete sich in Fahrt. »Sie ist einfach abgehauen. Hat mich an der Tanke sitzen lassen. Nur, weil ich über ihre Story – sagen wir – nicht gerade erfreut war. Kann man ja wohl verstehen, oder?«

Luna warf ihr wieder diesen Wolfsblick zu, so ausgiebig diesmal, dass Juli nervös wurde, nicht nur, weil der Tacho deutlich mehr als die erlaubten hundertdreißig zeigte.

»Hmhm. Verstehe ich«, sagte Luna endlich und riss sich los.

»Na ja, so viel zu einem verdammt schlechten Plan«, erwiderte Juli schnell, um weiteren Fragen zuvorzukommen. Sie dachte an die anderen Pläne, die Becca in Sekunden zerstört hatte. *Kein Nervenzusammenbruch jetzt!*

»Also, du fährst bis zum Gardasee?« Ihre Stimme klang plötzlich furchtbar dünn.

»Wir können dich auch noch nach Verona bringen. Das passt schon. Wann geht denn dein Flug?«

»Das ist unglaublich lieb von dir, Luna«, sagte Juli fast überfordert von so viel Herzlichkeit. »Aber nein, danke.« Sie seufzte. »Ich weiß, ehrlich gesagt, noch nicht mal, *ob* es Flüge gibt. Und irgendwo einfach ankommen und schlafen, klingt auch gut. Also, wenn es okay ist, würde ich mitkommen zum Gardasee.«

»Cool!« Luna strahlte. »Amy und ich wollen am Lago campen.« Wie auf Kommando erschien der struppige Kopf neben Juli.

»Du bist also Amy?«, sagte sie, während sie die Schnauze kraulte und sich von Amy die Hand abschlecken ließ. »Hast irgendwie Ähnlichkeit mit deiner singenden Namenscousine!«

»Ja, nicht?«, juchzte Luna. »Dass du das sofort erkennst – das tun nicht viele. Falls du übrigens die Nacht überbrücken musst – unser Zelt ist ziemlich groß!«

Juli stierte in Amys dunkle Augen. »Vielen Dank für euer Angebot«, sagte sie. »Es ist – unglaublich nett. Allerdings«, sie lächelte jetzt rüber zu Luna, »würde ich mir lieber ein schönes Hotelbett gönnen. Ich habe irgendwie das Bedürfnis, in weiche Kissen zu heulen.« Sie zog eine Grimasse.

»Alles klar«, sagte Luna grinsend. »Dann auf zum Lago!«

*

Die Straße schlängelte sich den Berg hinauf, gesäumt von Zypressen, Olivenbäumen und brüchigen Steinmauern. Durchs offene Fenster zerzauste der Wind Julis Haare. Sie hatte die Augenlider auf halbmast gesenkt und blinzelte der tief stehenden Sonne entgegen, während sie versuchte, nicht so genau hinzuhören, was der Indie-Sänger aus den scheppernden Boxen über *lost love* sang. Luna summte und hatte schon lange kein Wort mehr gesprochen. Doch ihr Schweigen fühlte sich leicht an. Das whiskeyfarbene Cockpit mitsamt seiner Insassen entfaltete eine besänftigende Wirkung, die Julis Zustand verwirrter Verzweiflung wenn nicht aufgelöst, so zumindest in geradezu süße Melancholie verwandelt hatte. Sie fühlte sich angenehm leer, und ihr Wunsch, all die offenen Fragen zu klären, war für den Moment abgestellt. Vielleicht lag es auch daran, dass Luna selbst tief in Gedanken versunken schien und Juli damit beschäftigt war, sich auszumalen, wer diese junge Frau mit dem Aussehen eines Teenagers und der Ausstrahlung einer weisen Alten eigentlich war. Sie wurde aus ihren Gedanken geschleudert, als Luna ein paar Kurven allzu sportlich nahm, rasant auf der linken Spur, als huldigte sie den vermeintlichen Qualitäten ihres Wagens. »Wuhu«, juchzte sie, und Juli saß plötzlich wieder kerzengerade. Der Kommentar über Lunas Fahrstil blieb ihr allerdings im Hals stecken, als sich hinter der letzten Kurve unerwartet der dunkelblaue See unter ihnen auftat, auf dem das Sonnenlicht wie tausend kleine Glühwürmchen tanzte.

»Wahnsinn.« Juli ließ den Kopf an die Nackenstütze fallen und schloss für einen kurzen Moment wieder die Augen.

»Alles okay bei dir?«, fragte Luna von links.

Juli nickte. »Danke, dass du mich mitnimmst. Wie kommst du eigentlich an so einen Wagen?«

»Von einem Kumpel.«

»Sehr cool von ihm, dass er ihn dir für einen Italientrip leiht.«

»Er brauchte eine Wohnung.«

»Aha. Ein Tausch meinst du? Heißt das, du hast eine längere Reise geplant?«

»Kann sein.« Luna zuckte mit den knochigen Schultern.

Juli fand, dass Luna ganz schön mit Antworten geizte für jemanden, der sie vorhin so unverblümt ausgefragt hatte. »Und wohin geht's nach dem Gardasee?«, fragte sie und versuchte Lunas Gesicht zu lesen.

Die stierte geradeaus und klopfte mit der flachen Hand ans Lenkrad. »Ich hoffe, die Karre bringt mich bis nach Apulien.«

»Apulien?«

»Yo. Das ist der Plan«, Luna nickte ein paar Mal, wie um ihr Vorhaben zu bekräftigen.

»Ich war als Kind oft da unten.«

»In Apulien? Echt? Wie ist es da?« Plötzlich schien Luna doch Interesse an diesem Gespräch zu haben.

»Du warst noch nie dort?«

Sie schüttelte den Kopf.

»Wunderschön. Soweit ich mich erinnern kann. Allerdings ist es fast zwanzig Jahre her bei mir. Ich habe dort mit meinen Eltern viele Sommer verbracht, immer im gleichen

Dorf.« Unscharfe Bilder tief begrabener Erinnerungen schossen unangekündigt in Julis Kopf. Das Klingeln ihres Handys holte sie zurück ins Jetzt. Hektisch tastete sie nach ihrer Handtasche im Fußraum und riss das brummende Gerät heraus. »Sorry, ich muss kurz …«

Basti.

Ihre Hand begann zu zittern, während sie auf das Display starrte. »Das ist …«, sie schluckte. »Mein Freund.«

»Oh«, sagte Luna.

Das Klingeln hörte auf. Ohne nachzudenken drückte Juli auf seinen Namen. Ihr Herz klopfte bis zum Hals, als der Anruf durchging. Er war sofort dran. »Hallo?«

Er klang wie immer. Als wäre nichts passiert. Plötzliche Panik raubte Juli die Worte.

»Julchen, bist du das? Wo seid ihr? Schon angekommen?«

Er wusste von nichts. Ein winziger Hoffnungsschimmer flatterte in ihre Brust. Vielleicht gab es gar nichts zu wissen? Vielleicht war das Ganze eine nur in Beccas Social-Media-Fantasie entstandene Story?

»Hast du mich betrogen? Mit Praktikantinnen?« Die Worte stolperten aus ihrem Mund, planlos, bevor Juli sich über ihre Wirkung Gedanken machen konnte. Mist. Wenn nichts gewesen war, stand sie jetzt als eifersüchtige Zicke da. Kreierte ein Problem, wo keins war. Beides konnte Basti nicht ausstehen. Und jetzt antwortete er nicht. Schwieg einfach, wahrscheinlich eingeschnappt wegen ihrer Verdächtigungen.

»Basti – ich wollte dich nicht beschuldigen, vergiss es einfach. Es ist nur so, dass Becca –, oh Mann, was für ein Chaos!«

»Julchen«, er unterbrach ihren Redefluss. »Wo seid ihr denn jetzt? Immer noch on the road?«

Juli schnappte nach Luft. »Basti, hast du gehört, was ich gesagt habe?«

Er räusperte sich. »Du, wir quatschen in Ruhe, wenn du zurück bist, okay?«

Die kleine rosafarbene Wolke flog davon. Sie hinterließ nichts als graue Leere. »Wie meinst du das?«, fragte Juli mit heiserer Stimme. »Soll das heißen …? Stimmt es etwa?« Ihre Augen begannen zu brennen. Sie biss sich auf die Unterlippe und starrte zum Fenster hinaus. Draußen streckten gut gelaunte Touristen ihre Nasen in die Nachmittagssonne. Juli holte Luft. »Ich möchte«, sagte sie langsam, »bitte *jetzt* darüber reden.«

Er gab keine Antwort. Juli nahm das Handy vom Ohr und sah auf den Bildschirm. Schwarz. Der Akku hatte den Geist aufgegeben. Und das Aufladekabel steckte im Seitenfach ihres Koffers.

Mit einem wütenden »Mist, verdammter!« schmiss sie das Handy in den Fußraum.

Amys feuchte Schnauze rieb an ihrem Arm. Juli sah auf, direkt in Lunas graue Augen. »Ich glaube, da war wirklich was«, flüsterte sie.

Luna legte stumm ihre Hand auf Julis.

Erst jetzt bemerkte Juli, dass sie nicht mehr fuhren. Erstaunt sah sie sich um. Sie standen am Straßenrand direkt gegenüber der Seepromenade, die trotz der frühen Jahreszeit ziemlich bevölkert war. Vorbeilaufende gafften neugierig in den nicht gerade unauffälligen Wagen. Mit einem Schlag wurde Juli die groteske Situation bewusst. Sie verspürte das dringende Gefühl, sich irgendwohin zu verkriechen. »Und jetzt?«, fragte sie den Tränen nahe.

»Jetzt gucken wir mal, was der Lago so zu bieten hat!«, sagte Luna und sprang aus dem Wagen.

* * *

Die Pizza schmeckte nach Italien. Der Boden so hauchdünn, wie ihn selbst der beste Italiener in Deutschland nicht zustandebrachte. Der Pappkarton wärmte Julis Schoß, während sie dem leisen Geplätscher im Dunkel vor ihnen lauschte. Sie riss ein weiteres großes Stück ab und stopfte es sich gierig in den Mund. Der Käse tropfte nur knapp an ihrer neuen Jogginghose vorbei auf Lunas Picknickdecke, während der warme Teig die Leere in ihrem Inneren füllte. Kurz entschlossen hatte sie Lunas Gastfreundlichkeit doch angenommen, weil der Gedanke, die Nacht allein in irgendeinem Hotelzimmer verbringen zu müssen, ihr plötzlich unerträglich gewesen war. Ihrer Entscheidung und Lunas liebevollem Aktionismus war es zu verdanken, dass sie sich wohler fühlte, als zu erwarten gewesen wäre. Außerdem mampfte sie ihre Pizza nicht etwa fröstelnd im Sommerkleidchen, sondern in einem nagelneuen Jogginganzug aus dem Supermercato, den Luna ihr grinsend ausgesucht hatte. Knallpink mit Pailletenaufdruck. »Female Power« glitzerte auf ihrer Brust, weil Juli zu apathisch gewesen war, um Einspruch zu erheben. Er roch ein wenig streng nach Plastik, dafür besänftigte der flauschige Polyester ihr Gemüt.

Nach dem Besuch im Einkaufscenter waren sie gut gelaunt weitergefahren – und Juli hatte erst einmal nicht aufhören können zu kichern über ihr neues Outfit, das sie direkt auf der Toilette angezogen hatte. Vielleicht lachte sie auch über die gesamte Situation. Lachen war besser als Weinen. Im nächsten Ort hatte Luna zweimal Pizza Margherita in einem Imbiss am Straßenrand bestellt, weil sie in ihrer grenzenlosen Empathie gespürt hatte, dass Juli zwar über ihr neues Outfit lachte, aber bestimmt nicht in der Stimmung war, sich damit in ein Restaurant zu setzen. *Die essen wir mit Seeblick!*, war ihr entschlossener Kommentar, und Juli ergab sich gerne weiter den Plänen ihrer neuen Begleitung. Sie waren weitergefahren, durch Torbole hindurch, immer die Seestraße entlang, bis Luna spontan in einen kleinen Sandweg eingebogen war, der direkt an den See führte. Sie lenkte den Ford durch ein offenstehendes Metalltor. Dass es sich um Privatgrund handelte, hielt sie nicht davon ab, diesen besonderen Platz für ihr Picknick zu wählen, genauso wenig wie die einsetzende Dämmerung. *Club Nautico* stand in geschwungenen Buchstaben auf einem verrosteten Schild. Die Übertreibung des Jahrhunderts. Eine Bude mit geschlossenen Rollläden, ein Steg mit ein paar wenigen Booten, die schon bessere Zeiten gesehen hatten. Kein Mensch weit und breit. Während Juli weiterhin ziemlich apathisch herumgestanden, die milde Luft und den Blick genossen hatte, hatte Luna eine karierte Picknickdecke aus den Tiefen des Kofferraums hervorgezaubert, und nun saßen sie zu dritt am Wasser und beobachteten, wie der Himmel sich langsam dunkelblau färbte.

»So hab ich mir das vorgestellt«, sagte Luna. Sie teilte ihr letztes Stück Pizza und gab die eine Hälfte Amy. »Wie geht's dir jetzt?«, fragte sie, stopfte sich die andere in den Mund und wandte abrupt den Kopf. Selbst ohne hinzusehen spürte Juli die Intensität ihres Blicks.

»Gut«, sagte Juli und beschäftigte sich mit ihrem Pizzabelag.

»Das ist gelogen«, sagte Luna trocken.

Die Segelbootmasten klackerten in der Stille.

»Danke«, sagte Juli nach einer Weile.

»Wieso? Du hast gezahlt.«

Juli schnaubte. »Du weißt schon, was ich meine. Dafür, dass du dich um diese fremde Frau von der Tankstelle kümmerst, als wäre sie deine beste Freundin.«

Luna schüttelte den Kopf. »Tss. Hättest dich mal sehen sollen … Aber jetzt siehst du besser aus. Pizza hilft immer, oder?«

Juli nickte. »Und Sweatshirts mit Glitzer.« Sie verdrehte die Augen.

Sie kicherten beide.

»Wow, es wird schnell dunkel«, sagte Luna. »Wir müssen uns beeilen, das Zelt noch aufzubauen.« Sie sprang auf.

»Was? Hier?« Juli verschluckte sich am letzten Stück Pizzarand. Sie kannte Luna erst seit ein paar Stunden, doch sie ahnte, dass dieses Mädchen sich kaum von einem Freicampverbot abhalten lassen würde, genau den Platz für die Nacht zu wählen, den sie sich vorstellte.

»Klar hier!«, sagte sie prompt und klang dabei ehrlich erstaunt. »Was dachtest du?«

»Dass wir zum nächsten Campingplatz fahren …?«

»Ach nö.« Luna wuschelte Amy durchs Fell. »Ist doch so schön hier. Ich find's ziemlich besonders.« Sie war bereits auf dem Weg zum Wagen. Juli fragte sich, ob sie ihre Entscheidung gegen ein Hotelzimmer mit Seeblick bereuen sollte. Die Bilder von der Website des ehrwürdigen *Borgo dei Fiori* erschienen vor ihren Augen: Himmelbetten aus dunklem Holz, das lotusberankte Spa-Menu, der weiß eingedeckte Speisesaal mit Blick auf den Duomo von Florenz. Und Becca, die all das jetzt eiskalt allein genoss. Ein Windstoß ließ Juli frösteln. Nein. Sie war dankbar für ihre Gesellschaft, so dankbar, dass sie die Nacht auch im Auto verbracht hätte. Denn Luna und Amy hielten auf wundersame Weise den Krähenschwarm ihrer Gedanken in Schach, der nur darauf wartete, sich auf ihre Beziehung zu stürzen und sie gierig in Stücke zu reißen. Außerdem hatte Luna recht. Es würde sehr *besonders* werden, hier zu übernachten. Als Juli aufstand, um Luna zu folgen, lächelte sie.

*

Amy schnarchte. Juli rutschte vorsichtig hin und her, um eine neue Position zu probieren. Die Wurzeln der Weide, unter der sie das Zelt aufgebaut hatten, bohrten sich in ihre Hüfte. Dabei durfte sie auf Amys Isomatte schlafen. Und Luna hatte ihr den Schlafsack aufgedrängt, während sie selbst sich in eine dicke Wolldecke kuschelte, die aussah, als hätte sie ein sehr früher Eigentümer des Fords auf dessen Rückbank vergessen. Nach lauwarmem Tee aus der Thermoskanne hatten sie sich eine gute Nacht gewünscht und nur wenige Minuten später atmeten Luna und Amy ruhig in die Stille.

Je dringender Juli versuchte einzuschlafen, desto lauter konkurrierten ihre körperlichen und seelischen Schmerzen miteinander. Schließlich gab sie auf. Es war inzwischen stockdunkel im Zelt, und sie konnte nicht einmal mehr die Umrisse ihrer Schlafnachbarn erkennen. Vorsichtig setzte sie sich auf und schälte ihre Beine aus dem Schlafsack. Sie ertastete den Reißverschluss in der Mitte des Zelteingangs und öffnete ihn langsam. Frische Nachtluft strömte ihr entgegen, als sie ins Freie krabbelte. Etwas Feuchtes berührte ihre Hand, und sie unterdrückte einen kleinen Schrei. »Amy!« Sie streichelte den Rücken des Tieres. Hier war das Fell viel weicher als an der struppigen Schnauze. Weich und warm. »Kommst du mit?«, sagte sie leise, schloss das Zelt hinter ihnen und tappte auf Socken zum Ufer. Über ihnen schien die schmale Sichel des Mondes inmitten klarer Unendlichkeit. Amy legte ihr den Kopf in den Schoß, als sie sich auf den kalten Kieseln niederließ. Juli genoss die sanfte Kühle nach der stickigen Luft des Zweimannzelts. Sie atmete tief. Da war er, der Schmerz. Entfaltete sich in der Weite der Nacht, und zum ersten Mal seit Stunden ließ Juli es zu. Ließ die Wut, die vielen Fragen, die Verzweiflung in ihr Herz, stechend, brennend, gnadenlos. Sie schmiegte ihre Wange an Amys Nacken, schloss die Augen und ließ die Tränen in das weiche Fell tropfen.

Eine Hand auf ihrer Schulter erschreckte sie. Sie musste eingenickt sein.

»Ich bin's nur.« Luna saß neben ihr, den Kopf schief gelegt.

Juli lächelte. »Ich konnte nicht schlafen. Hab ich dich etwa geweckt?«, fragte sie. »Tut mir leid!«

»Kein Problem«, sagte Luna. »Amy war nur plötzlich weg. Und überhaupt ist die Nacht viel zu schön, um zu schlafen. Guck doch mal!« Sie schmiss den Kopf in den Nacken.

»Hm.« Juli starrte aufs Wasser. Dieser Himmel war nicht gerade heilsam für ihren Zustand. Sie wischte sich mit dem Ärmel ihres Sweatshirts über die Augen.

»Willst du reden?«, fragte Luna, und als Juli nicht reagierte: »Nur so 'ne Idee.«

Es verging eine ganze Weile, bis Juli den Kopf hob. Die Sterne funkelten um die Wette, so romantisch, dass ihr übel wurde. Leise, wie um die Magie nicht zu stören, begann sie zu sprechen. »Ich war so wütend auf meine Kollegin Becca«, begann sie. »Aber je länger ich darüber nachdenke, desto sicherer werde ich, dass sie die Wahrheit gesagt hat.« Sie seufzte. »Vielleicht stimmt das alles, und sie wollte mir womöglich sogar – was Gutes tun.«

»Traust du's ihm zu?«

Juli schluckte. Doch der Schmerz hämmerte unbeirrbar weiter in ihrer Brust. Als sie zu sprechen begann, wurde es besser. Sie erzählte Luna von dem toten Vogel in ihrem Magen, dem grauen, undefinierbaren Gefühl unter der Wut auf Becca. Der dunklen Ahnung, die deren Beschuldigung aus dem Versteck irgendwo tief in Julis Unterbewusstsein gelockt hatte. Nächste Woche waren Bastian und sie zehn Jahre zusammen. Doch während Juli immer öfter ans Heiraten dachte und manchmal an Kinder, sah ihr Freund nicht den geringsten Anlass, den Status quo zu verändern, zu dem auch gehörte, dass er noch nicht einmal sein Zimmer in der Männer-WG aufgeben wollte, obwohl er de facto bei ihr wohnte. Juli holte tief Luft. »Ja. Ich trau es ihm zu«, sagte sie schließlich.

Statt einer Antwort legte Luna den Arm um sie und zog sie sanft an sich.

KAPITEL 4

Ruben

Ruben lehnte an der Holzfassade der Pension Huber und nippte an seinem Cappuccino. Obwohl die große Panoramaterrasse inmitten der Weinberge noch im Schatten lag, war er nicht der Einzige, der sich entschieden hatte, sein Frühstück in der kühlen Morgenluft mit Blick auf Bozen einzunehmen. Er war überrascht, dass um diese Uhrzeit überhaupt jemand mit ihm frühstückte. Aber ja, Wanderer waren frühe Vögel. Neben ihm lag ein Päckchen aus braunem Packpapier auf der verwurmten Holzbank: Die Wirtin hatte ihm ein Lunchpaket aufgedrängt, nachdem er ihr erzählt hatte, wohin seine Reise ihn heute noch führen würde. Das zweite Mal in so kurzer Zeit, dass jemand ihm Butterbrote schmierte. Wirkte er etwa so bedürftig?

Der Cappuccino war perfekt. Ruben hatte nicht erwartet, in einer Pension einen so aromatisch ausgewogenen Kaffee gekocht zu bekommen. Und wenn es um Kaffee ging, war er kritisch, seit er aus seinem Koffein-Junkie-Dasein eins seiner wenigen Hobbys gemacht hatte. Er nahm einen weiteren Schluck, leckte sich den cremigen Schaum von den Lippen, streckte die Beine von sich und reckte den Rücken. Das Bett hatte leider eher seinen Erwartungen entsprochen.

Zwar war er es gewohnt, sich auf irgendeiner Pritsche für ein paar Minuten Speed-Schlafen zusammenzurollen, doch nach der Fahrt gestern und der Nacht im Bauernbett mit geschwungenem Holzfußende fühlten seine Beine sich heute so gestaucht an wie zu der Zeit, als er manchmal in Matildas Kinderbett eingeschlafen war. Allerdings war die Lage der Pension, die er als ersten Schritt seiner Erholungs-reise den Autobahnhotels vorgezogen hatte, wirklich Ent-schädigung genug für durchgehangene Matratzen. Ruben ließ den Blick über die Südtiroler Hügel, die Weinreben und die überall verstreuten Hütten streifen. So einladend wirkte diese Landschaft, dass er Lust verspürte, einfach draufloszulaufen. Ein ihm völlig unbekanntes Gefühl. Er hatte es eigentlich nicht so mit dem Spazierengehen. Aus-flüge mit Matilda zum Wannsee – darauf beschränkte sich sonst sein Drang ins Grüne. Am Nebentisch brachen die Nachbarn auf. Die Frau lächelte ihn aus ihrem braun ge-brannten Gesicht mit runden Apfelbacken an, während sie zwei Lunchpakete, die seinem glichen, in ihrem großen Rucksack verstaute. Sie schwang ihren Fuß auf einen der Holzschemel, zog die gestrickten Socken hoch und ver-schnürte ihre Wanderstiefel.

»Und, welcher Gipfel ruft dich heute?«, fragte sie und warf ihm ein breites Lächeln rüber.

Ruben lachte. »Leider nur die Autobahn. Ich bin auf der Durchreise, fahre gleich weiter Richtung Süden. Und ihr so? Das sieht nach einer großen Tour aus.« Er zeigte auf den prall gepackten Rucksack.

»Vajolet-Türme.« Ihr Mann, der sich sein wettergegerb-tes Gesicht eingeschmiert hatte, trat zu ihnen. In seinem struppigen Bart hingen weiße Cremereste. »Kennst' dich hier aus?«

Ruben schüttelte den Kopf. »Überhaupt nicht, leider.«

Der Typ zeigte nach links, dorthin, wo die Sonne den Himmel hinter den Bergen orange färbte. »Da hinten im Rosengarten. Schade. Hättest mitgehen können. Ist einmalig da oben.«

»Wow.« Ruben sah auf das beeindruckende Gebirgsmassiv, dessen graue Felsen teils noch schneebedeckt waren. »Ja, schade. Aber danke fürs Angebot. Einen guten Tag euch!«

Die Sonne kam hinter dem Haus hervor und warf italienische Wärme auf die Panoramaterrasse. Ruben sah den beiden nach, die auf dem kleinen Parkplatz in ihr Auto stiegen. Er saß hier im April im Pullover, trank bereits den zweiten Cappuccino, und sein Piepser lag auf seinem Nachttisch in Berlin. Sollte er nicht langsam in Urlaubsstimmung kommen? Sein Audi erwartete ihn fertig gepackt. Doch es zog ihn so gar nicht auf die Autobahn. Irgendwie war er nicht bereit für die *erholsamen Tage in Bella Italia*, zu denen sein Freund Nick ihn überredet hatte, als er just an dem Tag, an dem Ruben im OP zusammengeklappt war, angerufen hatte. *Wir werden dich schon auf andere Gedanken bringen, Alter, verlass dich drauf!*, hatte er ihm versprochen. In diesem Moment hatte die Aussicht auf ein bisschen italienische Leichtigkeit verlockend geklungen. Jetzt erschien Ruben die Entscheidung für diesen Besuch plötzlich wie ein unüberlegter Schnellschuss.

Er war nicht bereit für die Sorte Erholung, die in Nicks Gesellschaft zu erwarten war, den sie früher in Berlin nur *das Partyanimal* genannt hatten. Jahrelang hatte er seinen

Freund nicht gesehen, erst bei dessen Anruf überhaupt erfahren, dass Nick inzwischen nach Italien ausgewandert war. Er lebte in irgendeinem Kaff im ehemaligen Haus seiner Eltern und vertickte statt Ostberliner Altbauwohnungen jetzt italienische Ferienimmobilien – das war alles, was Ruben wusste. Und auch Nick kannte nicht mehr als die reinen Fakten seiner Trennung. Die Idee, dass ein Wiedersehen und das Anknüpfen an gute alte Single-Zeiten genau das war, was er jetzt brauchte, schien Ruben plötzlich genauso absurd wie die, dass zweitausend Kilometer mit dem Auto ein gechillter Anfang seines Urlaubs sein könnten. Er seufzte. Urlaub. Er fühlte sich seltsam nackt bei dem Gedanken, zwei Wochen lang nicht zu operieren und stattdessen ins Ungewisse zu fahren. Als hätte man ihn gezwungen, mit der Klinik sein Bollwerk zu verlassen. Seinen Schutzraum, in dem er auch nach der Trennung von Alex bestens funktionierte. Funktioniert hatte. Bis zu den blöden Ausfällen. Okay, Ruhe brauchte er tatsächlich mal ein paar Tage. Er war ein bisschen überarbeitet. Zumindest sah sein Körper das so – und Henning, sein geschätzter Chefarzt. Ohne lang rumzufackeln, hatte er ihm ins Gesicht gesagt, dass sein Herz ihn nach vier Schwächeanfälle wahrscheinlich nicht noch einmal vorwarnen würde – und dass Ruben das wohl selbst am besten wüsste.

Ein weiteres Pärchen in Wandermontur brach auf und grüßte ihn freundlich im Vorbeilaufen. Vielleicht sollte er einfach bleiben. Vielleicht tatsächlich das Wandern anfangen. Guten Espresso gabs hier auch, dafür musste man nicht bis in den Süden. Und eine Unterkunft mit besseren Betten würde sich auch finden lassen. Das Handy brummte.

Biste los? Gute Fahrt, freu mich!

Es folgte ein Foto, so dunkel, dass Ruben es heranzoomen musste, um es zu erkennen: Weinflaschen auf knorrigen Holzregalen.

Alles bereit!, schrieb Nick.

Nur ich nicht, dachte Ruben. Er ließ den letzten Schluck Cappuccino in seinen Rachen laufen, dann sprang er auf, griff sich das Lunchpaket und lief zum Wagen.

Zehn Minuten später fuhr er auf die Autobahn. Er platzierte sein Handy auf dem Oberschenkel und begann mit halbem Auge durch die Playlists zu scrollen. Er wählte *OP 3* und drückte auf den ersten Song. Die tiefen Bässe von Moderat hämmerten durch den Wagen. Ruben drehte die Lautstärke auf. Er ließ den Kopf zurücksacken und drückte aufs Gaspedal. Die Beschleunigung war besser, als er bei dieser Motorenleistung erwartet hätte. Lediglich der Geruch des neuen Wagens war etwas aufdringlich. Er öffnete das Schiebedach. Andererseits – so bekam er drei Jahre später endlich Alex' Duft aus der Nase.

»Ich habe einen Koffer gekauft.«

Blechern leuchtend hatte der Rimowa im Flur gestanden. Mittendrin, unübersehbar. Der Eingang ihrer Altbauwohnung war riesig, viel zu groß, die reinste Platzverschwendung, doch dieser Koffer nahm so viel Raum ein, dass Ruben nicht an ihm vorbeikam. Weder an ihm noch an Alex, die daneben gestanden hatte. Beide schienen auf ihn gewartet zu haben.

»Warum?«, fragte er müde. Es war sieben Uhr morgens,

er kam von der Nachtschicht. Nur für ein paar Stunden, dann musste er zurück in die Klinik. Zu viele kritische Fälle und ein paar Kollegen ausgefallen wegen Grippe. Er wollte schnell duschen, ein paar Stunden schlafen vielleicht. Doch jetzt stand dieser Koffer hier, und irgendwie hielt er Ruben davon ab, seine Frau flüchtig zu küssen und im Bad zu verschwinden.

Alex trug die roten Haare offen. Es war ungewohnt, ihr Gesicht, dessen Schönheit sie sonst mit streng zurückgebundenem Zopf betonte, wirkte so von Locken umwildert wie das einer anderen Person. Es stand ihr, machte sie weicher und jünger. Ruben hatte sich nichts dabei gedacht. Alex änderte alle paar Monate ihren Look. Die Jeans mal eng, mal weit, mal unten ausgestellt. Hohe Schuhe, flache Schuhe. Grau-in-Grau oder Knallfarben. Alex stylte sich konsequent modisch, obwohl sie in Rubens Augen auch Kartoffelsäcke hätte tragen können. Ganz anders als er, der keine Zeit hatte, sich um sein Äußeres Gedanken zu machen. Er trug, was im Schrank war, und Alex hatte es aufgegeben, dort Sachen zu platzieren, die ihr gefielen, weil er sie sowieso ignorierte. Modisch unterm Kittel, soweit kam's noch! Wenn sie ihn fragte, ob ihr neuer Rock oder der neue Wintermantel ihm gefielen, sagte er brav *ja, ganz toll*. Doch die Wahrheit war, dass er nichts davon überhaupt je registrierte.

Es war ein verdammter Fehler. Grundsätzlich und diesmal im Besonderen. Er hatte sie nicht bemerkt, die neue Haarmähne, die über ihrer Schulter leuchtete wie ein dunkelrotes Warnlicht, und das Strahlen ihrer Augen, das die Farbe von Tannenbäumen plötzlich smaragdgrün erscheinen ließ.

Als sie dort neben dem Koffer stand, schaltete jemand in seinem Kopf eine Lampe an, eine verdammt helle. Schlagartig sah er jedes Detail der Veränderung, während er erfolglos versuchte, sich daran zu erinnern, wann sie eingetreten war. Er hatte nicht die geringste Ahnung, noch nicht einmal daran, wann er seine Frau das letzte Mal bewusst betrachtet hatte.

Während er auf Alex' Antwort wartete, versuchte Ruben das unangenehme Druckgefühl unter seinem Solarplexus zu analysieren. Ihre strahlende Schönheit schlug ihm auf den Magen.

»Ich gehe auf Reisen«, sagte sie nach einer Ewigkeit, und da wusste er, was sein Bauch hatte andeuten wollen, in dem ihre Worte versackten wie Bleigewichte.

Und dann begann sie zu weinen und dabei zu reden wie ein Wasserfall. Sie rührte sich nicht von der Stelle, hielt sich die ganze Zeit am Griff des Rimowas fest, während sie ihm eine Geschichte erzählte, die einer Anklageschrift gleichkam. Von ihrem unglücklichen Leben, von ihrer Einsamkeit, von einem schlimmen Ehemann, der nie zu Hause war, der mit seiner Klinik verheiratet war und mit seinen Patienten. Von einem Kind, das sein Wunsch gewesen war und mit dem er sie allein gelassen hatte. Von ihrem Beruf, den sie für all das aufgegeben hatte, was stimmte, nur war es in früheren Versionen noch ein riesiges Glück gewesen, weil sie es gehasst hatte, Anwältin zu sein. Je länger die Liste seiner Verbrechen wurde, desto weniger konnte Ruben glauben, dass er das sein sollte, von dem sie sprach, ein desinteressiertes, ignorantes Monster, das nicht fähig war zu lieben. Und je länger sie weitermachte, desto mehr regte sich Widerstand in ihm. Familienurlaube in Fünfsternehotels, Babysitterrechnungen höher als die Gehälter seiner Krankenschwestern, Wochenendausflüge nach Paris, Rom, Marbella – mit Freundinnen, nicht mit ihm – kamen ihm in den Sinn, doch er unterbrach sie nicht.

Nach zehn Minuten Monolog über ihr desolates Leben kam Alex endlich zum springenden Punkt. Bis dahin hatte er zwar geahnt, dass das, was sie ihm vorwarf, nicht so leicht in Ordnung zu bringen wäre, dazu war es zu umfassend, zu verletzend und wahrscheinlich seit Jahren schiefgelaufen, zumindest seit Matilda geboren war. Doch das, was folgte, erwischte ihn trotzdem kalt.

»Ich bin verliebt«, sagte sie, und ihre Tränen versiegten augenblicklich, während es in Rubens Brust zu brennen begann. Sie habe sich dagegen gewehrt, den Kontakt mehrmals abgebrochen, weil sie retten wollte, was nicht zu retten war. Doch jetzt habe *er* sie gefragt, ob sie mit ihm auf Weltreise gehen würde. Und sie könne nicht länger davonlaufen und wolle es auch nicht. Sie habe ein Recht auf diese Liebe und auf ihre Freiheit. Sagte sie, fuhr sich durch die lodernden Haare und sah aus wie Jeanne d'Arc.

Ruben hatte nichts gesagt. Er fragte weder, ob es denn nicht genau das war, was sie tat – davonlaufen – noch, wer dieser andere Mann war und woher sie ihn kannte. Er fragte auch nicht, wie ihr Herz das aushalten konnte, die fünfjährige Matilda einfach zurückzulassen. Denn wenn sie selbst sich diese Fragen nicht stellte, was in aller Welt sollte es noch bringen, wenn er es tat?

Eine Woche später war sie weg.

Ruben schloss das Fenster und atmete durch. Wenn er es sich genau überlegte, genoss er den Plastikgeruch sogar. Allemal war er besser als der ewige Hauch von Coco Chanel, den er mit seinem alten Volvo nun dessen Käufer überlassen hatte.

KAPITEL 5

Juli

Schlafgeruch vermischt mit feuchtem Hund hing in der Luft. Noch bevor Juli die Augen aufschlug, verschmolzen ihre wirren Traumfetzen mit den zurückkehrenden Erinnerungen an den gestrigen Tag und die letzte Nacht. Luna war irgendwann ins Zelt getappt, und Juli hatte versprochen, gleich nachzukommen. Doch es hatte bereits gedämmert, als sie leise zurück zu Amy und Luna gekrochen war. Jetzt war sie allein im Zelt, und ein neuer Tag leuchtete durch die Seitenluken über dem Boden. Juli befreite sich aus dem Schlafsack, dann trotzte sie ihren Kopfschmerzen und zog den Zeltreißverschluss mit einem Ruck nach oben. Obwohl erwartet, ließ die plötzliche Helligkeit sie zurückzucken. Als sie die Nase erneut in die klare Luft steckte, lag die Welt in Pastell vor ihr. Über dem See hing eine sanfte Nebeldecke, während die Morgensonne die Berge am gegenüberliegenden Ufer in Schattierungen von Rosarot tauchte. Am Himmel tummelten sich Schäfchenwolken. Juli kletterte aus dem Zelt, stöhnte auf der Suche nach einem Körperteil, das nicht schmerzte. Das Quäken einer Vespahupe holte sie ins Jetzt. Motoren knatterten um die Wette, irgendwo plapperte eine Radiostimme – der frühmorgendliche Verkehr auf der Uferstraße mischte die allzu aufdringliche Seeromantik auf.

Sie sah sich nach Luna um und entdeckte sie am Kieselstrand mit Amy an ihrer Seite. Weichgezeichnet von der Morgensonne, die karierte Wolldecke um die Schultern sah sie aus wie eine Mischung aus schottischer Zauberin und Wassernymphe. Juli lief zu ihr. »Guten Morgen!«

Luna fuhr herum. »Hey du, guten Morgen. Konntest du noch schlafen?«

Juli zuckte mit den Schultern, während sie Amy den Kopf streichelte. »Ganz okay. Wie spät ist es eigentlich?«

»Kurz nach sieben«, sagte Luna. »Du kommst gerade richtig. Wir wollen schwimmen gehen.« Sie lächelte aufmunternd, denn sie hatte wohl Julis entsetztes Gesicht bemerkt. »Du bist dabei, oder?«

Juli schüttelte vehement den Kopf. »Äääh … Nein.«

»Äääähh, doch. Komm schon!« Luna griff nach ihrer Hand und rüttelte daran, bevor sie ohne die geringste Scheu aus ihrem T-Shirt und den Leggins schlüpfte. Eine Sekunde später stand sie splitternackt am Ufer, die Füße bereits im Wasser. Sie sah jetzt endgültig aus wie eine Nixe, eine aus der Spree, mit von oben bis unten tätowierten Armen. »Come on, Juli«, quietschte sie und begann tiefer ins Wasser zu tapsen. »Just do it!« Wie zur Bekräftigung sprang Amy kläffend auf und ab, sodass das eiskalte Wasser bis zu Juli spritzte, die vorsichtshalber ein paar Schritte rückwärts machte.

Juli lachte und schüttelte den Kopf. »Ich bin definitiv raus aus dem FKK-Alter. Erst recht mit möglichen Zuschauern.« Sie nickte in Richtung Straße.

Luna grinste. »Da kommt niemand. Und wenn schon …«

Quietschend rannte sie ins Wasser und tauchte schließlich mit einem Hechtsprung unter. Sie schwamm mit kräftigen Zügen, und ihre Haare trieben hinter ihr her wie Büschel von weißem Seegras. Amy paddelte neben ihr.

Juli sah ihnen zu, bis ihr Magen so laut zu knurren begann, dass ihr eine Idee kam. Sie sprang auf und winkte der planschenden Luna. »Ich guck mal, ob ich was zum Frühstück organisieren kann!«, rief sie.

Luna hielt kurz den Daumen übers Wasser, dann tauchte sie wieder ab ins Dunkelblau.

Zwanzig Minuten später war Juli zurück, mit einer Tüte voll klebriger italienischer Hörnchen und zwei Cappuccini im Becher. Auf dem Steg des *Club Nautico* hantierten inzwischen ein paar Leute an ihren Booten. Erschrocken sah Juli zum Kiesstrand und stellte erleichtert fest, dass Luna das Zelt bereits abgebaut hatte. Sie saß im Strickpulli auf ihrer Decke und winkte ihr zu – unschuldig wie eine sehr frühe Tagestouristin. Als Amy Juli entdeckte, sprang sie ihr freudig kläffend entgegen. Juli wurde warm ums Herz. Was hätte sie nur ohne diese beiden wunderbaren Wesen getan? Ein Stich in der Brust erinnerte sie an ihren nahenden Abschied und daran, dass ihr immer noch ein Plan fehlte. »Frühstück!«, rief sie laut, entschlossen, die letzten gemeinsamen Momente zu genießen. Sie machte es sich auf der Picknickdecke neben Luna bequem und packte aus. »Ungewaschen isst es sich am besten!«

»Oh wie herrlich, du bist ein Schatz!« Luna schnappte sich ein Teilchen. »Wie machen wir das denn jetzt mit dir?«, fragte sie und leckte sich den Zuckerguss von den Fingern.

»Keine Ahnung«, Juli seufzte. Sie konnte sich nicht länger davor drücken, den Tatsachen ins Auge zu sehen. »Könnte ich mir dein Handy ausleihen, um nach Flügen zu schauen?«

»Klar.«

Ihre Hände zitterten unmerklich, als Juli auf das Display tippte.

»Du willst wirklich zurück nach München fliegen?«, fragte Luna, als hätte sie es bemerkt.

Juli sah nur kurz auf. »Ja. Was sonst?« Schnell vertiefte sie sich zurück in die Flugpläne Verona-München. »Da. Heute um 16.20 Uhr geht ein Flug.« Sie drehte das Display zu Luna.

»Wolltest du nicht Urlaub machen?«

»Wieso, was meinst du?«, fragte Juli ungeduldig. Warum unterbrach Luna sie ständig? »Urlaub hat sich erledigt. Du erinnerst dich: keine Begleitung, kein Wagen, kein Hotelzimmer ... Und ein paar Dinge, die in München dringend geklärt werden müssen.«

Luna nickte. »Ich meine ja nur.«

»Was?«

»Du könntest dir eine andere Urlaubsbegleitung suchen. Zum Beispiel mit mir nach Apulien fahren.«

Juli ließ das Handy sinken und starrte Luna an, die von einem Ohr zum anderen grinste.

»Hast du nicht gesagt, du warst schon mal da? Wo genau war das?«

»In der Nähe von Polignano«, sagte Juli, »aber –«

Luna riss die Augen auf. »Das gibt's nicht. Genau da will ich auch hin.« Sie hob beide Hände und ihre Wangen leuchteten rosa vor Aufregung. «Was ist das bitte für ein Zufall? Komm, Juli, fahr einfach mit!«

Juli schüttelte den Kopf, energisch, um nicht nur Luna, sondern auch sich selbst zu überzeugen. »Schöne Idee«, sagte sie. »Aber ich kann nicht. Ich muss zurück nach München.«

»Aber wieso?«

»Um mit meinem Freund zu reden.«

Luna hob die Augenbrauen. Sie öffnete den Mund und schloss ihn wieder. »Okay«, sagte sie schließlich. »Wie du meinst.« Sie nahm einen Schluck Kaffee, dann sprang sie auf. »Wollen wir dann los?«

*

Juli starrte auf ihr Handy. Sie wünschte sich, sie hätte es nicht so eilig gehabt mit dem Aufladen. Doch als sie den Handyshop kurz vor Peschiera passiert hatten, hatte sie Luna gebeten anzuhalten, damit sie sich ein neues Kabel besorgen – und den Flug buchen konnte. Außerdem war es ihr so dringlich gewesen, ihre Nachrichten zu checken, endlich wieder erreichbar zu sein, dass sie Luna überredet hatte, einen weiteren Cappuccino in der Bar gleich neben dem Shop zu nehmen, um das Handy dort für zehn Minuten an die Steckdose hängen zu können. Jetzt wünschte sie sich, sie hätte das verdammte Ding einfach tot in ihrer Tasche vergessen.

»Und?«, fragte Luna, während sie die Autobahnauffahrt in Richtung Verona nahm.

Juli wagte nicht, sie anzusehen. Sie hatte das Gerät aus- und wieder eingeschaltet. Doch keine der Messenger-Apps erbarmte sich. Es blieb bei der kleinen, roten, erbärmlichen Eins neben dem grünen Telefonhörersymbol.

»Er hat nur einmal versucht, dich zu erreichen«, sagte Luna mit dem Scharfsinn einer Detektivin nach einem flüchtigen, aber sehr gezielten Blick auf das Display.

Juli presste die Lippen zusammen, doch sie verlor den Kampf gegen die Tränen. Sie kramte in ihrer Handtasche. Verdammt, wie winzig war die eigentlich? Nicht einmal Taschentücher hatten darin Platz. Sie feuerte das Ding in den Fußraum, verschränkte die Arme vor der Brust und sah aus dem Fenster. Ein Propellerflugzeug setzte gerade auf der grünen Landebahn auf. Sie wartete darauf, dass Luna etwas sagte.

In fünfhundert Metern die Ausfahrt Richtung Flughafen nehmen.

Luna setzte den Blinker.

Juli holte Luft. »Steht dein Angebot noch, Luna?«, fragte sie.

Luna riss den Kopf herum. »Aber sicher!«

»Dann würde ich gerne darauf zurückkommen.«

Lunas riesiger Mund verzog sich zu einem noch riesigeren Lächeln, das auch dort blieb, als sie den Kopf zurück in Richtung Fahrbahn drehte, Gas gab und die Ausfahrt rechts liegen ließ.

* * *

Luna hatte ihren Sitz fast in Liegeposition gefahren, so weit vom Lenkrad entfernt, dass Juli lieber nicht darüber nachdenken wollte, was passieren würde, sollte Luna mal richtig bremsen müssen. Bisher musste sie nicht, im Gegenteil, sie fuhr den Wagen smooth wie ein Raumschiff. Sie schwebten geradezu über die Autobahn, wenn man vom gelegentlichen

Knattern des Auspuffs absah. Auch Juli hing überraschend gechillt in ihrem nach hinten gefahrenen Sitz. Amy hatte sich zu ihren Füßen platziert – direkt auf ihrer Handtasche. Auf diese Weise wurde auch das Telefon unter Amys dichtem Fell begraben, und Juli wurde davon abgehalten, es anzurühren – für die nächsten acht Stunden zumindest.

Basti hatte nicht einmal eine Nachricht hinterlassen, und Juli hatte den festen Entschluss gefasst auszuharren, bis er sich melden würde, zur Not auch zwei Wochen lang.

Dann war da noch Becca. Mit ihr war es komplizierter. Juli wurde das Gefühl nicht los, dass sie sich bei ihr entschuldigen sollte. Gleichzeitig schossen ihr jedes Mal Tränen in die Augen, wenn sie daran dachte, dass Becca sich offensichtlich nicht im Geringsten dafür interessierte, was mit ihr war.

Doch je länger die Fahrt dauerte, desto besser gelang es Juli, das Handy Handy sein zu lassen und sich lieber mit ihrem *Plan B* anzufreunden: der unerwarteten Rückkehr nach San Vincente al Mare, dem kleinen Vorort von Polignano, in dem sie an die zehn Sommer ihrer Kindheit und Jugend verbracht hatte. Aus den Boxen untermalte gut gelaunt schräger Deutschrap ihre Erinnerungen, die mit den Kilometern zurückkamen und die Juli eifrig sammelte wie angeschwemmte Muscheln am Strand: die Namen der Autobahnausfahrten. Die langweiligen Felder rund um Mantua. Der Stau auf dem Ring von Bologna. Und der ersehnte, wenn auch alles andere als spektakuläre erste Blick aufs Meer kurz hinter Rimini. Selbst die Oleanderbüsche zwischen den Fahrspuren trotzten Hitze und Abgasen wie eh und je mit ihrer kräftig pinken Blütenpracht.

Die Fahrt verging wie im Flug. Je mehr sie sich dem apulischen Stiefelabsatz näherten, desto wärmer wurde es im Ford Capri. Die Lüftung ohne Klimaanlage kämpfte vergeblich gegen den süditalienischen Frühling draußen. Als das Thermometer schließlich über fünfundzwanzig Grad stieg, kurbelten sie die Fenster hinunter und überließen ihre Haare dem lärmenden Fahrtwind. Die wirbelnden Böen versetzten Juli in angenehme Trance, und sie ergab sich den aufpoppenden Bildern in ihrem Kopf: endlos leichte Tage am Strand, Sonnenbrand auf den Schultern, Orangina und heimlicher Limoncello. Verknalltheit, Freundschaft – und eine unerwartete Wendung, die den Sommern in Italien ein jähes Ende bereitet hatte.

»Was treibt dich eigentlich nach Polignano, Luna?«, brüllte sie irgendwann gegen den Fahrtwind an, als ihr die Erinnerung an das verwirrende Finale ihrer Italienzeit zu heftig wurde.

Luna stierte auf die Fahrbahn und zuerst dachte Juli, der Wind hätte ihre Frage übertönt. Sie schloss ihr Fenster.

»Luna?«

»Hm.«

»Warum gerade Polignano?«

»Ich suche jemanden«, murmelte Luna, als Juli schon nicht mehr mit einer Antwort gerechnet hatte.

Juli horchte auf. »Darf ich fragen wen?«

»Einen Freund.«

»Ah. Und was genau meinst du damit: Du *suchst* ihn?« Juli hielt sich am Türgriff fest, als Luna aufs Gas trat, um ein paar Laster zu überholen, die rechte Hand lässig am Lenkrad, die linke in den flatternden Haaren. »Ich weiß nicht genau, wo er wohnt«, sagte sie. Während sie zurück in die rechte Spur scherte, drehte sie den Kopf. »Aber was ist mit dir? Erzähl mal, woher du Polignano kennst.«

Die Bilder kehrten zurück. »Ich war da als Jugendliche, viele Male, immer in den Sommerferien. Mit meiner Familie.« *Als wir noch eine Bilderbuchfamilie waren.*

»Hast du noch Freunde von damals?«

Juli schüttelte den Kopf. »Nee. Kein Kontakt mehr.«

»Nicht über Social Media?«

Juli grinste. Sie hatte tatsächlich ein paar Mal überlegt, Facebook zu nutzen, um die Vergangenheit zu stalken. Und es dann doch gelassen. »Ich habe vorhin überlegt, ob ich nach der Pension schaue, in der wir damals immer gewohnt haben. Ob sie überhaupt noch existiert.«

»Ja, komm, guck doch mal!« Luna nickte eifrig.

»Ich will mein Handy nicht anmachen.«

Luna tastete in die Mittelkonsole und warf Juli dann ihr eigenes in den Schoß.

Juli lachte. »Wow, du kannst echt hartnäckig sein. Ich mach das später. Zuerst«, demonstrativ legte sie das Telefon zurück auf seinen Platz, »will ich jetzt wissen, was das für ein Freund ist, von dem du nicht mal weißt, wo er wohnt.« Sie nahm die Füße auf ihren Sitz und lehnte sich ans Seitenfenster.

Immerhin, Luna grinste. »Er heißt Enzo.«

»Ein heißer Italiener?«

»Ein Freund.« Luna zuckte lässig die Schultern, doch ihr Lächeln sagte alles.

»*Ein* Freund? Oder *dein* Freund?« Juli dachte gar nicht daran, locker zu lassen. Jetzt war sie an der Reihe. Und sie musste direkt sein. Viel Zeit blieb nicht mehr, um wenigsten ein paar Details über ihre neue Freundin zu erfahren.

Doch Luna machte weiterhin nicht den Eindruck, als hätte sie Lust, Julis Neugier zu befriedigen. »Keine Ahnung«, sagte sie und setzte das Gesicht der abgebrühten Berliner Göre auf.

»Und er wohnt in Polignano?«

»Hm.«

»Also, ich kombiniere mal selbst: Ihr habt euch woanders kennengelernt?« Juli ließ die rechte Hand zu Amy hinunterfallen und kraulte ihr den Kopf. »Ist dein Frauchen eigentlich immer so maulfaul?«

Luna seufzte. »Nervensäge! Ja. Wir waren in Berlin zusammen.«

»Aha, geht doch!« Juli setzte ein motivierendes Lächeln auf. »Muss ich weiterbohren, oder hättest du vielleicht Lust, uns die restliche Zeit mit deiner Geschichte zu vertreiben? Ich werde das Gefühl nicht los, dass sie um einiges aktueller ist als meine.«

Luna verdrehte die Augen. »Wenn ich das gewusst hätte ...«

»... hättest du mich stehenlassen?«

»Wahrscheinlich.« Mit einem schiefen Grinsen begann sie zu erzählen.

Sie hatte Enzo in Berlin kennengelernt, in der Bar, in der sie regelmäßig arbeitete. Besser gesagt, hatte er sie kennengelernt, denn er hatte sie angequatscht und war bei ihr sitzen geblieben, während ihrer gesamten Schicht und auch darüber hinaus, als sie aufgeräumt hatte. Es war nett, hübsch, lustig und unterhaltsam. Und als die Bar schloss, hatte Luna ihn mit zu sich nach Hause genommen, weil sie gerne Sex mit hübschen, netten Männern hatte.

»Es war schön mit ihm«, sagte sie. Ihre leuchtenden Augen verrieten, was ihre trockene Art zu verbergen versuchte. »Nach der Nacht hat er jeden Tag angerufen, und irgendwann ist er geblieben. So lange, bis sein Auslandssemester vorbei war und er zurück nach Italien musste.« Sie stierte auf die Straße, in Gedanken woanders. Die weißen Feenhaare wehten um ihr undurchdringliches Gesicht. Draußen rauschten die kargen Felder vorbei.

»Und jetzt besuchst du ihn endlich?«, fragte Juli nach einer Weile.

Luna schüttelte den Kopf. »Wir sind nicht mehr – also, er weiß nicht, dass ich komme.«

»Aber wieso –?«

»Oh, ich liebe diesen Song«, rief Luna, statt zu antworten, und drehte die Lautstärke hoch.

»*We are the people?*«, sagte Juli lachend, wenn auch etwas ungeduldig, weil Luna schon wieder abschweifte. »Mag ich auch. Aber ist der nicht eher was für meine Generation?«

»Stimmt.«

»Und ich hätte nicht gedacht, dass man in Berlin überhaupt je *Empire of the Sun* gehört hat.«

Sie lachten zusammen und sangen den Refrain mit. Es klang schauerlich, und sie lachten noch mehr, und Juli beschloss, das Thema Enzo fürs Erste ruhen zu lassen.

»Was ist das?« Luna drehte abrupt die Musik ab. Juli hörte es jetzt auch: ein schepperndes Geräusch wie lose Teile, die unter der Motorhaube durcheinanderpurzelten. Der Wagen begann zu stottern – als säße Becca plötzlich am Steuer.

Luna drehte sich zu Juli, die Stirn zusammengezogen. »What the f**?«

Wieder schepperte es

»Riechst du das?«

Juli drehte ihr Fenster herunter und schnupperte in den Wind. Luna hatte recht, es roch plötzlich verschmort. In diesem Moment begann es aus der Motorhaube zu dampfen, und in Sekunden vernebelte eine weiße Rauchwolke die Windschutzscheibe.

»Scheiße, Juli, was mach ich jetzt?«

»Fahr rechts ran!«

»Hier?«

»Klar hier«, hektisch deutete Juli auf den schmalen Seitenstreifen. »Los, mach schon!«

Endlich schlug Luna das Lenkrad ein. Gerade noch rechtzeitig, denn Sekunden später blieb der Wagen einfach stehen. Von unter der Motorhaube qualmte es, als hätte jemand ein Lagerfeuer angezündet.

»Raus hier!« Juli warf die Tür auf und schlug damit an die Leitplanke. »Verdammt ist das eng hier. Luna, steig bitte auf meiner Seite aus!«

»Amy?«

»Nehm ich!« Juli schob sich aus dem Wagen und zog Amy am Halsband mit sich. Luna kletterte ohne Hektik über die Mittelkonsole, stieg aus, griff sich ihren Seesack und lief schließlich hinter den Wagen. Sie machte Anstalten, den Kofferraum zu öffnen.

»Luna!«

»Das Zelt!«

Juli schüttelte energisch den Kopf. »Nein. Komm endlich her! Was, wenn das Ding in die Luft geht?«

»Du hast zu viele Filme gesehen!«, murmelte Luna, doch sie stieg zu Juli und Amy über die Leitplanke zu den schattenspendenden Olivenbäumen. Aus sicherer Entfernung starrten sie zu dritt auf den rauchenden Wagen.

*

Die Carabinieri machten große Welle. Sie ließen das Blaulicht an beiden Fahrzeugen laufen, mit denen sie den Ford wie in einer amerikanischen Polizeiserie umzingelt hatten. Vor Schreck hatte der zumindest das Qualmen aufgegeben. Nichtsdestotrotz schien das goldene Geschoss die Polizisten zu einer Extraportion Dramatik zu inspirieren, oder waren es die beiden vermeintlich hilflosen deutschen Frauen? Jedenfalls sperrten sie zuerst einmal eine Fahrspur, was Juli erleichterte, angesichts der Beschaffenheit der süditalienischen Autobahn, die hier wenn überhaupt die Breite einer deutschen Landstraße hatte. Dabei sahen sie aus wie einer italienischen Komödie entsprungen: Zwei kleine Stämmige, denen das hellblaue Hemd über dem Pastabauch spannte, und ein großer Attraktiver, der seine Uniform wie ein Outfit von Prada trug, während er in der Sonne herumstand und Anweisungen gab. Die Kollegen kümmerten sich um den Verkehr. Er dagegen schob sich die verspiegelte Sonnenbrille in die Locken und widmete sich der wichtigsten Aufgabe: der Betreuung der beiden Touristinnen. Er eskortierte sie zu seinem dunklen Alfa Romeo. Die Beifahrertür hielt er eindeutig Luna auf und Juli verkrümelte sich mit Amy gerne auf den Rücksitz. Ihre Ahnung, dass es vorne gleich filmreif zugehen würde, wurde prompt bestätigt:

Fabio, so hieß ihr stolzer Retter, riss begeistert die dunklen Augen auf, als er Lunas Namen hörte, und erklärte ihr in charmanten Englischbrocken dessen Bedeutung. Dabei schmachtete er einen imaginären Vollmond an und legte die Hand aufs Herz. Die andere platzierte er auf Lunas Unterarm und ließ sie dort. Die Fragen zum kaputten Wagen waren schnell erledigt, *non preoccuparti*, mach dir keine Sorgen, *I will handle it*. Er bestellte einen Abschleppwagen und tat dies kund, als hätte er eine wahre Heldentat vollbracht. Und während draußen die Kollegen mit dem Stau der Gaffer kämpften, stieg Fabio erst so richtig ins Gespräch ein.

»Ah, Berlino. I want to go there.« Seine langen dunklen Wimpern klimperten, und Juli sah zum Fenster hinaus, sonst wäre sie zusammengebrochen vor Lachen, Autopanne hin oder her.

»We need to go to Polignano, you know it?« Luna spielte mit ihren Haaren und ließ ihre Wolfsblicke ein bisschen sehr übertrieben in Fabios dunklen Augen versinken. Juli vermutete, dass sie auf Hilfe hoffte, immerhin fehlten ihnen noch über hundert Kilometer bis zum Ziel.

»Don't worry. Andrà tutto bene.« Fabio fuhr sich durch die gegelten Haare und prüfte deren Sitz im Rückspiegel. Er tätschelte Lunas Hand und bemerkte erst, dass draußen der Abschleppwagen gekommen war, als einer der Kollegen die Tür aufriss.

»Fabio, vieni!«

»One Moment, Luna, I will be back, soon.«

Als Luna Anstalten machte auszusteigen, hob er die Hand. »No! It is too dangerous!« Er sprang aus dem Wagen, lief um ihn herum und klopfte an die Scheibe. »Stay here. I will be back!« Er gab noch mal alles in puncto Italienerlächeln, platzierte die Mütze auf der Lockenpracht, dann folgte er den Kollegen.

»Ich bin im falschen Film, oder?« Luna drehte sich zur Rückbank. »Und was machen wir jetzt?«

»Dem hast du's zumindest ganz schön angetan.«

Kommentarlos rollte Luna mit den Augen. »Meinst du, sie nehmen uns mit? Und was ist mit dem Auto? Scheiße …« Sie öffnete die Tür und sprang hinaus.

»Amy, du musst hier kurz die Stellung halten!«, seufzte Juli und folgte ihr.

*

Der Ford Capri stand auf dem Abschleppwagen und erstrahlte ein letztes Mal in der Nachmittagssonne. Luna machte ein paar Fotos. Der Mechaniker hatte nach einem Blick unter die Motorhaube nur den Kopf geschüttelt und Juli erklärt, dass es ein Wunder wäre, dass sie es überhaupt bis hierher geschafft hatten. Und genauso schien Luna die Sache zu sehen. Sie hatte die Nachricht mit Schulterzucken entgegengenommen, ihr Zeug aus dem Kofferraum geholt und ihren Kumpel per WhatsApp informiert, dass sein Wagen in Italien bleiben würde. »Ehrlich gesagt haben wir beide sowieso nicht damit gerechnet, dass er ihn zurückbekommt. Er sollte eigentlich schon in Berlin auf den Schrottplatz.« Juli war froh um die Sonnenbrille aus dem Supermarkt, hinter der sie ihr Entsetzen darüber, in was für eine Schrottlaube sie da eingestiegen war, verbergen konnte.

Planlos sahen sie zu, wie der Abschleppwagen sich zur Abfahrt bereit machte. Fabio telefonierte schon eine ganze Weile und seine Kollegen winkten weiterhin stoisch die Autos vorbei.

Juli warf einen skeptischen Blick auf Google Maps. Sie konnte sich bei all seiner Begeisterung nicht vorstellen, dass Fabio – selbst wenn er gewollt hätte – so einfach Langstreckentaxi spielen konnte.

»Vielleicht können die uns bis zum nächsten Bahnhof bringen?«, sagte sie matt.

Luna kniff die Augen zusammen. »Oder wir trampen. Du weißt doch, wie das geht.« Sie grinste breit.

»Zu zweit mit Hund? Na, viel Spaß!«

»Okay, stimmt. Dann mach ich das mal lieber alleine.« Luna lief los, bevor Juli sie bremsen konnte. Sie platzierte sich gleich hinter den Polizisten, dort, wo die Autos am langsamsten fuhren. Hilfesuchend sah sich Juli nach Fabio um, doch der telefonierte immer noch und wandte ihnen den Rücken zu.

Es dauerte keine fünf Minuten, da schien Luna bereits Erfolg zu haben. Ein dunkler Audi fuhr um die Absperrung herum und parkte weiter vorne auf dem Seitenstreifen. Von einem Ohr zum anderen lächelnd kam Luna zurückgelaufen.

»Kann losgehen!«, rief sie schon von Weitem. »Ich hab jemanden gefunden.«

»Und, weiß er von Amy und mir?«

»Nö. Aber er ist Berliner. Er wartet da vorne.«

Juli seufzte. »Ich weiß nicht. Ich bin echt zu alt für so was.«

»Ach so? Seit wann das denn?«

Juli schüttelte den Kopf, hob die Sonnenbrille an und verdrehte die Augen.

»Mach schon!«, drängelte Luna. »Irgendwann wollen wir doch mal ankommen.« Sie schnappte sich ihren Seesack.

Die Sonne brannte. Die Jogginghose klebte an Julis Beinen, und sie hätte alles für eine eiskalte Coke gegeben. »Okay«, sagte sie schließlich und griff nach dem Zeltpaket, das noch an der Leitplanke lehnte.

Als sie sich dem Audi näherten, öffnete sich die Tür und der Fahrer stieg aus. Schlagartig verstummte die innere Stimme, die Juli davor warnte, dass das hier ein verrückter Schritt zu viel sein würde. Er war so groß, dass Fabio, der Lunas Seesack trug, neben ihm wie ein Lauch mit Locken wirkte. Und er sah gut aus, so gut, dass Juli erst nach ein paar Sekunden bemerkte, dass sie stehen geblieben war und ihn unverhohlen anstarrte. Sie riss sich los und beobachtete Luna, die sich von Fabio verabschiedete und dann mit bewundernswerter Selbstverständlichkeit den Kofferraum des Audis öffnete. Juli fuhr sich durch die Haare, die sich plötzlich furchtbar ungewaschen anfühlten. *Es hilft ja nichts!* Sie zog unmerklich die Schultern nach hinten. Auf den letzten Metern setzte sie ein strahlendes Lächeln auf. »Juli«, sie hielt ihm ihre Hand entgegen. »Das ist so nett von dir – du bist wirklich unsere Rettung.« Sie sah in seine dunkelblauen Augen, die gut einen Kopf über ihr lagen, und versuchte zu vergessen, dass sie den Glitzerjogginganzug trug.

»Ich konnte ja schlecht Nein sagen!«, sagte der Typ und ignorierte ihre Hand. Eigentlich hätte sie auf dem Absatz umdrehen oder sich zumindest fragen sollen, ob es nicht andere Wege zu ihrem Ziel gab, als bei einem Fremden mit finsterem Blick ins Auto zu steigen. Doch sie bemerkte seine Unfreundlichkeit nur am Rande – weil all ihre Aufmerksamkeit in ihre Ohren gerutscht war. *Diese Stimme.* So sanft wie warmer Regen, so tief wie schwerer Rotwein. Jemand mit so einer Stimme konnte auf gar keinen Fall *nicht* nett sein.

»Und du bist?«, fragte sie lächelnd und bemerkte erst, als sie keine Antwort bekam, dass Mann ihr inzwischen die Rückseite zuwandte.

»Ein Hund also auch noch?«, fragte er Luna gerade, die ihm mit lapidarem »Yep!« den Wind aus den Segeln nahm.

Juli starrte auf das breite Kreuz vor ihr, hörte seinen Besitzer in Gedanken zur Gitarre am Lagerfeuer singen.

Kurz drehte er sich um. »Und Sie? Haben Sie Gepäck?«, unterbrach er ihre Träume, und sein Blick ließ erneut keinen Zweifel daran, was er von diesem Überraschungscoup hielt.

»Nein, danke«, sagte Juli, ärgerte sich über ihre blöde Antwort, über diesen wohlklingenden Idioten und am meisten über ihre weichen Knie.

Er war schon zurück im Wagen. »Könnten Sie beide dann bitte einsteigen?«, rief er aus der Tür, bevor er sie zuknallte.

KAPITEL 6
Ruben

Ruben startete den Wagen und legte beide Hände aufs Steuer. Als die Beats ertönten, drehte er ihnen entschlossen den Saft ab. Es war zu voll geworden für Musik. Ein paar Hundert Meter später bereute er es, denn die Stille füllte den Wagen noch unangenehmer. Er stierte nach vorn, hörte seinem Atem zu und fragte sich, warum niemand etwas sagte. »Und?«, fragte er schließlich. »Geht es in die Ferien?« Er riskierte einen Blick in den Rückspiegel und traf auf zwei Hundeaugen, die ihn finster beobachteten. Na bestens. Schnell sah er zurück auf die Straße.

»So ähnlich«, kam es von rechts.

Immerhin, ein Anfang. »Und Sie sind – ähm, Mutter und Tochter?« Er drehte den Kopf.

Die Frau, die sich als Juli vorgestellt hatte, sah ihn an, als würde sie ihm am liebsten einen Kinnhaken versetzen. *Oh Shit. Wie bescheuert bist du?* Sie war viel zu jung. Und noch dazu verdammt attraktiv. Das war ihm doch vorhin schon aufgefallen. Wie in aller Welt also, kam er auf diese Frage? »Tschuldigung, Blödsinn, ich …« Er verstummte. Wie sollte er ihr auch erklären, dass ihm das manchmal passierte, wenn er, der lieber schwieg, unbedingt etwas von sich geben wollte.

Auf der Rückbank prustete es: »What?«

»Nee«, zischte Juli.

»Tut mir leid, es sollte nicht … Also … klar, natürlich nicht.« Ruben wagte nicht, sie noch einmal anzusehen. Und er klang wie ein Idiot.

»Wir sind Freundinnen«, sagte das Mädchen, Luna, hinten, immer noch lachend. Diese Juli dagegen drehte sich demonstrativ in Richtung Fenster.

Ganz toll. Ruben konzentrierte sich auf die Fahrbahn und beschloss, lieber erst mal die Klappe zu halten. Er versuchte sich zu entspannen. Doch das Schweigen hing zäh wie Kaugummi im Touring. Dazu breitete sich langsam Hundegeruch aus, wie nach Wäsche, die zu lange in der Trommel gelegen hat. Ruben öffnete das Schiebedach. Hinter ihm rumorte es auf dem Rücksitz. Dem Hund schien sein Platz nicht zu gefallen, er drehte offensichtlich Runden da hinten, so fühlte es sich zumindest an, weil er alle paar Minuten in Rubens Rücken rammte. Aus Sorge, es könnte unfreundlich wirken, zwang sich Ruben, nicht im Rückspiegel nachzusehen. Auch den Blick nach rechts vermied er jetzt tunlichst, was gar nicht so einfach war, denn je mehr er versuchte, nicht hinzusehen, desto aufdringlicher leuchtete das Pink des Jogginganzugs seiner Beifahrerin ihm in die Augenwinkel. Dieses schrille Outfit, das er so ähnlich sonst nur an Patientinnen kannte, passte gar nicht zu ihr. Sie brauchte wirklich kein Pink, um zu strahlen. Und keinen Glitzeraufdruck, um ihre schönen Formen zu betonen. Und warum reiste sie mit Plastiktüte? Er räusperte sich und drückte die Arme durch. »Also machen Sie gemeinsam Urlaub?« Ein neuer Versuch.

Juli bewegte sich. Er sah kurz nach rechts und direkt in wunderschöne braune Augen. »Sie ziehen das echt durch, oder?« Sie starrte ihn an.

»Was …?«

Hinten kicherte es. »Dass Sie uns siezen.«

»Ach so.« Mist. Der nächste Fettnapf. Nur weil sein Kopf ganz woanders war – weil ihm plötzlich wie Schuppen von den Augen gefallen war, wie hübsch diese Frau war, die er auf der Straße angesichts ihres unangekündigten Auftauchens keines Blickes gewürdigt hatte. »Ich – habe mir echt keine Gedanken gemacht. Aber wenn Sie – wenn *ihr* wollt.« Er schluckte. »Ruben. Aber das wisst ihr ja schon.« Er lachte verkrampft.

»Nö, bisher nicht. Ich zumindest nicht«, murmelte Juli in Richtung der vorbeiziehenden Olivenbäume und versetzte ihm damit einen erneuten Magenschwinger. Hatte er tatsächlich vergessen, sich vorzustellen?

»Und, Ruben«, Luna, die kaum älter aussah als Matilda und deren Tattoos Ruben wahrscheinlich peinlich direkt angestarrt hatte, als sie ihn vorhin um Hilfe bat, beugte sich zwischen den Sitzen nach vorn. Er zuckte zusammen, als er ihre leichte Hand auf seiner Schulter spürte. »Was machst du in Polignano?«

»Ich besuche einen alten Freund«, sagte er schnell. Endlich ein normales Gespräch! »Und du?«

»Auch«, sagte sie und ließ sich wieder zurückfallen.

»Und Sie – ich meine du?«, fragte er nach rechts.

»Urlaub.« Es klang, als hätte Juli *Zahnarzt* gesagt. Und sie machte den Eindruck, als wäre er ihr auch mit dieser Frage zu nahe getreten. Doch diesmal war er sich keiner Schuld bewusst. Er drückte aufs Gas.

»Hier ist hundertzehn.«

Genervt drehte er den Kopf. Juli stierte weiter aus dem Fenster.

Sehr langsam nahm Ruben den Fuß vom Gas. Und atmete aus.

»Ich mein ja nur.« Jetzt spürte er ihren Blick plötzlich auf seiner Wange und fühlte sich prompt unangenehm beobachtet.

»Der Wagen riecht so neu«, sagte sie, nachdem sie ausgiebig in seine Richtung geguckt hatte.

»Ist er.« Was sollte das jetzt wieder? Plötzlich doch in Small-Talk-Laune?

»Was ist eigentlich mit der Musik?«, sagte sie und fummelte bereits am Radio. Elektronische Beats dröhnten durch den Wagen. Mit einem gezielten Griff drehte Ruben den Ton wieder runter.

»Ey, cool, was war das? Lass mal an!« Das war Luna, aus ihrer Versenkung aufgetaucht.

»Zu Befehl!« Sehr langsam drehte Ruben die Musik lauter. »Monolink, übrigens.«

»Find ich gut.« Luna wippte mit dem Kopf, während ihre Augen seine im Rückspiegel suchten. »Du, Ruben …«

»Ja?«

»Könntest du mal irgendwo halten?«

»Wieso?«

»Ich müsste mal. Und Amy ist auch irgendwie unruhig.« Sie warf ihm einen verzweifelten Blick zu. »Sorry.«

Ruben unterdrückte ein Stöhnen. Frauen im Wagen … Und gleich drei! Wieso hatte er sich das angetan? »Okay«, sagte er. »Ich geh mal davon aus, dass es dringend ist.«

Luna sprang mit dem Hund in die Hitze draußen. »Wir beeilen uns«, trällerte sie und warf die Tür zu.

Augenblicklich fühlte sich die Luft im Wagen wieder so angespannt an wie vor einer Herz-OP. Fieberhaft suchte Ruben nach einem Gesprächsthema. Doch er befürchtete, erneut etwas Idiotisches zu sagen, zumal Juli ihm nicht gerade entgegenkam. Eine Weile starrten sie also nebeneinander zur Windschutzscheibe raus, als müssten sie sich zu zweit auf den nicht vorhandenen Verkehr konzentrieren. Schließlich wurde es Ruben zu blöd. Er drehte den Kopf. Sie tat es im gleichen Moment. Ihre Augen begegneten sich, und das schimmernde Braun nahm ihn seltsam gefangen. Er lächelte, um seine Verlegenheit zu überspielen. »Alles okay?«, fragte er leise.

»Ja.« Sie lächelte zurück, ohne den Blick von ihm zu nehmen. Ihre vollen Lippen ließen ihr ganzes Gesicht leuchten, wenn sie lächelten. »Danke.«

Er wollte etwas Nettes erwidern. Doch alles, was ihm in den Sinn kam, war völlig unpassend. Er konnte einer wildfremden Frau unmöglich sagen, wie wunderschön ihre Augen waren, oder dass ihr Lächeln ihn mehr wärmte als die Sonne draußen die rote Erde, oder dass er sich ganz plötzlich wünschte, das Ziel ihrer Fahrt läge nicht dreißig, sondern dreihundert Kilometer vor ihnen. Nein, nichts davon konnte er Juli sagen, also lächelte er einfach, und für diesen Moment brauchte es auch nicht mehr.

»Das dauert ganz schön lang bei den beiden«, sagte sie irgendwann. »Ich geh mal nachsehen.« Sie war aus dem Auto, bevor er antworten konnte.

Fast gleichzeitig wurden die Türen aufgerissen. Der Hund sprang als Erstes auf den Rücksitz, gefolgt von der schnatternden Luna. »Sorry. Ich hatte so Hunger.« Sie schob ihm von hinten eine riesige gelbe Kekstüte unter die Nase. »Probier mal, die sind göttlich!«

»Danke, nein.« Ruben schüttelte den Kopf. »Alle da?«, fragte er und vergewisserte sich mit einem entspannten Lächeln, dass auch der Beifahrersitz wieder besetzt war. »Dann würde ich sagen: Endspurt!«

Die Stimmung im Wagen hatte sich verändert. Sie alle drei schienen irgendwie verändert. Luna plapperte jetzt ununterbrochen. Sie war eine hinreißende Erzählerin, ewig hätte Ruben ihrer Berliner Schnauze zuhören können. Juli und er kommentierten ab und zu und lachten meist gleichzeitig. Dann blickte er kurz zu ihr hinüber, suchte ihre Augen. Manchmal erwischte er sie, manchmal, so schien es ihm, sah sie bewusst aus dem Fenster, und er erhaschte nur den Blick auf ihren schmalen Nacken, über dem sich die Locken ihres dunkelblonden Bobs kräuselten.

»Wo wohnst du in Berlin, Luna?«, fragte er.

»Neukölln. Du?«

»Prenzlberg.«

»Dachte ich mir.«

»Wieso?«

»Keine Ahnung. Siehst so aus. Bis auf den Wagen. Der ist eher Potsdam.«

Er lachte. Er mochte dieses Mädchen. Und ihren struppigen Hund, der jetzt völlig ruhig neben ihr lag. Matilda würde durchdrehen!

»Wie heißt dein Hund eigentlich?«

»Amy.«

»Cool. Meine Tochter wünscht sich auch einen.«

Luna nickte eifrig in den Spiegel. »Solltest ihr einen kaufen. Hunde sind das Beste. Wie alt ist sie denn?«

»Acht.«

»Ich hab meinen ersten schon mit sechs bekommen. Snoopy hieß er.« Sie lachte ihr tiefes, so gar nicht mädchenhaftes Lachen.

Draußen tauchten zwischen Olivenbäumen und wild wuchernden Kakteen immer öfter kreisrunde weiße Steinhütten mit Dächern wie Zipfelmützen auf.

»Das sind Trulli«, erklärte Juli neben ihm. »Die sind typisch für Apulien.«

»Du warst schon mal hier?«, fragte er erstaunt.

Sie nickte. Dabei sah sie so konzentriert aus dem Fenster, als gäbe es auf den Feldern seltene Tiere zu beobachten.

Die Nachmittagssonne brachte die Fahrbahn zum Flirren, und zum ersten Mal, seit er losgefahren war, fühlte Ruben so etwas wie Urlaubsstimmung.

»Hey, das war vorhin wirklich idiotisch«, sagte er leise.

»Schon klar«, erwiderte sie, ohne den Kopf zu bewegen.

KAPITEL 7

Juli

»Da!«, sagten Ruben und Luna gleichzeitig und lachten, während Ruben, der die Ausfahrt nach Polignano genommen hatte, links abbog, um dem Schild in Richtung San Vincente zu folgen.

»Und du, Juli?« Er zielte in ihre Augen, nicht zum ersten Mal. Und auch diesmal dachte sich Juli, dass sie die Person hinter diesem Blick gerne besser kennengelernt hätte. So wie er sie ansah, konnte man kaum glauben, dass sie sich erst zwei Stunden kannten und dass es nicht sehr freundlich begonnen hatte.

»Du auch zum Campingplatz, oder?«

Vielleicht war es auch seine Stimme, die den Wunsch in ihr weckte, noch sehr lange in diesem Wagen sitzen zu bleiben. Irgendwann in der letzten halben Stunde hatte Juli versucht, sich an Bastis Stimme zu erinnern. Doch da war nichts. Kein spezifischer Klang und vor allem kein Gefühl, das sie mit der Stimme des Mannes verband, mit dem sie die letzten zehn Jahre verbracht hatte. Sie hatte sich vorgenommen, darauf zu achten – und dann den Gedanken verdrängt und lieber darüber sinniert, ob Ruben wohl singen konnte. Und sich vorgestellt, wie er seiner Tochter Geschichten vorlas. Sie hätte dieser Stimme ewig zuhören können. Schade, dass er so wenig sprach.

»Juli?«

Sie schluckte.

Ruben war an den Straßenrand gefahren. Die Zikaden zirpten durch die geschlossenen Fenster. Er sah sie erwartungsvoll an. »Campingplatz?«

»Nein, ich –«, verzweifelt sah sie sich nach Luna um. »Das sind Lunas Pläne. Ich –«

»Juli möchte nicht zwei Wochen im Zweimannzelt verbringen«, kam es von hinten. »Außerdem«, Luna schob sich nach vorn, »sucht sie nach einem bestimmten Hotel. Oder, Juli?«

Juli schnappte nach Luft. »Stimmt, ja«, stotterte sie.

»Willst du nicht mal googeln?« Luna nickte ermutigend.

»Ja, richtig.« Wie in Zeitlupe beugte sich Juli zu ihren Füßen, griff nach ihrer Tasche und holte ihr Handy heraus. Sie hasste es, wie sie dabei beobachtet wurde. Während sie das Display entsperrte, hoffte sie, dass keiner der beiden Zuschauer bemerkte, wie ihre Finger schon wieder zitterten. Es gab keine neuen Nachrichten. Am liebsten hätte sie das Handy einfach aus dem Fenster gefeuert, mitten zwischen die drei knorrigen Olivenbäume. Als wäre die Zeit stehen geblieben, warteten sie dort im roten, geharkten Feld, ein ewiges Begrüßungskomitee und ein schmerzlich bekanntes Symbol für etwas, von dem Juli in diesem Moment weiter entfernt war als München von San Vincente: Familienurlaub. Selbst die süditalienische Nachmittagssonne, die auf die Windschutzscheibe brannte, konnte nicht verhindern, dass Juli bei ihrem Anblick die Einsamkeit in die Glieder kroch wie kalte Betonmasse.

»Und?« Luna lugte über die Sitzlehne. »Hast du die Pension? Wie heißt sie denn überhaupt?«

»*Vista Blu*«, murmelte Juli. »*Casa Vista Blu.*«

»Soll ich mal?« Ungeduldig schnappte Luna ihr das Handy aus der Hand und bevor Juli protestieren konnte, tippte sie darauf herum. »Es ist die Pension, in der Juli früher immer mit ihren Eltern war«, erklärte sie Ruben beiläufig.

»Vielleicht gibt es sie ja gar nicht mehr«, sagte Juli verzweifelt, »es ist so lange her. Ich würde sowieso lieber in irgendein Hotel …«

»Hab sie.« Luna lächelte triumphierend in die Runde, als hätte sie den Südpol entdeckt. Sie hielt Juli den Bildschirm unter die Nase. »Sieht total süß aus.«

Juli nickte. Da war sie, die Website des *Vista Blu*. Sie erkannte den geschwungenen Schriftzug mit den angedeuteten blauen Wellen sofort. Das Bild verschwamm vor ihren Augen, weil ihr Herz plötzlich klopfte, als hätte sie ein paar Liter Espresso getrunken. Sie holte tief Luft und zwang sich, genauer hinzusehen.

*

»Das ist es wohl, oder?« Ruben hatte die *Casa Vista Blu* angesteuert, die mitten in San Vincente lag. Während der letzten zehn Minuten, die sie zusammen verbrachten, war es plötzlich wieder still im Wagen geworden. So still wie zu Anfang – und doch ganz anders. Nicht einmal Luna sagte mehr einen Ton, und Juli fragte sich, was wohl die beiden anderen für einen Grund hatten für die fast greifbare Melancholie. Ihr eigenes Vorhaben erschien ihr mit jedem Meter, den Google sie weiter in den kleinen Ort hineinführte, absurder. Sie wagte kaum, aus dem Fenster zu sehen. War statt mit der Landschaft einzig damit beschäftigt, sich zu fragen, was zum Teufel sie hier wollte. Urlaub ganz allein? Auf den Spuren von Erinnerungen, die nicht nur unbeschwert waren? Sie ignorierte Rubens Frage und blieb sitzen.

»Juli?« Sie spürte Lunas Hand auf ihrer Schulter. »Alles okay?«

Langsam drehte sie sich um. »Hm.« Sie griff nach Lunas Hand. »Sehen wir uns mal – in den nächsten Tagen, meine ich?«

Luna lachte und nickte eifrig. »Klar. Was denkst du denn? Wir schreiben, okay?«

Ihre Worte klangen ehrlich gemeint, auch wenn Juli dachte, dass Luna ab morgen sicherlich Besseres zu tun hatte, als mit ihrer über zehn Jahre älteren Reisebekanntschaft Cappuccino zu trinken. Doch ihr engelhaftes Strahlen half ihr trotzdem, sich nicht ganz so verloren zu fühlen.

Als sie schließlich ausstieg, wärmte die Sonne augenblicklich ihr von der Klimaanlage gekühltes Gesicht. Auch Luna sprang aus dem Wagen und umarmte sie so heftig, dass Juli sich eine Wimper aus dem Auge wischte, als sie sich voneinander lösten. »Danke für alles«, sagte sie heiser.

»Nicht dafür«, erwiderte Luna. »Wir schreiben.« Sie stieg wieder ein.

Juli ließ den Blick über den kleinen Marktplatz schweifen, dessen sanft orangene Abendstimmung so gar nicht zum grauen Gefühl in ihrem Magen passte. Sie atmete tief ein, dann beugte sie sich zurück in den Wagen. »Danke Ruben!«

Er schüttelte nur den Kopf und stieg aus. Als er auf sie zugelaufen kam, fiel ihr wieder auf, wie groß er war. Sie hatte es über die Fahrt vergessen. Ganz im Gegenteil zum tiefen Blau seiner Augen. Einen Meter vor ihr blieb er stehen. Er fuhr sich über die kurzen dunklen Haare, dann ließ er die Arme unschlüssig neben dem Körper baumeln.

Ohne nachzudenken, machte Juli einen Schritt auf ihn zu. Sie legte ihre Hände an seine Oberarme und für einen winzigen Moment ihre Wange an seine Brust. »Danke«, sagte sie und ließ los, bevor es peinlich werden konnte.

»Gern geschehen«, sagte er. »Wirklich.«

Seine Stimme wärmte sie wie eine sanfte Berührung von innen. Sie sahen sich in die Augen und entschieden gleichzeitig damit aufzuhören.

»Gepäck hattest du ja nicht«, sagte er mit einem irritierten Blick auf die Tüte in ihrer Hand.

Juli schüttelte stumm den Kopf, in Gedanken immer noch bei den Muskeln unter ihren Händen und seinem Duft in ihrer Nase.

»Dann wünsche ich dir einen schönen Urlaub, Juli.« Mit großen Schritten eilte er zurück zur Fahrerseite.

Amy guckte aus dem heruntergelassenen Fenster. Sie kläffte ein paar Mal, und Luna winkte, als der Wagen langsam in einer der schmalen Straßen verschwand.

*

Ein kräftiger Wind wehte über die Piazza. Er roch nach Salz und Fisch. Das Meer war kaum einen Kilometer entfernt. Juli drehte sich um. Bis auf das neue Schild über dem Eingang, das aus der *Casa* ein Hotel machte, sah das *Vista Blu* aus wie in ihren Erinnerungen. Ein Sandsteinbau, dessen massive Fassade nicht vermuten ließ, welch bezaubernde Zimmer mit Aussicht bis zum Meer sich im Inneren verbargen. Es standen Tische vor dem Haus und weiß getünchte Holzstühle, auch das war neu. Ein charmantes Café unter einer weißen Markise, von der Piazza getrennt durch eine wilde Mischung aus Kakteen, Zitronenbäumchen und Geranien in Terrakottakübeln. Direkt gegenüber am Platz lag mächtig wie eh und je San Vincente, die mittelalterliche Kirche, die dem Ort ihren Namen gab. Juli lächelte bei dem Gedanken, wie sie deren frühmorgendliches Glockenläuten früher verflucht hatte, weil sie mit Elena wieder bis in die Nacht heimlich Limoncello getrunken hatte. Elena. Die Erinnerungen polterten jetzt nur so in Julis Kopf und mit ihnen wilde Gefühle. Es war so irreal, dass sie hier stand wie ausgespuckt, mit nichts als ihrer Handtasche und der *Coop*-Plastiktüte, reingebeamt in ein Bild aus ihrer Jugend. Und sie konnte sich beim besten Willen nicht entschließen, das Haus zu betreten, womöglich Elena zu begegnen oder deren Eltern, denen es gehörte. Oder gehört hatte? Was wusste sie schon, was hier in den letzten zwanzig Jahren passiert war, seit ihre Eltern und sie an jenem Morgen Hals über Kopf und ohne ein Wort des Abschieds die *Casa Vista Blu*, San Vincente, ja ganz Italien auf Nimmerwiedersehen verlassen hatten.

Entschlossen drehte Juli sich weg, in die Richtung, in der sie das Meer vermutete. Ihr Magen knurrte seit Stunden. Über die Autopanne hatten sie glatt das Essen vergessen. Sie würde irgendwo eine Pasta nehmen und dabei noch einmal ausgiebig die Website des *Vista Blu* nach Informationen durchforsten. Ein guter Plan, der auch den Gedanken, sich allein in ein Restaurant zu setzen, etwas erträglicher machte.

Eine Stunde später lief Juli den gleichen Weg zurück, den sie gekommen war. Sie fühlte sich gesättigt, aber nicht weniger verloren. San Vincente war ein Urlaubsort. Und auch die paar Einheimischen, die in der warmen Abendluft die Via al Porto, die Fußgängerzone zum Hafen, entlangflanierten, konnten nicht darüber hinwegtäuschen, dass dieser Ort um diese Jahreszeit nicht gerade das war, was Juli aus ihrer Verzweiflung reißen und auf andere Gedanken bringen würde. Die Sonne hatte sich bereits verabschiedet, und was auf dem Hinweg noch romantisch von hinten beleuchtet worden war, erschien Juli jetzt grau und kühl. Am Hafen hatte sie mit Blick auf Polignano *Spaghetti Vongole* gegessen, die so köstlich waren, wie die mit Einheimischen voll besetzten Tische es vermuten ließen. Doch die italienische Lebendigkeit dieses offensichtlichen neuen Hotspots des Ortes hatte Juli ebenso wenig genießen können wie das gute Essen und die Farbe des Meeres, das in allen Schattierungen zwischen Dunkelblau und Hellgrün schimmerte. Vor lauter Herzschmerz hatte sie die Nase in ihr Handy vergraben und versucht, ihre Umgebung auszublenden. Den Primitivo hatte sie kaum geschmeckt, aber dennoch zwei große Gläser davon runtergekippt. Eins, um wenigstens ein bisschen in Urlaubsstimmung zu kommen, das zweite, damit der Bammel vor der anstehenden Begegnung mit der Vergangenheit ihr nicht die Muscheln im Magen verdarb.

Elena, so hatte die Website ihr verraten, hatte das *Vista Blu* tatsächlich von ihren Eltern übernommen. Die Rubrik *La Storia* erzählte vom Familienbetrieb in der dritten Generation und stellte Elena Bruni vor, die Enkelin der Gründer, die vor Kurzem die Führung des Hauses übernommen hatte. Juli hatte sich nicht verkneifen können, das Foto mit den Fingern großzuziehen. Ihre damals innige Ferienfreundin Elena war schon als Teenager ein Knaller gewesen. Es überraschte Juli nicht, dass aus ihr eine umwerfend attraktive Frau geworden war. Das Studiofoto im Businesskostüm ließ allerdings nichts mehr von dem unbändigen Temperament erkennen, das Juli damals so bewundert hatte. Von einem Mann war nirgends die Rede. Juli war beeindruckt von der Professionalität der Website, dem einheitlich modernen Look der Bilder, den sauber übersetzten Texten und dem Hinweis auf alle relevanten Social-Media-Kanäle. Sie erinnerte sich, dass Elena schon damals mit fünfzehn davon geschwärmt hatte, irgendwann einmal Hoteldirektorin zu werden und aus der *Casa Vista Blu un vero hotel* zu machen. Sie war offensichtlich dabei, ihren Traum zielstrebig in die Tat umzusetzen. Im Text stand auch, dass die Direktion fließend Englisch und Deutsch spreche und man sich über die vielen langjährigen Stammgäste aus Deutschland freue. Juli stolperte über diesen Teil. Es hatte eine Zeit gegeben, in der man im *Vista Blu* gewisse Stammgäste aus Deutschland wahrscheinlich eher verflucht hatte. Der Gedanke daran ließ sie erneut zögern – leicht könnte sie sich mit zwei Klicks eine andere Unterkunft buchen, im schönen Polignano womöglich, und die Vergangenheit ruhen lassen. Doch sie verscheuchte die Zweifel. Sie war doch nicht mit

Luna tausend Kilometer gefahren, nur um sich irgendwo am Meer den Kopf über ihre kaputte Beziehung zu zermartern. Nein, sie hatte diese unerwartete Chance ergriffen, um die Vergangenheit aufzumischen – und sich dadurch von der Gegenwart abzulenken.

In der kleinen *Farmacia* an der Piazza kaufte Juli eine Zahnbürste. Alle anderen Besorgungen verschob sie auf morgen. Sie holte tief Luft und trat durch die Glasschiebetür ins *Vista Blu*.

Mit einem Surren schlossen sich die Scheiben hinter ihr. In der Luft hing Lavendel, genau wie damals. Und auch sonst ließ die Atmosphäre der Lobby, die eher an ein winziges Wohnzimmer erinnerte, Juli wie angewurzelt auf dem blauen Teppich mit dem Hotelschriftzug stehen bleiben. Alles stand noch am selben Platz: die schmiedeeisernen Sessel, die Zimmerpflanzen, das alte Holzregal, in dem Gäste traditionell ihre Bücher zurückließen. Manches schien irgendwann erneuert worden zu sein, so wie die blau-weiß-gestreiften Kissenbezüge oder der geraffte Leinenvorhang, der die Rezeption vom Aufenthaltsraum trennte. Doch selbst die schicken Bananenpflanzen, die jetzt statt Palmen in den alten Terrakottatöpfen wuchsen, konnten Juli nicht davor bewahren, sich schlagartig um zwanzig Jahre zurückversetzt zu fühlen. Nur im Vorbeisehen nahm sie das alles wahr, weil ihre ganze Aufmerksamkeit der Rezeption galt. Dass sie unbesetzt war, machte Juli gleich noch nervöser, und als sich schließlich der Vorhang hinter dem gemauerten Tresen bewegte, begann ihr Herz zu rasen.

Ein junger Mann kam aus dem Büro, im dunklen Anzug,

so übertrieben für das kleine Ferienhotel wie Julis Reaktion, als sie realisierte, dass er nicht Elena war. Sie atmete hörbar aus, rannte regelrecht auf ihn zu und schmetterte ihm ein aufgedrehtes *buonasera* entgegen. Er lächelte freundlich und streckte seine Hand aus. »Buonasera, Frau Peters. Herzlich willkommen im *Hotel Vista Blu*! Ich bin Paolo.«

Juli erwiderte seinen Händedruck verwirrt. »Vielen Dank. Woher wissen Sie …?«

Sein Lächeln war hinreißend und ihr Teenagerherz wäre jetzt schon verloren gewesen: goldbraune Locken bis zur Schulter und Wimpern zum Neidischwerden über leuchtenden Augen.

»Sie sind die einzige Reservierung heute«, sagte er mit unwiderstehlichem Akzent. »Ho riservato la quattro. Ich habe das Zimmer Nummer vier für Sie reserviert. Es liegt im zweiten Stock, hat einen Balkon und einen wunderschönen Blick bis zum Meer. Darf ich Ihr Gepäck nehmen?« Er kam um den Tresen herum.

»Danke«, Juli seufzte peinlich berührt, »aber ich habe keins.«

»Oh, in Ordnung.« Er verbeugte sich unmerklich. »Ich werde Sie trotzdem hinaufbegleiten.«

Als Paolo die Nummer vier aufschloss, klopfte Julis Herz. Sie blieb auf der Schwelle stehen, konnte sich nicht entschließen, ihm ins Zimmer zu folgen. Während er die Tür zum winzigen Balkon öffnete, ließ sie den Blick schweifen. Und wieder erinnerte sie sich: an die natürliche Kühle, die die gewölbte Sandsteindecke ausstrahlte, an die dunklen Holzmöbel und an das Rauschen, das aus der Dunkelheit durchs offene Fenster rollte.

»Il mare«, sagte Paolo stolz.

»Si.« Juli nickte und trat ein. »Che bello.« Und endlich spürte sie, was sie sagte: Wie schön!

KAPITEL 8
Ruben

»Alter, dass du es endlich einrichten konntest«, sagte Nick zum fünften Mal, während er Ruben Rotwein nachschenkte.

Die Kerze im verrosteten Windlicht knisterte. Womöglich hatte sich eine Mücke verirrt. Sie saßen auf klapprigen Stühlen in Nicks wildem Garten und teilten sich den unendlichen Sternenhimmel mit Olivenbäumen und ein paar Insekten.

Ruben hob stöhnend das Glas. »Wie oft hast du noch vor, es zu sagen?« Er lächelte. »Danke für die Einladung, mein Lieber. Ich hab sie nicht verdient.«

»Red nicht so einen Bullshit! Ich will ja nicht sagen, dass ich mich über deine kleine Herzschwäche freue – aber gelegen kommt sie mir schon.« Breit grinsend hob Nick das Glas. »Und solange du noch mit mir trinken kannst, ist mir jeder Grund recht, der dich herbringt.« Er nahm einen großen Schluck, dann wurde sein Gesicht ernst. »Ich scherze natürlich. Wie geht's dir jetzt?«

»Bestens.«

Nick nahm die Fingerspitzen zusammen. »Eh, che cazzo!« Die Geste musste er sich bei italienischen Freunden abgeschaut haben. Im Kerzenschein wirkte sie besonders dramatisch. »Red keinen Mist!«

Aus dem Haus klangen die Beats einer Playlist, die Ruben an alte Zeiten in Berlin erinnerte. Sie verschmolzen mit dem Soundtrack von brechenden Wellen und singenden Zikaden. Es war keine Ausrede. Nick vergaß lediglich, dass man sich in seiner Gegenwart eben einfach nur bestens fühlen konnte. Schon auf den letzten Kilometern der Autobahn war Rubens gute Laune aus ihrem Winterschlaf erwacht. Als das Navi ihn schließlich in den Sandweg gelotst hatte, vorbei an einem verfallenen Trullo, mitten in die Ölbäume, hatte seine aufgeregte Vorfreude sein Herz im Takt der Bassline hämmern lassen. Ein schiefes Holzschild zeigte den Weg zum Strand geradeaus, während ihn Nick zwanzig Meter weiter links in der Tür seiner Villa erwartete, die zwar pugliesisch weiß gestrichen, aber atmosphärisch eher kunterbunt war. Er stand in der untergehenden Sonne, in Schlabberhose und Batikshirt mit einem Glas Campari in der Hand, und als Ruben ihn sah, hatte sich bei aller Überraschung über diese erneute Transformation jeder Zweifel an der Entscheidung herzukommen in der warmen Sommerluft aufgelöst.

Er hatte sie über den Stress der letzten Jahre einfach vergessen: Nicks Fähigkeit, Menschen zu verzaubern. Diesen unerklärlichen Soforteffekt, der bei Freunden, Frauen und Geschäftspartnern gleichermaßen wirkte.

Sie kannten sich aus Hamburg, wo sie beide aufgewachsen waren und im gleichen Tennisclub gespielt hatten. Später in Berlin hatten sie sich wiedergetroffen. Ruben studierte dort gewissenhaft Medizin, und Nick machte tags in Immobilien und nachts in Technoclubs. Ihrer Freundschaft tat ihr unterschiedliches Leben keinen Abbruch. Im Gegenteil, Nicks begnadetes Talent, jedes noch so dröge Ereignis in eine spannende Story zu verwandeln, ergänzte Rubens angeborene Vorliebe fürs Zuhören. Seine chamäleonartige Angewohnheit, alle paar Jahre radikal den Lebensstil zu wechseln, brachte frischen Wind in Rubens trockenes Medizinerumfeld. Und der Charme, mit dem der Sonnyboy Frauen anzog wie die Sonne persönlich, langte allemal für seinen wortkargen Freund mit. Nick redete immer mindestens für zwei, aber er und Ruben brauchten keine Worte, um sich zu verstehen. Sie teilten die Begeisterung für elektronische Musik, und wie Nick hatte sich Ruben jahrelang gerne in Technoclubs herumgetrieben – denn auch dort musste man nicht viel sprechen.

»Los jetzt!«

Ruben zuckte aus seinen Gedanken, als Nick mit der Hand auf den kleinen Metalltisch knallte.

»Kriegst du irgendwann noch deine Zähne auseinander? Ich will endlich genauer wissen, was eigentlich passiert ist.«

Ruben seufzte. Noch so ein Unterschied zwischen ihnen: Nick wälzte Probleme mit der gleichen Leidenschaft, mit der Ruben vermied, über sie zu sprechen. »Mann, ich hab dich vermisst!«, brummte er als Antwort. »Und du bekommst die Geschichte schon noch. Aber ich fühle mich gerade wirklich gut. Darf ich das noch ein bisschen genießen? Erzähl mir doch erst mal, wie es dir geht. In diesem Haus, allein, mitten in der Pampa.« Er schüttelte grinsend den Kopf. »Das ist echt surreal.«

Nick grinste zurück. »Ach komm, wieso? San Vincente ist

ein netter Ort. Wirst sehen, ins *Porto Verde* am Hafen kommen die Leute aus der ganzen Gegend, um Fisch zu essen. Und weiter im Norden gibt es Beach Clubs, in denen im Sommer DJs auflegen.«

»Und an hübschen Frauen mangelt es Italien auch nicht, ist klar.« Ruben betrachtete seinen Freund vor dem Nichts der Dunkelheit. »Aber du weißt genau, was ich meine. Für mich warst du immer ein – urbaner Typ. Einer mit norddeutschen Wurzeln«, setzte er hinzu.

»Vergiss nicht, dass meine Mutter Italienerin ist!« Nick hielt Ruben die Schale mit den frittierten Calamari unter die Nase. »Das ist ihr Rezept.«

Ruben warf sich einen in den Mund. »Stimmt. Deine Kochkünste hatte ich fast vergessen. Und wie geht's deinen Eltern? Wie finden sie es, dass du ihr Ferienhaus besetzt hast?«

»Sehr gut. Apulien war ihnen irgendwann sowieso zu weit weg. Und zu heiß. Und das Haus hier zu wenig – luxuriös.« Der Kies knirschte, als Nick mit dem geschnürten Plastikstuhl aus den Siebzigern wackelte. »Sie haben sich schon vor Jahren nach Sylt orientiert.« Er hob die Hände. »Wer's mag. Ich mag gerade – das hier.« Er ließ den Kopf nach hinten sacken und hob die Hände. »Ist es nicht der Wahnsinn?«

Auch Ruben sah in die Sterne, nickte nur stumm und wunderte sich, dass er seit Stunden nicht an die Klinik gedacht hatte. Und nicht an Matilda. Verdammt! Er sprang so plötzlich auf, dass der Klappstuhl umkippte.

»Hey, was ist?«, Nick sah ihn entgeistert an.

»Ich hab vergessen, Matilda anzurufen! Shit, bin gleich zurück.« Er war schon halb drinnen, um sein Handy zu suchen.

Als er zurückkam, hatte Nick noch eine Flasche Wein geöffnet. »Alles klar?«, fragte er.

Ruben nickte. »Sorry.«

»Kein Problem. Wie alt ist sie jetzt?«

»Acht.«

»Und, kommt ihr zurecht?«

»Ja, kommen wir. Ziemlich gut eigentlich.« Ruben seufzte. »Nur wahrhaben will ich es immer noch nicht.« Und dann begann er seinem Freund von den letzten drei Jahren zu berichten. Er ließ nichts aus, nicht seine Verzweiflung, nicht die Wut, nicht sein Gefühl, Schuld an allem zu sein, und vor allem nicht seine dauernde Sorge um Matilda, die sein Herz ausbrannte. Schließlich erzählte er auch von ihrem neuen Leben, das schmerzlich anders war, aber eigentlich ziemlich gut. Und von Kati, seiner Nachbarin und inzwischen besten Freundin, der dies zum großen Teil zu verdanken war. Im Licht der Kerze konnte Ruben Nicks Gesicht nur schemenhaft erkennen. Doch er wusste, dass sein Freund ihn in der ganzen Zeit nicht aus den Augen ließ. Still hörte er zu und stellte nur immer wieder Fragen, um Rubens Redefluss in Gang zu halten. Jetzt sah Ruben ihn trotz der Dunkelheit breit grinsen. »Vielleicht solltest du uns mal vorstellen. Klingt, als sei diese Kati eine super Frau.«

Ruben nickte. »Ist sie. Sie erinnert mich irgendwie an dich.« Er lachte. »Redet vielleicht ein bisschen viel.«

»Aber ihr habt nicht …«

Ruben riss die Augen auf. »Nee! Kati steht auf tätowierte Yogis.«

»Okay. Wieso nicht? Ein Drache auf deiner Schulter würde sich gut machen.«

»Ganz bestimmt. Ich meinte allerdings weibliche Yogis.«

»Ach so. Schade. Na dann … Und sonst so?«

»Was meinst du?«

Nick hielt Ruben die Schüssel hin und klebte dann ein paar letzte Panadekrümel mit dem Finger auf. »Hattest du mal Sex?«

Ruben verschluckte sich am letzten Calamar. »Ich hatte vergessen, wie direkt du bist«, hustete er.

»Also?« Nick leckte die Finger ab und fixierte ihn gnadenlos.

»Kein Bedarf.«

»Heißt was? Du liebst sie noch?«

»Gute Frage.«

Nick schwieg.

So lange, dass Ruben schließlich nachhakte: »Was?«

»Ich warte auf deine Antwort.«

»Pah.« Ruben schnaubte aus. »Nein«, sagte er schließlich. »Ich liebe sie nicht mehr.«

»Sicher?«

»Ganz sicher.«

»Und wieso hast du dann keinen?«

»Was?«

»Sex? Soweit ich mich erinnere, warst du früher durchaus interessiert daran – sehr interessiert.«

»Ich bin immer in der Klinik.«

»Ja, und? Früher war das dem regelmäßigen Geschlechtsverkehr eher förderlich.« Nick grinste wissend. »Bevor Alex ins Spiel kam, meine ich.«

Ruben zuckte mit den Schultern. »Keine Ahnung.«

»Boah, Junge, kann es ein, dass du dir dein Leben verdammt schwer machst?« Nick hob sein Glas. »Hiermit verspreche ich dir anlässlich dieses wunderbaren Wiedersehens, dass ich mich in diesen zwei Wochen persönlich darum kümmern werde, dein Zölibat zu beenden.«

»Nick – bitte.« Ruben verdrehte die Augen. »Ich will mich einfach nur erholen.«

»Das sollst du auch, mein Lieber. Entspann dich mal. Wir werden ja sehen, ob wir deine Gefühle nicht ein bisschen aufmischen können. Noch einen Schluck?«

»Wenn das mein Arzt wüsste!« Ruben bemühte sich, sein Schmunzeln zu unterdrücken. Wenn Nick wüsste! Keine zwei Stunden war es her, dass seine Gefühle völlig unerwartet *aufgemischt* worden waren, gelinde gesagt. Sein Herz hatte geschwungen vor Leichtigkeit nach dem Abschied von Juli. Und es regte sich schon wieder einiges in ihm, wenn er an ihre kurze Berührung dachte. Leises Kribbeln wehte wie ein warmer Windstoß durch seinen Körper. Nick wäre stolz auf ihn! Doch er würde ihm nichts erzählen. So flüchtig die Begegnung auch gewesen war – er würde sie nicht Nicks gierigen Worten zum Fraß vorwerfen. Er wollte sie ganz für sich.

KAPITEL 9

Juli

Schon von der Treppe aus sah Juli die braune Haarmähne. Wild gelockt und von der Sonne in einem Ton vergoldet, den kein Friseur der Welt hinkriegen konnte. Wenn sie ihr ins Gesicht fielen, versuchte Elena ihre Haare hinter der Schulter zu bändigen, nur war aus dem lässigen Schwung von damals jetzt ein kontrolliertes Streichen geworden. Aus dem Büro hinter der Rezeption schien ein Sonnenstrahl auf genau die Stelle, an der Elena mit dem Handy in der Hand am Tresen lehnte. Juli war plötzlich froh, sich trotz der Frische des Morgens für ihr Sommerkleid und nicht den pinken Trainingsanzug entschieden zu haben. Elena blubberte ins Handy wie ein Wasserfall. Ihre Haut, die Augen, die Haare, alles leuchtete in derselben Farbe von Karamell, neben der sich Juli schon mit fünfzehn wie ein hässliches, bleiches deutsches Entlein gefühlt hatte. Für einen Moment verharrte sie im Dunkeln der Treppe, dann nahm Juli entschlossen die letzten Meter zur Rezeption in Angriff. Paolo sah von einer Abrechnung auf, als sie den Schlüssel mit dem Ankeranhänger auf der Theke platzierte. »Buongiorno.«

»Ah, buongiorno, Frau Peters.« Er machte eine kleine, sehr professionelle Verbeugung. »Haben Sie gut geschlafen,

Frau Peters?« Er trug wieder Anzug, diesmal im gleichen dunkelblau wie Elenas Kostüm, die darin exakt so aussah wie auf dem Website-Foto, eine wunderschöne, aber ebenso toughe Geschäftsfrau. Dynamisch drehte sie sich um. »Buon –«, das Handy sackte auf den Tresen. »Giuli.«

Juli grinste verlegen. »Ciao Elena.«

Elena kniff die Augen zu zwei Schlitzen zusammen. »Ma come …? Was machst du hier?«, sagte sie schroff.

Julis Lächeln verkrampfte sich. »Urlaub«, sagte sie, während in ihrem Hinterkopf all die vorformulierten Sätze über ihre Wiedersehensfreude zu einem Haufen Altpapier zusammenfielen.

Manikürte Finger schossen über die Theke. »Willkommen im *Hotel Vista Blu*.« Elenas Lächeln war nicht zum Erwidern gedacht. Sie hatte die Situation inzwischen unter Kontrolle, während Juli das Sprechen verlernt hatte. Die Haare wurden drapiert, dann deutete Elena in Richtung der Glastür rechts von ihr, auf der in geschnörkelten Buchstaben *Cactus Bar* stand. »Frühstück gibt es in der Bar.« Sie zog ihre Mundwinkel weiter bis zu den Ohren. Es sah aus, als würden sie dort stehenbleiben, ohne dass Elena etwas dafür tun musste. »Sie ist neu«, sagte sie. »Der erste Schritt unseres Umbaus.« Sie wandte sich nach links. »Paolo, accompagna la signora al bar, per favore.« Erstmals huschte ein echtes Lächeln über Elenas Gesicht. »Das ist übrigens Paolo.« Sie strich dem jungen Mann, der sie um fast einen Kopf überragte, liebevoll durch die Haare. »Mein Sohn.«

»Wow.« Ja, sicher, die gleichen goldenen Haarsträhnen, der gleiche Ton der Haut. Der hübsche Paolo war seiner Mutter wie aus dem Gesicht geschnitten. Warum war ihr das nicht gleich aufgefallen? »Ciao Paolo«, sagte Juli. »Deine Mutter und ich, wir kennen uns schon sehr lange.«

»È vero?«, fragte Paolo seine Mutter.

Elenas Gesicht hatte sich wieder in karamellfarbenen Beton verwandelt. »Si. Frequentava l'hotel quando era ancora gestito dal nonno.«

Juli wagte noch einen Versuch: »Ich hab gelesen, dass du das Hotel von deinen Eltern übernommen hast, Elena. Gratuliere. Es ist immer noch wunderschön.«

»Es freut mich, dass es dir gefällt«, sagte Elena steif. Dann durchbohrte sie Juli mit ihren vermeintlich warmen Augen. »Wie lange wirst du bleiben?«, fragte sie monoton und gleichzeitig aggressiv wie ein Gewehrschuss.

Juli schluckte. »Zwei Wochen«, sagte sie leise. *Zumindest war das der Plan.*

»Ach, wirklich? Sehr gut«, säuselte Elena, während das Flackern ihrer Augen die Lüge entlarvte. »Du entschuldigst mich jetzt? Ich wünsche dir einen schönen Tag! Paolo?« Sie warf die Haare zurück und verschwand nach hinten ins Büro, ohne Juli eines weiteren Blickes zu würdigen.

Paolo fragte, ob sie ihren Cappuccino lieber in der Bar oder draußen auf der Piazza nehmen wollte. Juli entschied sich für den letzten Stehplatz ganz am Ende des schicken Marmortresens – oder vor allem für die Gesellschaft der Einheimischen, die hier dicht gedrängt und lautstark italienisch gute Laune verbreiteten. Sie atmete tief ein und bemühte sich, mit dem herrlichen Duft nach frisch gebrühtem Espresso nicht nur den fahlen Geschmack des Wiedersehens mit Elena zu vertreiben, sondern auch das Gefühl des Verlassenseins, das nach der unschönen Begegnung wieder über sie hergefallen war wie in der Abstellkammer vergessenes Gerümpel.

Sie beobachtete, wie Paolo dem leicht überforderten Barista zu Hilfe kam und mit geübten Handgriffen an der blitzenden Maschine einen perfekten Cappuccino nach dem anderen zauberte. Sie wurden ihm von seinem Kollegen allerdings aus der Hand gerissen, kaum dass der letzte Tropfen cremiger Milch in der Tasse landete. Kein Wunder, das halbe Dorf schien hier um diese Uhrzeit *Caffè* zu nehmen, darunter viele Männer in bunten Latzhosen mit wettergegerbten Gesichtern und einer unmissverständlichen Duftwolke um sie – Fischer aus dem Hafen, die sich nach nächtlicher Arbeit eine verdiente Frühstückspause gönnten.

Juli ließ den Blick schweifen und fühlte sich gleich besser. Diese quirlige Lebendigkeit war genau das, was sie brauchte. Und die Bar war wirklich ein Schmuckstück mit ihrem weißen Marmortresen und einer riesigen Vitrine darunter, in der ganze Schinken, riesige Mortadellawürste und köstlich aussehende Gemüseantipasti gekühlt wurden. Eine der weißen Wände war bis unter die Decke dekoriert mit an groben Nägeln aufgehängten Kaktusblättern. An einer anderen hingen Schwarz-Weiß-Fotografien in weißen Rahmen. Juli erkannte den Hafen und die kleine Sandbucht von San Vincente. So viele Sommer hatte sie dort mit ihren Eltern glücklich am Strand verbracht. Sie beschloss, ihr heute einen Besuch abzustatten.

»Prego, Juli, Entschuldigung. È un casino. Wie sagt man? Es ist ein bisschen chaotisch gerade.« Paolo unterbrach sie in ihren Erinnerungen und platzierte den Cappuccino und ein verführerisch duftendes Teilchen vor ihr. »Mögen Sie Brioche?«, fragte er. »Buon appetito!«

»Oh ja, wie gut das riecht!« Juli zog den Duft in die Nase. »Danke, Paolo.«

Er grinste. »Di niente. Es wird gleich da drüben gebacken.« Er nickte in Richtung der offenstehenden Tür und der Piazza, die dahinter in der Sonne strahlte.

Juli konnte sich nicht länger zurückhalten. Sie biss in das fluffige Teilchen. »Hmm. Buonissimo!«, murmelte sie mit vollem Mund. Dann kam ihr ein Gedanke. »Sag mal, Paolo, ich habe noch eine Frage.«

»Ja?«

»Ich muss dringend ein paar Klamotten kaufen, weil –«, sie seufzte, »mein Gepäck verloren gegangen ist. Gibt es hier im Ort inzwischen ein paar Boutiquen?«

»Boutiquen?« Paolo sah sie verständnislos an.

»Si. Negozi di moda?« Sie hatte eigentlich Elena fragen wollen. Aber das fiel ja nun aus.

»In San Vincente?« Paolo guckte sie an, als hätte sie nach einem Pradaladen gefragt. »No!« Er schüttelte lachend die Locken. »Ma – aber heute ist Markt. Dort gibt es schöne Kleider«, sagte er in seinem putzigen Deutsch. »Er findet am Hafen statt. Sie können die Via al Porto nehmen.«

Juli überspielte ihre Skepsis mit einem Lächeln. »Grazie, Paolo«, sagte sie. »Dann werde ich mein Glück dort mal versuchen.«

»Di niente, grazie a Lei.« Er verbeugte sich. »Ich wünsche Ihnen einen schönen Tag.«

»Dir auch, Paolo – und bitte, du darfst mich ruhig duzen!«

Juli trank ihren Cappuccino. Ihre Gedanken wanderten zu der Szene mit Elena, und sie spürte die Brioche schwer im Magen. Was hatte sie sich vorgestellt, als ihr diese Schnapsidee, sich hier gleich zwei Wochen einzubuchen, als genialer Plan erschienen war? Dass sich dieses Kaff, in dem sie die besten Sommer ihres Lebens verbracht hatte, in den letzten Jahren in St. Tropez verwandelt hatte? Dass Elena und sie wie damals endlose Tage am Strand und Nächte mit italienischen Jungs verbringen würden? Dass ihre Freundschaft nach zwanzig Jahren einfach auferstehen würde – obwohl sie damals radikal unterbrochen worden war? Ja, tatsächlich, genau damit hatte Juli gerechnet. Dass Elena spontan an die guten Seiten der alten Zeiten anknüpfen würde, wenn Juli erst einmal vor ihr stand. Dass die schmerzhaften Erinnerungen auch für Elena inzwischen verblasst wären – so wie für sie selbst. Weil die Zeit eben nicht stehen geblieben war. Weil das Leben weitergespielt hatte, und das nicht so schlecht. Wenn sie ehrlich war, hatte Juli die Möglichkeit, dass die Vergangenheit in Elenas Leben präsenter war als in Julis, schlicht nicht in Erwägung gezogen. Und noch etwas hatte sie in dem Drang, ihrem verletzten Herz eine *gute Zeit* zu bescheren, völlig übersehen: Dass die Hoteldirektorin Elena – selbst wenn sie wollen würde – wahrlich anderes zu tun hatte, als mit einer Jugendfreundin Strandparty zu machen.

Die zwei Wochen in diesem Kaff erschienen Juli mit einem Mal unendlich lang, wo sich doch schon der erste Tag vor ihr erstreckte wie ein endloser, leerer Tunnel.

Ein Summen auf der Bar riss sie aus ihrer Erstarrung. Ein WhatsApp-Call. »Luna!«, japste sie vor lauter Freude.

»Hey, Juli!« Das Display war ein einziges Lächeln. »Wie geht's dir heute Morgen? Wie war deine Nacht? Besser als im Zelt?«

Julis Herz hüpfte. »Danke, Luna. Sie war richtig gut. Obwohl ich euch vermisst habe.«

»Oh. Wie süß von dir. Hörst du das, Amy?« Amys spitze Schnauze tauchte auf, dann schleckte ihre Zunge über den Bildschirm.

»He, Amy. Sorry, Juli.« Lunas Gesicht erschien wieder. »Woah, ist das windig.« Sie hielt sich die Haare, die wie weiße Gräser vor dem stahlblauen Himmel wehten. »Du musst unbedingt kommen, Juli. Guck mal.« Der Bildschirm fuhr über ein paar Felsen, dann kam Sand ins Bild und schließlich ein schräger Blick auf türkisblaues Wasser.

»Bist du in der Bucht von San Vincente?«, fragte Juli, der die Bilder trotz der Verzerrung bekannt vorkamen.

»Ja. Gleich unterhalb vom Campingplatz. Siehst du, wie krass es hier ist?« Lunas Gesicht war zurück. »Und kein Mensch, nur Amy und ich. Kommst du?«

Die Schwere in Julis Beinen löste sich plötzlich auf. »Ja! Total gerne, Luna.« Mit dem Hörer in der Hand schob sie den Barhocker zur Seite. »Ich brauch nur noch – einen Bikini. Und ein paar Klamotten.« Sie lachte. »Du erinnerst dich …? Aber dann – ruf ich dich an, okay?«

»Klar. Wir sind hier. Ich schick dir den Standort.«

»Nicht nötig. Ich kenn mich aus.«

»Ach ja, hab ich vergessen. Dann bis später, ich freu mich«, blubberte Luna und weg war sie.

Plötzlich konnte Juli es nicht erwarten, in die Sonne zu kommen. Sie stürmte durch die Glastür in die Lobby und weiter in Richtung der Treppe, die zu den Zimmern führte. Den Blick hielt sie dabei allerdings konsequent auf dem Boden.

»Ups, Entschuldigung, scusi.« Abrupt stoppte sie, kaum einen halben Meter vor einem älteren Herrn im Anzug, der so unerwartet aus dem Salon gekommen war, dass Juli ihn beinahe umgerannt hätte. »Tutto bene, signore?«

»Si, si, nessun problema, signorina.« Er lächelte sie freundlich aus karamellfarbenen Augen an.

»Signor Bruni!«, rief Juli und strahlte zurück. »Mi riconosce? Erkennen Sie mich wieder? Sono Giuli. Juli Peters.«

»Ah si, ja, natürlich.« Seine Augen flackerten, als er die Hand nahm, die Juli ihm hinstreckte. Er führte sie zum Mund und platzierte einen Handkuss in der Luft darüber. »Wie schön, Sie in unserem Hotel wieder begrüßen zu dürfen. Ich hoffe, es ist alles zu Ihrer Zufriedenheit?« Er ließ die Hand fallen und blickte an Juli vorbei. In seinem dunkelblauen Anzug sah er aus wie aus dem Ei gepellt, so wie früher schon, wenn Juli ihn auch größer und kräftiger in Erinnerung hatte. Sie rechnete insgeheim nach. Er musste jetzt über sechzig sein, vielleicht etwas älter als ihre Mutter. Doch er wirkte weitaus zerbrechlicher, und seine Hand hatte sich knochig und eiskalt angefühlt wie die eines Greises. Jetzt bemerkte Juli, dass die obersten Knöpfe seines gestreiften Hemdes unter dem faltigen Hals falsch geknöpft waren. Es passte nicht zu seinem ansonsten makellosen Stil.

»Wie geht es Ihnen, Signor Bruni?«, fragte sie.

Elenas Vater nickte ihr mit einem abwesenden Lächeln zu. Dann lief er ohne ein weiteres Wort an ihr vorbei und trat durch die Schiebetür nach draußen.

»Le sta molto bene! Guardi!« Der Standverkäufer hielt Juli einen verschnörkelten Handspiegel hin. Juli versuchte ihn so zu halten, dass sie sich von oben bis unten sehen konnte. Sie hatte sich tatsächlich überreden lassen, ein knallrotes Kleid anzuprobieren. Wahrscheinlich hatte der Kauf des orangenen Häkelbikinis sie in Stimmung gebracht. Und es hatte sie so herrlich frech von seinem Bügel am Dach des Marktstandes angelacht wie eine unübersehbare Aufforderung, der grauen Trübseligkeit, die sich hartnäckig vor die Frühlingssonne drängen wollte, mit knalligen Farben den Kampf anzusagen. Mit dem Adlerblick eines gewieften Marktverkäufers hatte der Standbesitzer ihr Interesse gewittert, noch bevor sie es signalisieren konnte. Mit einer langen Eisenstange angelte er nach dem Kleid und hielt es ihr – *beautiful for you!* – erst in den Weg und dann so hartnäckig unter die Nase, dass sie schließlich hinter dem Stand verschwunden war, um es zwischen Kistenstapeln anzuprobieren.

Jetzt hörte er gar nicht mehr auf, mit den Händen Begeisterung in die Luft zu malen, winkte sogar seiner Frau, die sogleich das Sockensortieren unterbrach und als Verstärkung herbeieilte. Sie ließ ihre Finger über einen imaginären kurvigen Körper gleiten. »Una bomba!«, hauchte sie, verdrehte die Augen und zupfte Juli den Stoff unterm Dekolleté zurecht. »È di pura seta.«

Das war womöglich gelogen, doch der Wind ließ es tatsächlich ziemlich seidig um ihren Körper flattern und es fühlte sich an wie Partys am Strand.

»It is made for you!«, lobte die Verkäuferin und zwinkerte ihr zu. »You are very beautiful.« Tatsächlich streckte das Gefühl der einsamen Betrogenen angesichts von so viel rotem Chiffon für den Moment die Segel. Juli verrenkte sich vor dem Spiegel, um mehr als ihre Schultern zu begutachten und bei aller Begeisterung zu prüfen, ob der schöne Stoff nicht am Ausschnitt und in der Länge etwas sehr knapp bemessen war. In der Handtasche brummte ihr Handy. Ein Schuss Adrenalin rauschte durch Julis Körper wie ein Glas zu schnell getrunkenes Sprudelwasser, als sie sah, wer anrief. »Un momento«, stotterte sie und drehte sich abrupt aus der lächelnden Aura des Verkäuferpaars. »Hallo?«

»Ich bin's. Basti.«

»Ich weiß. Hi.«

»Hi.«

Während Basti das Gespräch mit Schweigen begann, sah Juli an sich runter. *Facetime wäre cool gewesen.*

»Ich wollte mich mal melden«, nuschelte er schließlich. »Weil du neulich plötzlich weg warst.«

Neulich vor drei Tagen. »Ja. Der Akku …«

»Ach so. Klar. Du, und wie geht's jetzt so? Hast gar nichts mehr hören lassen …«

Ein heftiger Windstoß fuhr durch die Stände. Die Fußballtrikots nebenan schwankten bedenklich auf ihren Bügeln. Julis Kopf dröhnte. Ein wütender Kloß in ihrer Brust zerquetschte ihre gute Laune wie ein hilfloses Insekt. »Na ja, es wäre wohl an dir – ein paar Sachen zu erklären«, sagte sie und fragte sich, warum sie die Kraft aufbrachte, ihrer Stimme einen letzten Hauch von Leichtigkeit zu geben.

Basti kicherte in einer fremden Oktave. Dieses verklemmte

Lachen kam sonst nur zum Einsatz, wenn ein Kunde seine Arbeit kritisierte und Basti realisierte, dass er recht hatte. »Hab echt ne Menge zu tun.« Er seufzte theatralisch. »Hier brennt gerade die Hütte. Der Alte flucht nur noch, weil du in Urlaub bist.« Mehr Kichern. »Also – das bist du doch, oder?«

»Ja. Bin ich.« Was sollte das hier werden? Ein Tanz um den rosa Elefanten?

»Aber nicht mit Becca …?«

»Nein.«

»Hm. Verstehe. Und wo bist du dann?«

Juli zögerte. Es gefiel ihr nicht, wie Basti von sich ablenkte. Andererseits sollte er ruhig wissen, dass sie verdammt noch mal eine gute Zeit hatte. »In San Vincente«, sagte sie.

»Ach komm.«

Ha! Das hatte er nicht erwartet.

»Ist das nicht ganz im Süden? Wo du früher mit deinen Eltern warst?«

Immerhin – so ein gutes Gedächtnis hatte sie ihm gar nicht zugetraut. Es war lange her, dass sie ihm von damals erzählt hatte. »Ja, genau da«, sagte sie selbstbewusster.

»Ja, cool.«

Juli beobachtete eine getigerte Katze, die zwischen den Markttischen ein Stück alten Käse beschnupperte, während sie verzweifelt überlegte, wie sie dieses Gestotter in das Gespräch verwandeln konnte, nach dem sie sich seit Tagen sehnte.

»Sehr hübsch«, sagte eine dunkle Männerstimme dicht neben ihr.

Juli fuhr herum. Basti sagte irgendwas, doch sie hörte ihm nicht mehr zu.

Sie brauchte keine Sekunde, um ihn zu erkennen. Auch wenn sie nicht glauben konnte, wer da vor ihr stand, ein bubenhaftes Grinsen im Gesicht, während er die Ray Ban in die unverändert dichten Haare schob.

»Nick! Was zum …?«

»Julchen?«, sagte Basti im Telefon, während ein Arm um ihre Taille fasste und sie so schwungvoll an die Brust zog, dass Juli stolperte. Das Handy flog aus ihrer Hand mitten in die Herrenunterhosen vom Nebenstand.

»Shit.« Hektisch löste sie sich aus Nicks Umarmung und fingerte nach dem Telefon. »Basti?« Die Leitung war tot. Verdammt. *Wieso –?* Das Gefühl der Panik wich dem von Empörung. Hatte er ernsthaft aufgelegt? Kurzerhand ließ sie das Telefon in ihre Handtasche rutschen, fuhr sich durch die Haare und drehte sich um.

Nicks fragendes Kopfschütteln beantwortete sie mit Schulterzucken. »Nicht so wichtig«, sagte sie.

»Na dann!« Erneut breitete er die Arme aus, und diesmal warf sie sich mit so viel Schwung hinein, dass sie beide stolperten.

»Wow, Juli!« Nick lachte. »Früher warst du nicht so stürmisch!« Er hielt ihre Hand, als er einen Schritt zurücktrat und sie unverblümt von oben bis unten musterte. »Die Dreißig steht dir! Und die kürzeren Haare … Madonna!« Die italienische Art, wie er mit der Hand wedelte, passte zu seinen hellblauen Augen wie Pasta zu Matjes.

»*Fünf*unddreißig«, sagte Juli trocken.

»Da kommst du nach San Vincente – und hältst es nicht für nötig, mir Bescheid zu geben?« Er legte den Kopf schief und lächelte das Lächeln, das ihr vor zwanzig Jahren den Sommer versüßt hatte.

»Wie sollte ich denn?«, fragte sie verwirrt.

»Ich scherze«, sagte er, griff wieder nach ihren Händen und drückte sie. »Mann, ich kann's nicht fassen. Juli Peters. Wo warst du die letzten zwanzig Jahre?«

Juli konnte es noch weniger glauben. So viele Erinnerungen, so viele Fragen schwirrten ihr plötzlich durch den Kopf, dass ihr ganz schwindlig wurde. »Und was machst du hier?«, sagte sie schließlich. »So ein Zufall ... Das gibt's doch gar nicht!«

Er grinste. »Na ja, so groß ist der Zufall nicht. Ich kaufe hier jeden Dienstag Fisch.«

Juli kniff die Augen zusammen. »Wie meinst du das denn?«

Nick hob die Hände. »Ich lebe hier. Seit knapp einem Jahr.«

»Ist nicht dein Ernst.«

»Doch. Mein voller. Es ist toll!«

»Krass.« Ihr fehlten die Worte. Irgendwie war das alles ein bisschen viel. Das verkorkste Wiedersehen mit Elena, das frustrierende Gespräch mit Basti, das keins gewesen war, und jetzt tauchte auch noch Nick auf, wie ein weiteres Puzzleteil ihrer Erinnerungen, ein verschwundenes, von dem sie definitiv nicht gedacht hatte, es jemals wiederzufinden.

Er grüßte jemanden im Vorbeigehen. »Hey Salvatore, come va?«, und Juli nutzte die Gelegenheit, um ihn etwas genauer anzusehen. Sie hatte ihn umwerfend gut aussehend in Erinnerung – so gut, dass er mit einem einzigen Lächeln damals am Strand alle lokalen Flirtalternativen aus dem Rennen geworfen hatte.

Und ja, der Mann Nick war nicht weniger attraktiv als der schlaksige Teenager von damals. Mit etwas längeren Haaren bildete seine braun gebrannte Haut noch immer einen anziehenden Kontrast zu seinem strohblonden Kopf und den hellen Augen. Sein Stil hatte sich ziemlich verändert – mehr Aussteiger und weniger hanseatischer Adel. Von hinten hätte sie ihn wohl kaum erkannt in Schlabberhose und Lederschlappen. Doch sie konnte beim besten Willen nicht sagen, dass es ihr nicht gefiel. Als er sich ihr wieder zuwandte, überspielte sie ihre Unsicherheit mit einem breiten Lächeln. Hatte er gerade ähnliche Gedanken wie sie? Und falls ja, zu welchem Ergebnis kam er wohl?

»Entschuldige, das war ein Nachbar. Also zurück zu meiner Frage: Was bringt dich nach San Vincente? Und mit wem bist du da? Mit Mann und Kindern womöglich?«

Nicks nonchalante Frage bohrte sich wie ein Messer in Julis Brust, doch es gelang ihr weiterzulächeln, während sie den Kopf schüttelte. Er konnte ja nicht ahnen, in welche Wunde er da stach. »Nein. Ich bin allein hier«, sagte sie mit fester Stimme. »Und San Vincente war –«, sie schluckte, »einfach eine spontane Idee.«

»Eine richtig gute!«, sagte er, und es klang so ehrlich, dass Juli sich gleich besser fühlte. Er sah auf die Uhr. »Mist, ich muss zum Hafen. Sonst ist der Fisch ausverkauft. Aber wie sieht's aus, hast du heute Abend schon was vor?«

Juli schüttelte den Kopf. »Nein. Hab ich nicht«, sagte sie langsam.

»Dann kommst du zum Essen!« Er nahm die Hände in die Hüften. »Es gibt Branzino, Wolfsbarsch. Du magst doch Fisch?«

Juli nickte, und Nick sprach schon wieder. »Du wirst ihn lieben. Meine italienischen Freunde sagen, ich mach ihn besser als im *Porto Verde* – das ist unser Fischrestaurant. Da musst du übrigens unbedingt auch irgendwann essen.«

Juli grinste, als sie sich erinnerte, dass Nick schon damals ein bisschen selbstverliebt gewesen war.

»Alle sette?«, fragte er. »Um sieben, passt dir das?«

»Ja, klar, gut.« Sie konnte nur noch stammeln.

»Wo wohnst du eigentlich?«

»Im *Vista Blu*.«

»Ah«, sagte Nick. »Bei Elena also.«

»Genau.«

Er nickte ein paar Mal stumm, als wäre er plötzlich in Gedanken woanders. Schließlich sagte er: »Apropos damals – findest du den Weg zur *Casa Becker* noch?«

Da war er, sein Nachname. Endlich erinnerte sie sich. Und auch an das getöpferte Namensschild neben der Eingangstür. »Du meinst das Ferienhaus deiner Eltern?«, fragte sie.

Er nickte. »Ja. Ist jetzt meins. Du erinnerst dich also?«

Juli musste unwillkürlich grinsen. »Ein paar dunkle Erinnerungen hab ich noch«, sagte sie. *An schwüle Nachmittage, heiße Haut und eine durchgelegene Matratze.* Sie legte eine Haarsträhne hinters Ohr und sah Nick direkt in die verschmitzten Augen. Diese Begegnung fing an, ihr Spaß zu machen. Und was tat wohl besser, als ein bisschen zu flirten? Erst recht mit einem alten Freund, der – wie sie gerade realisierte – trotz seiner Attraktivität inzwischen auf die Seite der Männer gerutscht war, die einem nicht mehr gefährlich werden können.

»Also findest du es wieder?«

Sie nickte langsam, ohne den Blick von seinen Augen zu nehmen. »Ich denke schon«, sagte sie und lächelte noch etwas breiter. Sie legte die Hand an seinen Oberarm und küsste ihn spontan auf die Wange. »Ich freu mich so, Nick! Danke für die Einladung.«

»Ich mich auch.« Er zog sie an sich. Dann wandte er sich an den Standbesitzer, den Juli über ihre Begegnung fast vergessen hatte. »Hey Raffaele, che ora è?«

»Sono le undici e mezza.«

»Oh Madonna!« Er ließ den Kopf in den Nacken sacken. »Sie werden keinen großen Branzino mehr haben! Ich muss los.« Er küsste sie flüchtig auf die Wange. »Ich sehe dich um sieben. A più tardi, bellissima!« Im Gehen drehte er sich noch einmal um. »Und nimm dieses Kleid – es ist …«, er verdrehte die Augen. »Raffaele, fai un buon prezzo per la mia amica!« Mit zum Abschied erhobener Hand eilte er in Richtung Hafen davon. Juli sah ihm ungläubig nach und fragte sich, ob all das gerade wirklich passiert war.

Fünf Minuten später trat sie mit breitem Grinsen aus dem Schatten des Marktstandes zurück in die pralle Sonne. An ihrem Arm baumelten zwei grüne Plastiktüten, eine mit dem Häkelbikini, die andere mit einem roten Seidenkleid. Ihr fiel etwas ein, und sie kramte in der Handtasche nach dem Handy. Sie entsperrte das Display und klickte auf die Anruferliste. Aus einem plötzlichen Gefühl heraus drückte sie eine andere Nummer als die geplante.

»Seid ihr noch am Strand?«, fragte sie, als Luna sich meldete. »Einen Bikini hab ich schon. Spätestens in einer Dreiviertelstunde bin ich da!« Gut gelaunt legte sie auf. Sie würde noch ein bisschen weitershoppen und sich dann für den Rest des Tages in die Sonne schmeißen. Und heute Abend hatte sie ein Date. Wer sagte denn, dass dieser Urlaub nicht doch ganz nett werden konnte?

KAPITEL 10

Ruben

Ein Klingeln riss Ruben aus einer Bypass-OP. Ruckartig setzte er sich auf. Dabei sackte sein Hintern in den Kies. Er riss die Augen auf. Vor ihm schwamm ein Gummiflamingo mit schiefem Kopf. Das Wasser des winzigen Pools schimmerte auch ohne Sonnenlicht in Drachengrün. Ruben ließ sich zurücksinken und genoss das gute Gefühl, sich getäuscht zu haben: Es war nicht die Pritsche im Ärztezimmer, auf der er eingenickt war, sondern Nicks sonnengelbe Klappliege mit den ausgeleierten Plastikschnüren. Und es war nicht sein Piepser, sondern ein Anruf, der ihn aus seinem Albtraum erlöst hatte. Er tastete nach dem Handy. Mit der anderen Hand versuchte er sich abzustützen, um nicht samt dem wackligen Gestell, in dem er feststeckte wie in einer Bettpfanne, im Kies zu landen.

Matildas Rotschopf grinste ihm auf dem Display entgegen.

»Papa?« Sie klang aufgeregt.

»Mein Schatz! Warte mal eine Sekunde …« Ruben legte das Handy zur Seite, hievte sich aus dem Liegengefängnis und tappte rüber zum Pool.

»So, jetzt aber. Wie geht's dir, Tilda?« Er ließ sich am Rand des Beckens nieder und tauchte die Beine ins Wasser.

»Wir fahren jetzt gleich los!«

»Wohin denn?«, fragte er und suchte am Himmel nach der Sonne. Ging sie schon unter? Verdammt, er hatte den ganzen Tag verschlafen.

»Na, zur Schule, Papa!«

Mist. Die Aufführung. Hätte er vor lauter Pennen fast vergessen. »Ja, klar, weiß ich doch«, log er. »Bist du aufgeregt?«

»Es geht.«

»Hey, du wirst das toll machen, ich weiß das. Erzähl mal, was hast du an?«

»Den gestreiften Schlafanzug. Und Kati hat mir einen großen weißen Mund geschminkt. Und ich hab ganz viel Spray in den Haaren.«

»Wow. Das klingt toll. Du musst mir ein Foto schicken oder lieber ein paar, versprochen?«

»Klar, Papa. Jetzt muss ich los.«

»Okay. Kann ich Kati noch sprechen?«

»Ja, warte. Kaaatiii, der Paaapaaa«, schrie sie in sein Ohr. Ruben hörte die Stimme seiner Freundin im Hintergrund, ohne zu verstehen, was sie sagte.

»Geht jetzt nicht mehr, Papa. Wir haben es eilig«, sagte Matilda schließlich. »Ich soll dir viele Grüße sagen. Tschüss, ich hab dich lieb.«

Rubens Herz wurde warm, während es sich ein bisschen zusammenzog. Er hätte Matilda wirklich gern als Grinsekatze gesehen. »Ich dich auch«, sagte er. »Viel Glück, und ich wäre gern dabei.« Matilda sagte nichts mehr. Sie hatte bereits aufgelegt.

Ruben baumelte mit den Beinen und sah zu, wie der Flamingo luftlos mit dem Kopf nickte. Ein ihm völlig ungewohntes Gefühl überkam ihn – Entspannung. Er vermisste Matilda. Aber weniger, als er befürchtet hatte. Und außer dass ihm der Kopf brummte, fühlte er sich zum ersten Mal seit Langem ausgeschlafen. Kein Wunder, nach diesem ersten Urlaubstag, der ganz entgegen seinen Erwartungen verlaufen war. Morgens zum Tennis, mittags ins Restaurant, nachmittags an den Strand und abends in den Beachclub – so in etwa hatte er sich Nicks hyperaktiven Tagesablauf vorgestellt. Nichts davon war heute passiert. Nick hatte ihn nicht einmal gefragt, ob er irgendetwas unternehmen wollte. Ein ganzer Tag war an der antiquarischen Sonnenliege vorbeigestrichen, ohne dass Ruben es bemerkt hatte. Er war so müde. Und die ungewöhnliche Hitze hier hatte ihn gleich noch müder gemacht. Hin und wieder war er sogar in den Pool gestiegen, der sich als erfrischender erwiesen hatte, als er aussah in seinem mystischen Türkis.

Musik drang aus dem Haus. Nick werkelte in der Küche und hörte dazu irgendein italienisches Gejaule. Electro-Nick und Schmusemusik? Was war denn hier passiert?

Ächzend sprang Ruben auf, schlüpfte mit den nassen Füßen in die offenen Sneakers und schlappte der Musik entgegen.

Nick wusch einen riesigen Fisch. »Hey Alter, ausgeschlafen?«

Ruben verdrehte die Augen. »Kann man sagen. Sorry, dass ich so ein Totalausfall bin!« Er vermied den Blick auf Nicks Hände. Toter Fisch war einfach nicht sein Ding.

Nick grinste. »Alles gut. Hast dich eben für heute Abend in Bestform gebracht.«

Ruben zog eine Grimasse. Er hatte es geahnt. »Ach ja? Was genau ist denn geplant? Party zu italienischen Gassenhauern?«

Nick bewegte das Kinn im Takt des Italorappers und sang den Barsch an: »Mein Freund ist zu cool für *Jovanotti*.« Er schnappte sich eine Zwiebel aus der Tonschale neben dem Waschbecken und feuerte sie rüber zu Ruben, der sie mit der Rechten fing und mit der Linken zurück auf die Arbeitsplatte legte. Nick verdrehte die Augen. »Alter, schälen sollst du sie! Schluss mit Chillen.« Er zeigte auf ein paar alte Holzschneidebretter, die an der Wand lehnten. »Brett.« Dann auf den Messerblock. »Messer. Kriegst du das hin?«

»Arschloch!«, knurrte Ruben, aber er begann der Zwiebel die Haut abzuziehen. Die Tränen liefen schneller, als er wollte. Er wischte sich mit dem Unterarm über die Augen und stöhnte.

Nick grinste. »Doch lieber den Fisch vorbereiten?«

»Halt die Klappe!« Die Klinge glitt ohne den geringsten Kraftaufwand durch die Zwiebel. Wie ein Skalpell durch einen Torso. »Respekt. Immerhin, dein Messer kann was.«

»Was denkst du denn?« Nick sah kritisch auf Rubens Hände. »Aber geht's vielleicht ein bisschen schneller, Herr Doktor?«

»Hast du's eilig?«

»Nee, aber Hunger. Es ist gleich sieben. Ach so, und wir bekommen übrigens Besuch.«

»Wie – du meinst heute Abend? Jetzt gleich?« Ruben schwante Arges. Er hatte sich schon über den überdimensionalen Fisch gewundert. Und über die Ansammlung von Gläsern auf der Anrichte.

»Si, si. Kannst den Tisch für drei decken. Eine Freundin kommt vorbei. Hab sie heute Morgen zufällig auf dem Markt getroffen. Hoffe, das ist okay für dich.«

»Klar«, sagte Ruben, erleichtert, dass sich seine kurzfristige Befürchtung, eine Party stünde ins Haus, als unbegründet erwies. Eine von Nicks Frauen war ihm sogar sehr recht. Sie würde Nick daran hindern, weiterzumachen, wo sie gestern irgendwann spät aufgehört hatten – bei Rubens Herz und dessen physischem und psychischem Zustand. »Und diese Freundin«, fragte er, während er Nick das Brett mit der gehackten Zwiebel hinhielt. »Wie genau stehst du zu ihr? Nur, damit ich Fettnäpfe vermeiden kann.« Er grinste seinen Freund herausfordernd an. Nick hatte ihn, was sein Liebesleben anging, noch nicht auf den neuesten Stand gebracht.

Nick grinste zurück. »Nee, nee. Sie ist eine Jugendfreundin. Hab sie hundert Jahre nicht gesehen. Ich kann immer noch nicht fassen, dass sie heute plötzlich vor mir stand.« Er stopfte Zwiebeln und Kräuter in den Fisch. »Eine ziemliche Granate übrigens!« Er bleckte seine strahlend weißen Zähne und zuckte ein paar Mal mit den Augenbrauen.

Ruben nickte. »Verstehe. Gib mir ein Zeichen, wenn ich mich zurückziehen soll.«

»Tz, tz, tz.« Nick schüttelte den Kopf und wackelte mit dem Zeigefinger. »Non per me.« Mit Schwung kippte er einen Sack grobes Salz in eine Schüssel, dann schlug er ein Ei darüber aus und vermengte das Ganze. »Ich dachte eher an dich, mein Lieber. Könnte mir gut vorstellen, dass sie dein Typ ist.«

Ruben verdrehte die Augen. »Kannst du bitte damit aufhören?«

»Womit denn?«, fragte Nick scheinheilig, während er den Fisch mit der Salzmasse bedeckte.

»Das weißt du ganz genau. Mit der Kuppelei. Wenn ich an etwas gerade wirklich kein Interesse habe, dann mein Herz auch noch mit einer Frau zu strapazieren.«

»Boah, Alter, du redest, als wärst du achtzig. Musst ja nicht gleich wieder heiraten.«

»Sehr witzig.«

Nick wischte sich die Hände an seiner Schürze ab und sah Ruben plötzlich ernst in die Augen. »Sorry. Ich wollte nicht –. Tut mir echt leid, dass es mit euch nicht geklappt hat.«

Ruben lachte auf. Nicks plötzliche Sorgenfalten gingen ihm noch mehr auf die Nerven als dessen hartnäckige Versuche, ihn abzulenken. »Bleib mal locker«, sagte er. »Ist nicht so, dass ich den Humor verloren hätte.«

Nick atmete aus. »Gut.« Er band sich die Schürze ab.

Ein lautes Klopfen unterbrach sie.

»Das ist Juli, machst du auf?«

Es schepperte, als Ruben den Stapel Teller, den er seit ein paar Minuten in der Hand hielt, auf den Tisch knallte. Er fuhr herum und starrte seinen Freund ungläubig an.

Nick legte den Kopf schief. »Was ist?« Er schielte zur Decke. »Alter, ehrlich, jetzt hab dich nicht so! Meine Hände stinken nach Fisch. Ich bin ja gleich zurück.« Er verschwand in Richtung Badezimmer.

Es klopfte wieder.

Wie in Trance tappte Ruben zur Tür. Das konnte nicht sein. So einen Zufall gab es nicht. Und wenn doch?

Die Holztür schepperte gegen die Wand, so schwungvoll hatte Ruben sie aufgerissen. Und da stand sie. In einem Kleid, das mit dem Abendhimmel um die Wette glühte. Er hatte sie schon im Schweinchenoutfit hinreißend gefunden. Jetzt raubte sie ihm die Worte. Und für einen Moment schien sie nicht weniger konsterniert als er. Doch sie fasste sich schneller. »Ruben?«

Er nickte. Stumm wie ein Idiot. Er wünschte sich einen lockeren Spruch herbei. Nick an seiner Stelle hätte sofort einen parat. Nick würde die ganze Situation zu seinen Gunsten nutzen, galant, charmant, unwiderstehlich. Doch er war nicht Nick. »Hallo Juli«, sagte er. Und dann: »Du siehst – so gut aus.« *Na bravo.*

»Scheint dich zu überraschen«, pfefferte sie ihm prompt ins Gesicht mit einem Lächeln, das nichts als spöttisch war.

»Nein, natürlich nicht«, sagte er trocken wie ein Tagesschausprecher.

»Was machst du hier?«, fragte sie, dann riss sie die Augen auf. »Ist Nick etwa –«

Ruben nickte. »Mein alter Freund.«

»Juli, Bellissima!«, rief es hinter ihm. »Lässt Ruben dich nicht rein?«

Ertappt trat Ruben zur Seite, und als Juli an ihm vorbeirauschte und Nick in die Arme fiel, wäre er am liebsten in seinem Zimmer verschwunden. Er schmiss die Tür zu. Auf dem Weg in die Küche, in der die beiden bereits plappernd verschwunden waren, warf er einen Blick in den getöpferten Spiegel an der Wand. Zwischen Wangen rosa wie Kinderbäckchen leuchtete seine sonnenverbrannte Nase wie ein Feuermelder. Er drehte sich weg. *Du bist ein Trottel.*

»Juli, das ist Ruben, einer meiner ältesten Freunde. Er besucht mich für ein paar Wochen«, sagte Nick. »Und das hier ist Juli, deren umwerfendes Kleid ich ausgesucht habe.« Nick hatte die Schürze abgelegt und den Fischgeruch mit dezentem After Shave überdeckt. Jetzt war er damit beschäftigt, seinen neuen Gast zum Mittelpunkt des Geschehens zu machen. Er war ein Künstler darin, Frauen in seiner Aufmerksamkeit baden zu lassen. Dauernder Augenkontakt, eine Hand wie selbstverständlich an ihrem Schulterblatt, während er mit der anderen den Spumante einschenkte und ihr dann einen der beiden Barhocker zurechtzog, noch bevor er die beiden anderen Gläser füllte. Nick war der natürlichste Gentleman, den Ruben kannte. Gesten und Worte flossen ihm so beneidenswert angeboren von Hand und Lippen, dass Ruben schon früher nur sprachlos danebengestanden hatte. Und Juli genoss die Aufmerksamkeit sichtlich, obwohl sie wahrlich niemanden brauchte, der sie strahlen ließ. Und eigentlich auch kein rotes Kleid, und dieses – insbesondere sein Ausschnitt – machte die Sache für Ruben nicht gerade leichter. Blöd stand er neben den beiden und glotzte, statt zu reden. Ganz großartig. Offensichtlich hatte sie den Tag auch in der Sonne verbracht. Nur glühten ihre Wangen nicht lächerlich, sondern golden, genau wie ihr Nacken, den sie Ruben zuwandte, als sie sich auf den Barhocker schob.

»Salute!« Nick hob das Glas. »Was für eine Freude – gleich zwei alte Freunde an einem Abend. Ich hoffe, ihr seid genauso in Feierstimmung wie ich.« Schon lag seine Hand wieder auf Julis gebräunter Schulter. »Möchtest du das Haus sehen? Du wirst dich wundern, wie wenig es sich verändert hat«, fragte er. »Ruben, deckst du inzwischen den Tisch?«

Ruben nickte und fragte sich, ob Nick seine Meinung über die *alte Freundin* kurzfristig geändert hatte. Zu verdenken wäre es ihm nicht. Während er die Teller achtlos auf dem Tisch platzierte, versuchte er Fetzen des Geplappers zu erhaschen, aber alles, was er hörte, waren Julis Ohs und Ahs und ununterbrochenes Lachen. Schließlich kamen sie zurück mit leeren Gläsern, immer noch kichernd. »Weißt du noch, wie deine Mutter damals reingekommen ist, als …? Oh Gott, das war das Peinlichste, was mir je passiert ist.« Juli griff nach der Flasche Spumante. »Ich darf doch?« Sie lächelte Ruben an, und diesmal reagierte er zuerst, nahm ihr die Flasche aus der Hand und füllte ihr Glas. »Danke.« Ihre Lider hingen ein bisschen auf halbmast, was ihr Lächeln nicht weniger hinreißend machte. Er stieß mit ihr an und kurz verhakten sich ihre Blicke. Er hätte sie gerne gefragt, warum sie so tat, als wären sie sich erst vor zehn Minuten das erste Mal begegnet.

»Ich hoffe, du hast Hunger mitgebracht, Bella. Guck mal hier!« Nick öffnete die Ofentür wie den Fond eines Rolls Royce. »*Branzino in crosta di sale*. Riecht er nicht fantastisch? Ahh …!« Er schloss die Augen und wedelte sich den heißen Dampf in die Nase. »Buono, eh?«

Langsam ging Ruben das Italienergetue ordentlich auf die Nerven.

»Ein paar Minuten noch«, sagte Nick. »Ich hol eben den Wein aus dem Keller. Bin gleich zurück!« Er tänzelte zu *Gianna Nanini* aus dem Zimmer.

»Na?«, sagte Ruben, um das plötzliche Loch in der Atmosphäre zu füllen.

»Na.« Ihr Lächeln war wieder spöttisch, doch ihre Augen blitzten freundlich.

»So sieht man sich wieder.« *Verdammt, fällt dir nichts Besseres ein?*

»Hm. Wie geht es denn?« Sie grinste und warf ihm einen Blick zu, von dem er nicht sagen konnte, ob sie sich über ihn amüsierte oder mit ihm flirtete.

Er hielt ihm stand. »Danke, gut. Und selbst?«, sagte er, und als ihr Lächeln eher Letzteres vermuten ließ, begann es in seiner Brust zu kribbeln.

Sie nickte unmerklich. »Vielen Dank. Es könnte nicht besser sein.« Dann beugte sie sich so plötzlich zu ihm, dass er die Luft anhielt. »Nick muss nicht wissen, dass wir uns kennen, okay?«, flüsterte sie ihm ins Ohr. Ihr warmer Atem duftete nach Lavendel, und die Spitzen ihrer Haare kitzelten seine Wange, als sie sich zurückzog, einen Schluck nahm und sich mit einem intensiven Blick vergewisserte, dass er sie verstanden hatte.

Er nickte und fragte sich, warum ihr das wohl wichtig war, aber noch mehr, warum ihm diese sinnlichen Lippen nicht neulich schon aufgefallen waren. Er war froh, dass Nick in diesem Moment zurückkam, denn Julis Lächeln zusammen mit dem nicht gerade wenig ausgeschnittenen Kleid machte ihn minütlich nervöser, so nervös, dass er mit Sicherheit nur noch mehr Stuss reden würde. Es war besser, seinem Freund auch für den Rest des Abends die Konversation zu überlassen und sich damit zufriedenzugeben, ein Geheimnis mit Juli zu haben.

»Bereit für den Branzino?«, fragte Nick.

»Bereit«, sagte Juli und trat neben ihn, um den toten Fisch

von der Salzkruste zu befreien. Und während Nick über die richtige Klopftechnik schwadronierte, legte Juli den Kopf schief und warf Ruben einen Blick über ihre nackte Schulter zu, der ihm für die nächsten Stunden genügen würde. Verschwörerisch, aber auch – eindeutig – flirtend.

Es war spät, als Juli die Hand auf ihr Glas hielt, um Nick zu signalisieren, dass er nicht noch eine Flasche öffnen sollte.

»Ich muss los!«, sagte sie, und es klang eher wie »Imusoss«. Tatsächlich hing sie nach drei Flaschen Weißwein zum Fisch, und einem fast schwarzen Amarone zum Dessert, der zu einer Stunde wilden Tanzens in Nicks Wohnzimmer geführt hatte, ziemlich schief auf ihrem Barhocker.

»Ach komm«, sagte Nick. »Einen Absacker noch.«

Juli schüttelte energisch den Kopf. »Ich muss noch ins Hotel!«

»Bleib doch einfach hier«, lallte Nick, während er vergeblich versuchte, den Korkenzieher richtig zu platzieren. »Mein Bett ist sehr bequem.« Er kicherte. »Es hat sogar eine neue Matratze.«

»Nee danke.« Der Barhocker schwankte kurz, genauso wie Juli, als sie sich von ihm schubste und mit konzentriertem Blick zur Tür lief. »Ich geh dann mal.« Sie hob die Hand.

Ruben sprang aus dem Ohrensessel, in dem er schon fast eingenickt war. Er schnappte sich die Sandalen, die neben Julis Hocker liegen geblieben waren. »Hey, Juli, warte mal!«

Keine Antwort.

Die Haustür stand sperrangelweit offen. Neblige Luft drang kühl ins Haus. In der Ferne bellten Hunde. Als Ruben in die Tür trat, bemerkte Juli gerade auf dem Kies, dass sie die Schuhe vergessen hatte. »Mist!« Sie kam zurückgestakst und streckte die Hand aus, als sie ihn sah. »Oh danke.« Ihr Lächeln war so betrunken wie hinreißend.

Ruben widerstand dem Impuls, ihr die verschwitzten Locken aus dem Gesicht zu streichen. »Du gehst auf keinen Fall alleine«, sagte er so nachdrücklich wie möglich. »Ich sag kurz Nick Bescheid. Dann begleite ich dich.«

»Ist doch nicht nötig«, murmelte sie, aber sie blieb, wo sie war.

Ruben lief nach drinnen. Nick kämpfte immer noch mit der Rotweinflasche. Dass sein Gast sich gerade verabschiedet hatte, war ihm entgangen.

»Nick! Die Vespa da draußen, funktioniert die?«

Überrascht hob Nick den Kopf. »Wieso? Klar.«

»Gibst du mir den Schlüssel? Ich fahr Juli kurz ins Hotel.«

Nicks Augen wanderten zum Barhocker, auf dem Juli gerade noch gesessen hatte. »Ist sie weg?«

Ruben verdrehte die Augen. »Ja. Gibst du mir den Schlüssel bitte?« Er lief zurück zum Eingang.

Juli lehnte im Türstock. Sie lächelte. Müde. Und wunderschön.

Er legte ihr die Hand an den Oberarm. »Ich fahr dich mit der Vespa. Warte noch kurz, okay.«

Nick kam tatsächlich mit dem Schlüssel und warf ihn Ruben zu. »Kannst du überhaupt noch fahren?«

»Kann ich«, sagte Ruben und trat an Juli vorbei nach draußen.

Er setzte sich auf den Roller und platzierte den Schlüssel im Schloss. Dann sah er zur Tür. Dort lehnte Juli in Nicks

Armen. Die Hände hatte sie hinter seinem Hals verschränkt. »Das war ein schönes Wiedersehen!«, sagte Nick. »Sehr schön sogar.« Langsam neigte er den Kopf. Ruben konnte nicht wegsehen. Julis Kopf sackte auf Nicks Schulter. »Fand ich auch.« Sie umarmten sich.

Ruben ärgerte sich über seine Erleichterung. Er drehte sich weg. Sein Atem hinterließ neblige Spuren. Es war kühl geworden. Im Gegensatz zum Tag kam die Nacht jahreszeitgemäß daher. Ruben riskierte noch einen Blick. Juli kam in seine Richtung gelaufen. »Ciao Nick!« Sie warf einen Kuss in die Luft. »Danke für alles.«

Er startete den Motor. Die Vespa machte einen Hüpfer.

»Sorry, ist verdammt lange her!«, fluchte er mehr zu sich selbst.

Beim nächsten Versuch klappte es. Er gab ein paarmal Trockengas.

»Klingt gut!«, sagte Juli lächelnd. Es dauerte ein bisschen, bis ihr Fuß es über den Sitz schaffte. »Okay«, sagte sie schließlich, stolz wie ein Kind auf einem Klettergerüst. Während sie die Arme um seine Hüften legte, bemühte sich Ruben zu vergessen, dass das, was er da warm und weich in seinem Rücken fühlte, genau das war, was zu übersehen ihn schon den ganzen Abend einige Selbstbeherrschung gekostet hatte. Vorsichtig gab er Gas. Der Nachtwind blies ihm ins Gesicht, während sie über den Feldweg brausten. Als ein paar Steine zur Seite flogen, drosselte er das Tempo. »Geht's dir gut?«, rief er nach hinten.

»Ja. Sehr«, hörte er sie.

Beim Absteigen schwankte sie gefährlich. Ruben griff nach ihrer Hand. »Langsam!« Er sprang von der Vespa, half ihr, den Helm abzunehmen, und hängte ihn an den Lenker. »Da wären wir also.«

Sie wankte auf der Stelle, schlang die Arme fröstelnd um sich. Was für ein Idiot er war! Hatte ihr nicht mal den Pullover angeboten. Zu blöd für die banalsten Höflichkeiten.

Plötzlich sackte sie gegen ihn. Er fing sie auf. »Hoppla.«

»Du bist ganz schön groß. Groß gefällt mir.« Sie kicherte. »Und du riechst so gut.« Ihr Kopf fiel in den Nacken, und ihre Augen flackerten beim Versuch, sich auf seine zu konzentrieren. »Willst du mich küssen?«

Ruben schluckte. Sein Herz galoppierte plötzlich über den Kirchplatz. Er nahm Juli sanft an den Oberarmen und schob sie ein Stück von sich. »Ich glaube, du solltest jetzt ins Bett gehen.«

»Ins Bett? Du gehst aber zur Sache!« Sie streckte ihm ihre vollen Lippen entgegen.

Er seufzte. »Schlafen meine ich.«

»Nee.« Vehement schüttelte Juli den Kopf. »Dann träume ich wieder.« Sie streckte ihre Hand aus und ließ ihre Fingerspitzen über seine Wange gleiten. »Lieber Küssen.«

Ruben bemühte sich, seinen Atem unter Kontrolle zu bringen. Er musste sehen, dass er hier wegkam. Weg von diesem Körper, der sich unverschämt weich an seinen drängte und von ihrem süßen Lächeln, dessen Wirkung ihn schon in nüchternem Zustand so verwirrte. Sonst konnte er für nichts garantieren. Entschlossen legte er seine Hände auf ihre Schultern und drehte sie in Richtung des Hoteleingangs. »Hast du einen Schlüssel?«

»Keine Ahnung!« Sie lächelte ihm kokett über die Schulter zu.

Er seufzte. Auch das noch. »Okay. Darf ich mal?« Vorsichtig griff er nach der Tasche, die quer über ihrer Brust baumelte. Neben dem Handy erfühlte er etwas kantig Metallenes. Erleichtert zog er den Schlüssel heraus. »Dieser hier?«

Sie zuckte mit den Schultern. »Vielleicht.«

Der Schlüssel passte in das Schloss neben der Glastür und mit einem Surren fuhr sie auf. Es roch zu intensiv nach Blumen.

»Bäh, Lilien!« Juli hielt sich die Nase zu und tappte an ihm vorbei in die Dunkelheit.

Ruben zögerte kurz, dann folgte er ihr. Schwankend, aber zielsicher lief sie quer durch den Raum zu der Treppe, die nach oben führte.

»Juli! Schaffst du den Rest allein?«, rief er.

Sie drehte sich um, sah ihn kaum richtig an. »Hm. Schaff ich.«

»Schlaf gut!«, sagte er leise. »Es hat mich sehr gefreut.«

Sie stolperte die Stufen hinauf. Plötzlich blieb sie stehen und drehte sich noch einmal um. Sie hob die Hand und legte den Kopf schief. »Ciao Ruben. Mich auch.«

KAPITEL 11

Juli

Die Sonne schien auf den ekligen Blutfleck an der sonst strahlend weißen Wand. Juli schämte sich über die blinde Wut, mit der sie der Mücke heute Nacht den Garaus gemacht hatte. Stöhnend rutschte sie auf die andere Seite des Betts, um den gnadenlosen Strahlen auszuweichen, die durch das sperrangelweit offen stehende Fenster direkt auf ihr Gesicht leuchteten. Die Läden schließen wäre gut gewesen. Hatte sie vergessen. Und auch, im Bad das Licht auszuschalten, das sie jetzt von der anderen Seite blendete. Ein Windstoß fegte über ihre Füße, warm wie ein Föhn. War das der Scirocco? Blies der nicht nur im Sommer? Der würde auch ihre Kopfschmerzen erklären. Oh Mann, es war erst sieben. Kein Wunder, dass ihr Körper sich anfühlte, als hätte ihn jemand in die Waschmaschine gesteckt. Und der Kopf … Wieso war sie so wach? Wo es doch erst ein oder zwei Stunden her war, dass sie ihre an der Wand lehnende Position hatte verlassen können, ohne dass ihr gleich kotzübel wurde. Und gerade als sie endlich eingenickt war, kam die Mücke ins Spiel. Und dann Albträume, dank Nicks Amarone lebendig wie Fotos mit Drama-Filter. Oh Mann, was war bloß in sie gefahren? Diesen schweren

Wein runterzukippen wie eine Mass Bier auf dem Oktoberfest. Aber es war so schön gewesen, Nick wiederzusehen, und seine gute Laune war ansteckend. Leicht und unbeschwert hatte sie sich den ganzen Abend gefühlt. Sogar getanzt hatte sie. Zwar nicht auf Bänken, aber auf italienische Gassenhauer. Und dabei die ganze Zeit gegrinst, weil die schlabbernden Haremshosen gar nicht zu dem schnieken Hamburger Teenager passten, der ihr damals den Kopf verdreht hatte. Lang, lang her – und so schön daran anzuknüpfen, einfach so, ganz neu, ohne Erinnerungs- und Gefühlsballast.

Die Erinnerung an den anderen Mann des Abends kam ihr in den Sinn, zusammen mit einem heftigen Schuss Adrenalin. Prompt klopfte ihr Herz bis in den schmerzenden Kopf. *Oh. Mein. Gott. Wie peinlich.* Juli rollte sich auf der einzig schattigen Stelle zusammen, umarmte ihre Beine und zog das Kissen über den Kopf.

Das war alles Lunas Schuld. Wie zwei Teenager hatten sie gestern Nachmittag am Strand in der prallen Sonne gelegen, Aperol Spritz aus der Dose getrunken und Julis Beziehung analysiert. *Auf keinen Fall rufst du noch mal an. Er schuldet dir eine Erklärung. Und wenn die nicht kommt, schieß ihn zum Teufel!* Dieser Teil von Lunas Erkenntnissen war ja durchaus hilfreich. Der zweite weniger: *Und damit es dir nicht so schwerfällt, suchst du dir jetzt Ablenkung. Die glotzen dich hier eh schon alle an. Lass mal sehen …* Sie hatte begonnen, Schulnoten zu verteilen. Juli hatte gekichert – *psst, nicht so laut!* – und derweil war plötzlich jemand vor ihrem inneren Auge aufgetaucht. Flüchtig nur, wie eine prickelnde

Brise zwischen sommerlicher Hitze und angenehm beschwipster Lethargie. Wie zum Teufel hatte sie ahnen können, dass dieses Bild abends plötzlich vor ihr stehen würde, live und in Farbe.

Aber nicht nur das – mit dem unerwartet doppelten Wiedersehen war das ausgelassene Basti-du-kannst-mich-mal-Gefühl des Nachmittags zurückgekehrt. Und mit ihm auch der Rat ihrer Freundin. Verdammt. Die Sonne musste ihr das Hirn verbrannt haben, dass sie ihm irgendwann gefolgt war – und sich dabei selbst wie eine Zwanzigjährige benommen hatte. Dabei war dieser Ruben so sperrig und wortkarg gewesen wie schon bei ihrer ersten Begegnung. Doch irgendwas an ihm zog sie an. Vielleicht diese warmen Augen, die seine hartnäckigen Versuche, besonders ruppig daherzukommen, durchkreuzten. Und diese Stimme, die ihr Gänsehaut über den Körper schickte, auch wenn sie dauernd ungeschickte Unfreundlichkeiten von sich gab. Juli dachte an den Moment auf der Vespa. Seinen festen Bauch unter ihren Händen, seinen gebräunten Nacken und seinen Duft, der ihr seltsam vertraut vorgekommen war. Sie wäre gerne länger mit ihm durch die Nacht gepest. Er dagegen hatte sich nicht durch besonderes Interesse ausgezeichnet. War ja kein Wunder. Er hatte eine Tochter. Und selbst wenn er bisher kein Wort über sie verloren hatte – zu Kindern gehörte normalerweise auch eine Frau. Dass er sie nach Hause gefahren hatte, war bestimmt nicht ihrer Unwiderstehlichkeit, sondern schlicht seiner guten Erziehung zu verdanken. Ihr wurde übel bei dem Gedanken daran, wie lächerlich sie sich gemacht hatte. Na, herzlichen Glückwunsch! Jetzt gab es schon zwei Menschen in diesem

Kaff, denen sie aus dem Weg gehen wollte. Wirklich grandios.

Das einzig Gute war, dass sie den ganzen Abend nicht ein einziges Mal an Basti gedacht hatte – Lunas Empfehlung hatte also durchaus etwas für sich. Nur jetzt kroch mit dem Kater auch das schale Gefühl zurück in ihre Glieder, wie um ihr zu verbieten, ihre Probleme einfach zu verdrängen.

Juli knallte das Kissen zur Seite und sprang aus dem Bett.

Das eiskalte Wasser der Dusche erfüllte seinen Zweck: Es vertrieb für den Moment die Kopfschmerzen und alle unerwünschten Bilder. Juli schlüpfte in T-Shirt und Shorts, setzte die ebenso neue goldene Pilotenbrille auf die Nase und stopfte eins der Hotelhandtücher in den Strandkorb. Auch den hatte sie auf dem Markt erstanden. Als sie ihr Handy dazupacken wollte, flatterte eine Nachricht aufs Display. Sein Name ließ ihr den Schweiß ausbrechen. Sie schnappte sich den Korb. Sie musste raus hier. Im Laufen wischte sie über den Bildschirm, einmal, zweimal, verdammt, das Ding erkannte die Sonnenbrille nicht. Ungeduldig schob sie sie in die Haare, während sie wie in Trance die Treppe hinuntertappte. Endlich konnte sie die Nachricht lesen.

Gut geschlafen?

Ohne nachzudenken, tippte sie.

Geht so. Hab gefeiert gestern.

Ach so?

136

Ha. Basti antwortete sonst nie sofort. Wie Prosecco gegen den Kater prickelte die Freude über seine Nachrichten durch ihren Körper.

Ja, mit alten Freunden. War lustig.

»Oh, scusi!« Fast wäre sie mit einem Gast am Ende der Treppe zusammengestoßen. Juli schob sich an ihm vorbei, bog ab nach links in den Salon, in dem angesichts des Wetters gähnende Leere herrschte, und ließ sich in einen der altmodisch geblümten Sessel sinken. Wieso ließ er sich jetzt so viel Zeit? Da.

Das ist doch gut.
Dann wünsche ich dir einen schönen Tag!

»Giuli! Buongiorno.«
Juli löste den Blick vom Display. »Oh, buongiorno!« Karamellfarbene Augen huschten davon wie ein nervöses Eichhörnchen, als sie versuchte, Elenas Blick zu fangen.

»Entschuldigung, ich wollte nicht stören«, sagte Elena und zupfte die Blumen in der Vase auf dem nächsten Tisch zurecht.

Entschlossen steckte Juli das Telefon zwischen ihre Handtücher und stand auf. »Du störst überhaupt nicht.«

Elena lief von einem Tisch zum nächsten. »Geht es gut?«, fragte sie in den Raum.

Juli schluckte. »Danke, sehr gut. Wie sollte es nicht bei diesem Wetter!« Sie nickte mehrmals, wie um sich selbst davon zu überzeugen. »Und dir, Elena? Wie geht es dir?«

Elena war inzwischen hinter die kleine Hausbar am Ende des Raums getreten und rückte dort geschäftig die Flaschen zurecht. Hatte sie Juli überhaupt gehört? Juli machte ein paar Schritte in ihre Richtung, dann blieb sie unentschlossen stehen. Sie ließ ihren Blick über die vielen bunt etikettierten Flaschen mit dem hellgelben Inhalt schweifen – Signor Brunis Limoncelli-Sammlung. Der Anblick weckte Erinnerungen an den wunderbar klebrig-süßlichen Geschmack. Nie wieder hatte sie Limoncello getrunken. Ob sie ihn immer noch so lecker fand wie damals? Wie oft waren sie nachts hinter die dunkle Theke geschlichen. Elena hatte ihnen zwei Weingläser randvoll Likör geschüttet, den sie kichernd runterkippten wie Limo, während sie diskutierten, wer in diesem Jahr der süßeste Typ am Strand war.

»Kann ich etwas für dich tun, Giuli?«, fragte Elena höflich. »Du weißt ja, das Frühstück gibt es in der Bar.«

»Ja sicher«, sagte Juli. »Ich weiß.« Sie holte Luft. »Hättest du Lust, einen Cappuccino mit mir zu trinken?«

Elenas Blick ließ sie ihre Frage sofort bereuen.

»Tut mir leid – ich habe Arbeit«, sagte sie, ohne Anzeichen von Bedauern.

»Alles klar!« Juli drehte sich um und eilte ohne ein weiteres Wort zurück in die Lobby und weiter durch die Schiebetür hinaus auf die Piazza. Die Sonne strahlte ihr am stahlblauen Himmel entgegen. Ihre Enttäuschung konnte sie kaum mildern.

Sie griff in den Korb und öffnet den Chat mit Basti. Keine weitere Nachricht von ihm. Obwohl er online war. Bitterkeit stieg in ihr auf wie ein zu starker Espresso. *Arschloch.* Sie schob den Chat nach links, bis die rote Fläche mit dem

Wort *Löschen* erschien. Als das Handy in ihrer Hand klingelte, hätte sie es beinahe fallengelassen.

»Hallo Juli, wie geht's dir?« Lunas Stimme drang wie Sonnenstrahlen in ihr Ohr.

»Ganz okay.«

»Du hast aber nicht deinem Freund geschrieben, oder?«

Juli seufzte. »Nein. Er hat. Aber es war trotzdem scheiße.«

»Puh. Musste erzählen.« Eine Pause entstand. »Sag mal«, Luna atmete hörbar ein. »Ich wollte dich fragen, ob du vielleicht Lust hättest, mit mir nach Polignano zu fahren. Also – nur wenn du sonst nichts vorhast.«

»Gerne. Aber – wolltest du nicht *deinen* Freund besuchen?«, fragte Juli verwundert.

»Er ist nicht *mein Freund*«, sagte Luna leise. »Aber ja. Deswegen.«

»Okay … Verstehe.« Gar nichts verstand Juli. Was sollte sie bei diesem Wiedersehen? Doch sie schluckte ihre Fragen hinunter. Luna klang, als brä chte sie ihre Hilfe, und abgesehen davon war Zeit mit Luna zu verbringen, die beste Ablenkung, die sie sich vorstellen konnte. Denn abgelenkt werden wollte sie auch heute dringend. Nur anders als gestern, bitte! »Klar komm ich mit!«, sagte sie, plötzlich ziemlich gut gelaunt.

»Oh wie toll.« Aus irgendeinem Grund schien die Aussicht auf Julis Gesellschaft auch Lunas Stimmung zu heben. »Wir wollen den Bus nehmen«, sagte sie aufgeregt. »Er fährt um kurz nach zwölf am Hafen ab. Treffen wir uns da?«

Juli kam eine Idee. »Sag mal, gibt's am Campingplatz Kaffee?«

»Klar.«

»Dann hole ich dich ab. In zehn Minuten bin ich da.«

Nur das Summen von ein paar Bienen störte die absolute Stille. Juli hatte den gleichen Weg wie gestern Abend genommen, zwei Straßen weg von der Piazza, raus aus dem Dorf und gleich wieder in den Sandweg, der sich, gesäumt von niedrigen Steinmäuerchen, durch den Olivenhain in Richtung Meer schlängelte. Sie ließ die Abbiegung zu Nicks Haus links liegen und folgte weiter dem schmalen Streifen. Schnurgerade fraß sich der Weg über zwei Hügel wie Höcker eines Kamels durch die Macchia. Die rote Erde verstaubte Juli die orangenen Fußnägel. Es roch nach Ginster und Lavendel. Juli versuchte vergeblich, sich zu erinnern. An die Schönheit dieser Landschaft, an die wilde Kargheit, die ehrwürdigen Ölbäume und wuchernden Kakteen, an die sanften Gräser und den Kräuterduft, den der warme Scirocco ihr in die Nase wehte. Doch offensichtlich hatte das damalige Teenagermädchen andere Prioritäten in der Wahrnehmung gesetzt, und sie fühlte sich, als entdeckte sie all das zum ersten Mal.

Die Frühlingssonne schien auch heute wieder sommerlich, schon um diese Uhrzeit brannte sie Juli auf den Kopf, die ein wenig schwitzte, als sie den Hügel hochstapfte, dem Rauschen der Wellen entgegen, das man jetzt deutlich hören konnte. Und dann tat sich plötzlich endloses Blau vor ihr auf. Juli blieb stehen, atmete in die kühlere, salzige Luft und ließ den Blick schweifen. *Campeggio e spiaggia* stand auf einem schiefen Holzschild, das den Weg nach rechts wies, durch die dichten Sträucher über den Campingplatz hinunter zum Meer. Intuitiv wandte sie sich nach links, wo der Weg auf den Felsen mündete. Und da, unter der einzigen Pinie weit und breit, stand die Bank wie vor zwanzig Jahren. Sie bescherte Wanderern eine schattige Pause und die wohl schönste Aussicht der Gegend.

Ihre Bank. Von hier konnte man der Sonne beim Auftauchen aus dem Meer zusehen oder die kleinen bunten Fischerboote zählen, die abends zum Hafen von San Vincente zurücktuckerten. Manchmal, wenn man Glück hatte, wurden sie von Delfinen begleitet. Wie in Trance tappte Juli weiter, ein paar Schritte nur, dann blieb sie stehen, während sich ihr Blick in der Weite des Blaus verirrte. Die Erinnerungen kamen jetzt zurück wie die Wellen, die an den Felsen tief unter ihr krachend zerschellten.

Nick und sie hatten sich damals nicht für den Blick interessiert. Mehr für die Möglichkeit, sich an einen romantischen Ort zurückzuziehen, wenn es ihnen nach dem nächtlichen Schwimmen am Strand zu voll war, wo es im Sommer von schmusenden Paaren nur so wimmelte. Auch an diesem Abend waren sie den sandigen Weg durch das stachlige Gestrüpp hinaufgelaufen, so intensiv mit sich und ihrer Verknalltheit beschäftigt, dass sie erst im letzten Moment abrupt stehen blieben, genau an der Stelle, wo Juli jetzt stand. Der Mond schien hell in dieser Nacht, und obwohl hinter Wolken versteckt, ließ sein Licht deutlich erkennen, dass ihnen zum ersten Mal jemand zuvorgekommen und ihr lauschiges Plätzchen besetzt war. Die Enttäuschung währte nur kurz, dann zog das, was da vor ihnen auf der Bank passierte, sie völlig in seinen Bann. Wie ein Fotonegativ hatte sich das Bild für immer in Julis Gedächtnis gebrannt: Das Schattenspiel eines im nebligen Mondschein allzu gut erkennbaren Liebesakts. Die Frau saß rittlings auf dem Schoß des Mannes. Ihren Kopf hatte sie in den Nacken geworfen und aus ihrer Kehle schollen Laute wie die hungriger Möwen zu ihnen hinüber, während ihre langen Haare wie Schilf im Wind wogten.

Völlig unbewegt hatte sie auf die Szene gestarrt, mit pulsierendem Kopf in einer Mischung aus Faszination und peinlicher Berührtheit angesichts dieser Schamlosigkeit. Sie wagte nicht, zu Nick hinüberzusehen. Er hielt noch ihre eiskalte Hand, doch auch er rührte sich nicht und sagte kein Wort. Auf der Bank kam es zu einem unüberhörbaren Höhepunkt. Kurz darauf erhoben sich die beiden und zupften kichernd ihre Kleidung zurecht.

»Lass uns abhauen«, flüsterte Nick, der zuerst aus seiner Erstarrung erwachte.

In diesem Moment schob sich der Vollmond hinter den Wolken hervor und erleuchtete die Szenerie wie eine Bühne: den silbrigen Horizont, die tanzenden Wellen und das Paar, das nun eng umschlungen auf sie zukam.

»Los, weg hier«, wiederholte Nick.

Doch Juli konnte sich nicht bewegen. Ihre Füße fühlten sich an wie Beton und aus ihrem Magen drängte das Abendessen nach oben.

»Was ist mit dir? Komm jetzt!« Er rüttelte an ihrer Hand.

Und dann ließ er sie plötzlich fallen. Weil auch er erkannt hatte, wer sich ihnen da langsam näherte.

Das Telefon klingelte.

»Luna?«

»Juli, wo bist du denn?«

»Ich komme. Tut mir leid, ich – hatte mich kurz verlaufen. Aber jetzt bin ich gleich da!«

»Verlaufen? Wo denn?«

»Oben bei den Felsen an der Weggabelung.«

»Bei der Bank?«

»Hm.«

»Ach, von da kommst du. Kennst du dich aus? Es sind nur ein paar Minuten. Ich komm dir entgegen.« Sie legte auf.

Juli war schon losgelaufen. Sie folgte dem Weg zurück zum Holzschild und weiter den kleinen zugewucherten Pfad entlang. Sie rannte jetzt beinahe.

Luna sah anders aus als gestern. Anders als überhaupt sonst. Es waren ihre Augen, die Juli heute nicht mit der unvergleichlichen Raubtierruhe fixierten, sondern flatterten, als würde alle paar Sekunden Staub hineingeblasen. Auch die Begrüßung irritierte Juli, eine mechanische Umarmung wie aus Gummi, kaum einen Augenblick lang. Ohne weiteren Kommentar lief Luna in Richtung der kleinen Bude, in der Caffè und Panini verkauft wurden. Juli folgte ihr, bestellte zwei Cappuccini und bezahlte. Als Luna mit den Bechern in Richtung der unter Pinien verstreuten Holzbänke schlappte, blieb Juli stehen. Der schattige Platz war nicht gerade einladend. Aus dem blauen Beutel eines Mülleimers quollen Pappbecher und im Nadelgewirr am Boden lagen vom Wind verwehte Servietten. Juli schluckte. »Wollen wir hoch auf die Bank? Da ist es schön sonnig und man kann das Meer sehen.«

Luna zuckte mit den Schultern. »Klar.« Sie sprang wieder auf und lief los, den ganzen Weg, den Juli gerade gekommen war, ohne sich umzudrehen. Oben angekommen, ließ sie sich auf die Bank fallen. »Hast recht. Der Imbiss ist nicht besonders gemütlich.«

Juli setzte sich neben sie, atmete das Salz und den harzigen Duft der Pinie ein und verscheuchte den letzten Hauch der alten Bilder.

Irgendetwas war anders heute. Statt der selbstverständlich guten Laune schwebte eine melancholische Wolke um Luna und Juli, die selbst mit ihren Gedanken kämpfte, tat sich schwer, sie zu durchbrechen. »Gleich also nach Polignano?«, fragte sie schließlich.

»Hm.«

»Bin neugierig, wie es sich verändert hat.«

»Hm. Wie war eigentlich dein Abend gestern?«

Juli schmunzelte. Na gut, wenn Luna lieber darüber sprechen wollte … »Du wirst nicht glauben, wen ich wiedergetroffen habe«, sagte sie.

»Diesen Nick? So heißt er doch, oder?«

Juli schüttelte ungeduldig den Kopf. »Den mein ich nicht. Jemand anderen.«

Luna hob die Hände. »Keine Ahnung?«

»Ruben«, sagte Juli und hoffte, dass Luna nicht bemerkte, wie irritiert sie über das kleine kribbelnde Feuer war, das das Aussprechen seines Namens in ihrer Brust entfachte.

»Du meinst den, der uns mitgenommen hat? Witzig.«

Juli nickte, etwas enttäuscht, dass ihre Geschichte Luna nicht so zu fesseln schien, wie sie es erwartet hatte. Sie fuhr trotzdem fort: »Er hat uns doch erzählt, er besucht einen alten Freund. Tja, das ist Nick.«

»Echt? Das heißt, es war ein netter Abend?«

»Ja. Sehr nett«, sagte Juli. »Geht's dir gut?« Lunas unbeteiligte Antworten begannen sie zu beunruhigen.

»Ja, passt.« Eins von Lunas Streichholzbeinen wippte ungeduldig. »Wollen wir mal los?«

Juli sah in ihren halb vollen Becher, dann auf ihr Handy. »Es ist erst kurz vor elf. Haben wir nicht noch ewig Zeit?«

»Stimmt.« Luna nickte. Diesmal wippte ihr Kopf nach.

»Ruben hat mich sogar nach Hause gebracht. Auf Nicks Vespa.«

»Ah. Nice.«

Es war zwecklos. »Sag mal, wo ist eigentlich Amy?«, fragte Juli.

Luna lächelte. »Irgendwelche Bambini vom Campingplatz haben sie quasi adoptiert. Und sie fährt eh nicht gern Bus.«

Juli hatte plötzlich eine Idee. Ein bisschen verwegen, aber vielleicht würde sie Luna aufheitern. Sie nahm ihr Handy, suchte Nicks Kontakt und drückte auf die Nummer.

Er war sofort dran. »Juli, bist du das?«

»Ja, bin ich. Ich wollte mich bedanken für den schönen Abend.«

»Ach, gerne. Ich hoffe, dir geht's heute besser als mir.«

Juli lachte. »Nicht wirklich. Aber das war's wert.«

»Auf jeden Fall. Was machst du heute?«

»Ich wollte mit einer Freundin nach Polignano. Und ehrlich gesagt, hatte ich gerade eine – wilde Idee. Also, ich wollte dich was fragen.«

»Was denn?«

»Du darfst Nein sagen, okay?«

»Frag einfach!«

»Könnten wir deine Vespa ausleihen?«

»Ja klar. Ich beweg mich heute keinen Zentimeter. Komm vorbei. Und bring deine Freundin mit!«

Juli hob den Daumen in Richtung Luna. »Wie cool. Danke. Passt dir jetzt gleich?«

»Wenn du nicht erwartest, dass die Küche aufgeräumt ist«, sagte Nick.

Juli lachte. »Nein, wir wollen auch gleich los. Danke, Nick.« Sie legte auf und lächelte Luna triumphierend an. »Na, wie hab ich das gemacht?«

Luna lächelte zum ersten Mal heute bis zu den Ohren. »Saucool!«

Der orangene Roller parkte neben dem verrosteten Tor. Wie gestern klopfte Juli mangels Klingel. Nick öffnete die Tür in einer altmodischen, gewagt engen Badehose, die Juli an Mick Jagger erinnerte, und einem Flatterkimono, der ihr selbst womöglich gut gestanden hätte. Sie konnte sich ein Schmunzeln nicht verkneifen. »Buongiorno«, flötete sie. »Darf ich vorstellen: Luna, das ist mein Freund Nick, Nick, das ist Luna.«

Wenn Nick überrascht über Lunas Alter war, so zeigte er es nicht. Vielleicht war er auch zu müde, denn zugegeben, er sah noch schlimmer aus als sie selbst vorhin im Spiegel.

»Freut mich«, erwiderte er. »Entschuldigt meinen Aufzug. Wollt ihr einen Caffè? Viel mehr ist wohl nicht im Haus.« Er drehte sich nach drinnen. »Ruben, zieh dir was an, wir haben Besuch.«

Luna warf Juli einen grinsenden Blick zu.

Juli schüttelte energisch den Kopf, bemüht, ihr Herz unter Kontrolle zu bringen, das aus dem Nichts zu flattern begonnen hatte wie eine rote Fahne bei Sturmwarnung. Wie in aller Welt hatte sie dies bei ihrer ach so genialen Idee vergessen können? Heute Morgen noch hatte sie sich geschworen, ein Wiedersehen mit Ruben um jeden Preis zu vermeiden, und jetzt lief sie ihm freiwillig direkt vor die Nase? Wenn er und Luna aufeinandertrafen, würde Nick außerdem erfahren, dass sie per Anhalter unterwegs war. So wie sie ihn gestern erlebt hatte, würde er sich auf die Geschichte stürzen und sie in allen Details durchkauen wie ein hungriger Löwe einen Fetzen Fleisch.

»Danke, Nick, das ist wirklich nett«, sagte sie schnell. »Aber –«, ein erneuter Blick zu Luna. »Wir haben es eilig. Ein Termin. In Polignano.«

»Genau.« Luna hatte verstanden und nickte bekräftigend.

»Alles klar. Also nur den Schlüssel?«

»Ja. Danke!« Juli lächelte süß, und Luna neben ihr tat das Gleiche.

»Morgen!«, sagte eine heisere, aber honigwarme Stimme aus dem Halbdunkeln hinter Nick.

Juli schnappte nach Luft. »Ah, hi. Morgen.« Sie griff nach dem Schlüssel, den Nick ihr hinhielt, und lief davon. »Also, wir müssen jetzt wirklich los.«

»Wirklich nett von dir, Nick, dass du uns deine Vespa leihst.« Luna hatte es nicht eilig. »Hallo Ruben! Wie geht's dir?«, rief sie nach drinnen.

Juli nahm den Helm vom Lenker, setzte ihn auf. Dann holte sie den anderen aus der Sitzbox und hustete laut. Sie startete den Motor. Es funktionierte auf Anhieb. Immerhin.

Sie hatte lange selbst eine Vespa besessen, fahren konnte sie in jedem Zustand. »Kommst du, Luna?«, flötete sie und versuchte sich zu entspannen.

»Bin schon da!« Endlich. Luna zog den Helm über den Kopf und schwang ihr Giraffenbein hinter Juli.

Sie drehte den Roller. Ruben stand jetzt in der Tür. Juli gab Gas, dass die Kiesel flogen.

Luna kreischte »Yeeiih, geil!«, während Juli nur die Hand hob. Sie war froh, dass der Helm ihr erhitztes Gesicht verbarg. Im Vorbeifahren schielte sie nach rechts. Ruben grinste ziemlich frech und verdammt – sexy. *Na bravo.*

*

»Was ist denn nun eigentlich mit diesem Enzo?« Juli schob sich eine große Gabel aufgerollter *Spaghetti allo scoglio* in den Mund. Fast eine Stunde hatte sie die Frage zurückgehalten, war mit Luna ziellos durch die Gassen von Polignano gebummelt, hatte ihre Erinnerungen in Reiseführerkommentare verwandelt, von der Schönheit der hellen Häuser geschwärmt und von der einzigartigen Lage und den wenigen Touristen um diese Jahreszeit. Die ganze Zeit hatte sie so getan, als bemerkte sie Lunas Zerstreutheit nicht. Schließlich hatte sie eine Trattoria ausgesucht und das Essen für sie beide bestellt, weil Luna die Zähne nicht auseinanderbrachte. Doch Lunas Anspannung schlug ihr langsam auf den Magen. Es war Zeit, darüber zu reden.

»Was soll sein?« Luna ließ die Muschel, die sie gerade mit einer leeren Schale aufgepickt hatte, in den Sud fallen.

Juli kaute ausgiebig. Dabei sah sie Luna unnachgiebig in die

Augen, oder sie versuchte es zumindest, weil deren Blick ihrem schon wieder auswich wie der eines nervösen Rennpferds. Luna. »Was genau machen wir hier?«, sagte sie schließlich.

Luna runzelte die Stirn. »Dachte, du wolltest auch mal nach Polignano.«

»Hast du Angst, ihn zu treffen?«

»Was? Quatsch.« Die Muscheln bekamen Lunas ganze Aufmerksamkeit.

»Worauf wartest du dann?«

Schulterzucken.

»Weißt du überhaupt, wo er wohnt?«

Luna nickte. »Seinen Eltern gehört eine Eisdiele hier.«

»Er wohnt noch bei seinen Eltern?«

Luna verdrehte die Augen wie ein von seiner Mutter genervter Teenager. »Nee. Er studiert in Bologna. Aber im Moment hilft er hier aus.«

Juli verstand überhaupt nichts. »Ich dachte, ihr habt keinen Kontakt?«

»Haben wir nicht. Er postet auf Insta.«

»Ah. Und du stalkst ihn.« Juli stützte das Kinn auf die Hände. Sie ließ Luna jetzt nicht mehr aus den Augen. »Es könnte mir ja egal sein. Ist es aber nicht. Und deshalb fände ich es echt nett, wenn du mich aufklären würdest.«

Luna stöhnte. »Du nervst ganz schön«, murmelte sie. Doch dann begann sie zu erzählen. Kurz und knapp. Sie schmiss nicht gerade mit Informationen um sich. Doch sie genügten, damit Juli sich endlich ein Bild machen konnte.

Je länger sie damals in Berlin zusammen gewesen waren, desto mehr hatte sich Enzo in Lunas Leben *eingemischt* – so drückte sie es aus. Ständig hatte er sie gedrängt, mehr aus ihrem Leben zu machen, als in Bars zu jobben. Über ein Studium nachzudenken oder eine Lehre – irgendeine Basis, mit der sie aus ihrer Leidenschaft fürs Zeichnen einen Beruf machen konnte. Luna war genervt davon. Sie würde studieren. Vielleicht. Irgendwann. Doch im Moment mochte sie ihre Freiheit, und im Nachtleben verdiente sie so viel, dass sie völlig unabhängig war. Dass sie malen und zeichnen konnte, was ihr gefiel. Einfach so. Aus reinem Spaß. Warum sollte sie einen Beruf daraus machen, sich einschränken lassen? Und überhaupt, was ging es ihn an? Als er nicht aufhörte damit, brannte bei Luna irgendwann eine Sicherung durch, und sie hatte ihm ins Gesicht geworfen, dass es ihm doch verdammt egal sein könne, was sie machte – weil er doch sowieso bald zurück nach Italien gehen würde.

Sie sei ihm aber nicht egal, hatte er erwidert.

Weil wir so schön ficken?, hatte sie gefragt.

Da war er gegangen mit allen Sachen. Noch am gleichen Abend hatte sie seine Nummer gelöscht. Sie wusste, dass er sich nicht mehr melden würde, und das tat er auch nicht.

Luna wühlte in den leeren Muschelschalen. Als Juli stumm blieb, hob sie irgendwann den Kopf. Zuckte mit den Schultern. »So war das eben.« Hinter ihren starken grauen Augen sah Juli die Verletzlichkeit lauern. Sie griff nach Lunas Hand. Und gleichzeitig fühlte sie mit Enzo, denn, wow, so unterhaltsam und liebevoll sie Luna erlebte, die eisernsouveräne Aura, mit der sie sich umgab, war so undurchdringlich wie anstrengend. Auch jetzt kostete es Juli Überwindung, sich noch einen weiteren Schritt vorzuwagen.

Doch schließlich stellte sie ihre vorerst letzte Frage: »Und warum willst du ihn jetzt wiederfinden?«

Lunas Augen zuckten kurz, dann war der So-what-Ausdruck zurück in ihrem Gesicht. »So halt«, sagte sie. »Ich wollte eh mal Urlaub machen.«

Das war so idiotisch gelogen, dass Juli seufzte. Aber sie beschloss, fürs Erste Ruhe zu geben. »Gut. Dann gehen wir die Sache aber endlich an!«, sagte sie und hob die Hand. »Il conto, per favore!«

Über dem Rundbogen leuchteten mintgrüne Buchstaben: *Gelateria Zampieri – Artisan Icecream since 1949.* Menschen drängten sich davor, als gäbe es das Eis umsonst. Luna und Juli reihten sich in die Schlange ein. Während Juli den Hals reckte, um einen Blick hinter die Theke zu erhaschen, wandte Luna dem Geschehen demonstrativ den Rücken zu.

»Da sind zwei Frauen, die bedienen«, berichtete Juli ungefragt.

Luna zog eine Grimasse, aber sie fuhr sich durch die Haare und drehte dabei wie zufällig den Kopf, um sich mit einem gezielten Blick selbst zu vergewissern. Inzwischen hatten sie sich bis zur offenen Tür vorgearbeitet. Das Eis quoll aus blitzenden Chromwannen, in allen Tönen eines Pastellfarbkastens, kunstvoll dekoriert mit ganzen Früchten, gedrechselten Keksflöten und daumengroßen Schokostücken. Juli verstand nun den Andrang.

»Er ist nicht da, lass uns abhauen«, brummte Luna.

»Spinnst du? Nach fünfzehn Minuten anstehen? Ohne Eis gehe ich hier nicht weg.«

»Pff.« Luna schnaubte. »Ich warte dann draußen.«

Stur wie ein Esel und trotziger als ein Kleinkind. Doch Juli sparte sich den Kommentar. Sie kannte Luna inzwischen gut genug. Schließlich war sie an der Reihe, und eine Schönheit, deren goldener Teint mit dem apricotfarbenen Häubchen auf ihrer braunen Haarmähne harmonierte, fragte nach ihrem Wunsch.

»Pistacchio, per favore.« Sie deutete auf die giftgrüne, mit ganzen Pistazienkernen dekorierte Sorte. »C'è Enzo?«, fragte sie wie beiläufig.

»Enzo?« Die junge Frau hielt verwundert inne. »Ja, er ist hinten. Ich kann ihn holen.« Sie drehte sich um. »Amore! C'è qualcuno per te!«, rief sie, bevor Juli etwas sagen konnte.

Shit, dachte Juli.

»E per secondo gusto?«, fragte die Schönheit.

»Vaniglia« murmelte Juli und wünschte sich, sie hätte auf das verdammte Eis verzichtet. Doch es war auch zu spät, denn in diesem Moment öffnete sich die hinter der Theke liegende Glastür. Juli hielt den Atem an. Sie traute sich nicht nachzusehen, ob Luna mitkriegte, was hier drin passierte. Immerhin hatte sie das *Amore* verpasst. Ein Segen.

Er sah genau so aus, wie Juli ihn sich vorgestellt hatte. Hübsch. Sehr hübsch. Die Art von hübsch, die nach Liebeskummer schreit. Groß, dunkle Locken, weiche Augen. Zwar hätte Juli gedacht, dass Luna auf mehr *Berlin* und weniger *Sole Mio* stehen würde. Vielleicht war es aber nur das *Gelateria-Zampieri*-Ensemble – die sanft orangene Schürze und das passende Häubchen – das ihn ein bisschen wie eine Softeissorte aussehen ließ.

Mit erhobenen Händen fragte er die Frau, die ihn Liebling nannte, was sie von ihm wollte. Als sie mit dem Kinn in Richtung Juli nickte, war sein Unverständnis nicht zu übersehen. Und dann – entglitt ihm das Gesicht. Juli drehte sich in die Richtung, in die er glotzte. Er starrte Luna an. Sie stand mit dem Rücken zur Eisdiele, doch Enzo hatte sie von seiner erhobenen Position hinter der Theke über all die Menschen hinweg erspäht. Juli wusste nicht, was tun und entschied sich spontan fürs Beobachten.

»Luna?« Er rief über alle Köpfe hinweg. »Luna!«

Julis Herz klopfte, als wäre es persönlich betroffen.

Endlich drehte Luna sich um. Sah ihn. Und ihre Blicke warfen Funken quer über gefühlt ganz Polignano, das auf sein Gelato wartete.

Mach schon, du Idiot! Juli traute ihren Augen nicht. Statt seinen Hintern nach draußen zu bewegen, ließ der zu Eis erstarrte *bello* Enzo sich von seiner noch schöneren Kollegin den zur Schürze passenden Schieber in die Hand drücken und begann tatsächlich mechanisch, Eis in Pappbecher zu schmieren. Als Luna das sah, wirbelte sie herum – und weg war sie. Enzo wurde bleich wie das *Fiore-di-Panna* im Becher und sah aus, als würde er gleich anfangen zu heulen. Juli warf ihm den bösesten Blick zu, den sein hübsches Gesicht zuließ. Jemand drängelte von hinten. *Per favore, muoviti!*

»Un attimo!« Juli trat an die Theke und sah Enzo von unten in die schwarzen Augen. »Senti! Sie ist wegen dir den ganzen Weg aus Berlin gekommen!«

Er nickte hektisch.

»Hast du ihre Nummer noch?«

Kopfschütteln.

Juli stöhnte. *Kinder!* Sie schnappte sich eine Serviette und schrieb Lunas Nummer aus ihrem Handy ab.

Und endlich reagierte Enzo. Er schnappte sich den Zettel, dann rannte er um die Theke, während er seiner Kollegin irgendetwas zurief. Juli zwang sich, die Gelateria besonders langsam zu verlassen. Als sie zurück in die Sonne trat, eifrig mit ihrem Pistazieneis beschäftigt, sah sie die beiden in einer schattigen Ecke der Piazza. Falls es eine herzergreifende Wiedersehensszene gegeben hatte, hatte Juli sie verpasst. Jetzt jedenfalls standen sie sich mit einem Meter Abstand gegenüber. Schlimmer noch, Luna hatte die Arme vor der Brust verschränkt, Enzos Hände dagegen waren damit beschäftigt, seinen offensichtlich hitzigen Worten italienischen Nachdruck zu verleihen. Schließlich beugte er sich nach vorne – Juli hielt die Luft an. Doch dann gab er Luna ein Küsschen links, eins rechts und kam nach kurzem Zögern zurück in Julis Richtung. War das sein Ernst?

Und Luna lief. Einen halben Meter vor Juli, kreuz und quer durch Polignano, mit einer Miene, die das Eis der Gelateria hätte kühlen können. Juli versuchte, mit ihr Schritt zu halten, doch irgendwann war es genug. Abrupt blieb sie stehen. »Luna!«

Erst nach ein paar Metern hielt auch Luna an. »Was ist denn?«

Statt einer Antwort stemmte Juli die Hände in die Seiten.

Sie erwartete einen patzigen Kommentar, doch plötzlich schimmerte es in den grauen Augen. Als Juli Luna umarmte, spürte sie deren Widerstand, doch schließlich ließ sie die Wange auf Julis Schulter sinken. Und während Julis T-Shirt sich langsam nass anfühlte, wunderte sie sich über ihre falsche Einschätzung: Das Bild der coolen Luna im Ford

Capri, die nackt schwamm und aus einer Laune heraus einen italienischen Ex-Freund besuchen fuhr, passte so gar nicht zu dem Mädchen, das sich gerade in ihren Armen in Tränen auflöste.

»Schschsch.« Sanft nahm Juli Luna an den Oberarmen. »Komm, wir gehen noch ein Stück.« Sie legte den Arm um Luna und dirigierte sie sanft in eine der hellen Gassen. Sicher war sie sich nicht mehr, aber eigentlich führten in Polignano fast alle Wege zum Ziel. Und so war es. Am Ende der kleinen Straße lag plötzlich ein schmiedeeisernes Geländer vor ihnen – und dahinter nur noch das Meer. Der ungezähmte Geruch rauer See, der über ganz Polignano hing, war hier noch intensiver. Juli atmete tief in die von den tosenden Wellen feuchte Luft.

»Wow!« Luna lächelte wieder. Nebeneinander lehnten sie sich über das Geländer, ließen sich die Haare vom Wind verblasen und reckten die Hälse zur Seite, um einen Blick auf die Häuserfassade zu werfen, die wie eine Festung hoch über dem einzigartigen Türkis schwebte.

Im Jutebeutel an Lunas Arm klingelte das Telefon. Sie zog es heraus, und Juli hoffte … Noch bevor Luna das Display zu ihr drehte. »Geh ran!«, drängte sie erleichtert, als sie die italienische Nummer sah.

Luna lief ein Stück zurück, das Telefon am Ohr. Zuerst versuchte Juli ihr Gesicht zu lesen, doch dann drehte sie sich entschlossen um, beobachtete die Möwen und wartete.

Plötzlich stand Luna wieder neben ihr. »Er will, dass ich noch mal zurückkomme. Er kann da irgendwie nicht weg.« Ihr Strahlen sagte alles. »Du kannst ruhig schon fahren.«

»Bist du wirklich okay?«, fragte Juli.

Luna nickte. »Er bringt mich später zurück.« Dann drückte sie ihr einen Kuss auf die Wange. »Danke, Juli.«

»Du meldest dich aber!«

»Klar.« Ihre Haare flatterten weiß wie die Häuser in der Sonne, als Luna die Gasse hinunterrannte.

KAPITEL 12
Ruben

»Buongiorno«, murmelte Nick, ohne von seinem Laptop aufzusehen.

»Morgen. Und sorry«, sagte Ruben, entsetzt, dass er erneut bis zehn geschlafen hatte, obwohl sie ohne Besuch und ohne Amarone früh ins Bett gegangen waren. »Keine Ahnung, was mit mir los ist.«

»Hör auf dich zu entschuldigen. Das nervt.«

»Sorry.« Ruben grinste. »Ich geh mal eben duschen.«

»Heute mal ans Meer?«, rief Nick ihm hinterher. »Ich hätte Zeit.«

»Okay.« Ruben drehte sich um. »Um was zu machen?«

Nick grinste. »Am Meer zu sein?«

»Ja gut … ist aber ganz schön warm wieder, oder?«

»Deswegen gehen wir ja Schwimmen.« Nick verdrehte die Augen. »Hab ich was verpasst? Seit wann ist Wasser nicht mehr dein Ding?«

»Am Strand liegen nicht so, ehrlich gesagt.«

»Am Pool aber schon?« Nick klappte seinen Laptop zu. »Macht keinen Sinn. Und die neue Badehose will ausgeführt werden.«

Ruben stöhnte »mit Regenbogen aufm Hintern« und tappte in Richtung Dusche. Er hatte sich gestern von Nick im Ort zu ein paar Urlaubskäufen überreden lassen: Leder-schlappen, die sich tatsächlich ziemlich bequem anfühlten. Und eine Badeshorts irgendeiner angeblich angesagten italienischen Marke. *Hast du eigentlich noch was anderes auf Lager als dieses dunkelblaue Spießerteil?*, hatte Nick gemeckert. *Die sieht aus, als wär sie noch aus Hamburger Zeiten. So kannst du unmöglich am Strand aufschlagen!* Dazu hatte er ein Gesicht gemacht, als ob Ruben ohne Mundschutz operieren wollte. Vor dem Essen hatte er dann eine *Passeggiata* vorgeschlagen, einen kleinen Stadtbummel, der sich als Shoppingtour entpuppte – in das einzige Geschäft weit und breit. In dem winzigen Sportladen am Hafen stapelten sich die Badeklamotten bis unter die Decke, und Nick war wohl hier Stammgast. Ruben dagegen konnte sich nicht erinnern, wann er das letzte Mal überhaupt *Shoppen* gewesen war. Er bestellte ausschließlich im Netz, weil ihn das Tamtam ambitionierter Verkäufer dazu brachte, Dinge zu kaufen, die kein Mensch brauchte. Genau deshalb hatte er sich auch von Nick und der italienischen Verkäuferin ruckzuck ein ganzes Outfit aus Schlappen, Badeshorts und einer neuen Sonnenbrille aufquatschen lassen, nur damit die beiden endlich Ruhe gaben.

Eine Stunde später lagen sie auf Handtüchern im warmen Sand. Die Sonne brannte ihnen direkt auf den Bauch, doch Nick hatte recht gehabt, hier am Wasser blies ein angenehmer Wind. Nick schnarchte neben ihm, und auch Rubens Körper schien immer noch nicht genug zu haben vom reinen Nichtstun. Selbst sein Geist gab nach einer Weile ratloser Verwunderung den Widerstand auf. Er stierte in den

Himmel, begann tatsächlich Wolken zu beobachten. Er konnte sich nicht erinnern, wann er sich jemals für das Geschehen über ihm interessiert hatte. Kurz hob er sogar die neue Brille, um sich zu vergewissern, ob die Farbe echt oder nur den tiefblauen Gläsern zu verdanken war. Schließlich schloss auch er die Augen und übergab sich der lauen Luft und dem leisen Geräusch der Wellen hinter dem italienischen Stimmengewirr.

Er wurde geweckt von einem Schatten vor der Sonne und der hektischen Bewegung seines Freundes neben ihm, der aufsprang, als hätte ihm jemand Eiswürfel in die Badeshorts geschüttet. Vor ihnen stand eine ausgesprochen hübsche Gestalt. Während Nick bereits Küsse auf deren makellosen Wangen verteilte, erhob sich Ruben deutlich langsamer.

»Ciao Elena, wie geht es dir?«, sagte Nick. »Darf ich dir meinen Freund Ruben vorstellen?«

»Ciao!« Ruben hob ein wenig unbeholfen die Hand. Small Talk in Badehose – selbst in nagelneuer – war nicht sein Ding.

»Ciao Nick. Ciao Ruben!« Die Frau mit dem Namen Elena lächelte kurz, als wenn es sie Mühe kostete. Dann wanderte ihr Blick suchend über den Strand.

»Mit wem bist du da?«, fragte Nick.

»Con degli amici. Kennst du nicht«, sagte sie.

Ruben fragte sich, wie eine so schöne Frau an so einem Tag so angespannt dreinblicken konnte. Er nutzte ihr Desinteresse und seine dunkle Sonnenbrille, um die Situation unauffällig zu betrachten. Diese Elena schien seinen von Natur aus tiefenentspannten Freund nervös zu machen. Ständig fuhr sich Nick durch die Haare, während er verzückt lächelnd an ihren malerisch geschwungenen Lippen hing – als wären die nicht streng zusammengepresst, sondern würden eine spannende Geschichte erzählen. Elena war wirklich hübsch, nein, eher wunderschön. Ein Körper wie aus Bronze gegossen, in einem weiß fließenden, für den Strand übertrieben eleganten Kleid. Die Haare trug sie über der einen Schulter. Sie schimmerten außergewöhnlich goldbraun, genau wie ihre nackte Haut und der Teint ihres ebenmäßigen Gesichts. Kein Wunder, dass Nick sich für sie interessierte, schöne Frauen waren immer sein wichtigstes Hobby gewesen. Allerdings waren in dieser Szene im Gegensatz zu früher die Rollen vertauscht: Wie ein Hündchen, das auf Tischabfälle hofft, trat er neben ihr von einem Bein aufs andere, während sie den Strand absuchte, ohne ihn eines Blickes zu würdigen.

»Sag, wie geht es euch?«, wiederholte er.

»Gut, danke.«

»Und Paolo?«

»Wir können nicht klagen.« Sie sprach fast akzentfrei Deutsch.

»Und, was machst du die ganze Zeit, ich sehe dich kaum.« Er gab nicht auf.

Zum ersten Mal kam Leben in das kühle Gesicht und die goldenen Augen begannen wütend zu funkeln. »Was denkst du? Ich arbeite«, blaffte sie. »Ich habe ein Hotel zu führen.«

Nick lächelte stoisch. »Aber jetzt bist du doch auch am Strand.«

Der Blick, mit dem Elena Nick statt einer Antwort bedachte, konnte Klimaanlagen ersetzen. »Cosa ti interessa …«, murmelte sie, zog ihr Handy aus der weißen Stofftasche, die elegant über ihrem Arm baumelte, und checkte das Display. »Ich muss weiter«, sagte sie ungeduldig. »Ich habe nur eine halbe Stunde.«

»Oh«, Nick hob übertrieben die Hände. »Lass dich nicht aufhalten. War trotzdem schön, dich zu sehen.« Er lächelte, diesmal so überzogen, dass Ruben die Luft anhielt.

Elena ignorierte Nick einfach. Sie drehte sich zu Ruben und streckte ihm die Hand entgegen. »Auf Wiedersehen, Ruben«, sagte sie förmlich. »Ich wünsche Ihnen einen schönen Urlaub.«

Er spürte ihren festen Händedruck. »Vielen Dank. Hat mich gefreut, Elena«, sagte er.

Sie lächelte, wenn auch nur für eine Sekunde, dann drehte sie sich ruckartig um und lief erhobenen Hauptes davon.

Nebeneinander starrten sie ihr nach.

»Wer war das denn?«, fragte Ruben, während er genau wie Nick beobachtete, wie Elena zehn Meter weiter eine kleine Gruppe von Leuten begrüßte, ihr Handtuch ausbreitete und aus dem Kleid schlüpfte.

Nick atmete hörbar aus. »Elena«, sagte er, ohne den Blick abzuwenden.

Ruben ließ sich zurück auf sein Handtuch fallen. »Ja, das habe ich gehört. Und wer ist *Elena?*«

»Eine Freundin.«

Ruben unterdrückte den Wunsch, Nick an der Hand nach unten zu ziehen. Er machte sich zum Idioten, so, wie er dieser Frau nachglotzte.

»Muss ja eine besondere Freundin sein.«

»Was?« Langsam drehte sich Nick zu ihm.

»Ich sagte, *das muss ja eine ganz besondere Freundin sein!*«

»Wieso, wie meinst du das?« Endlich setzte er sich.

»Na ja«, Ruben suchte die Augen seines Freundes. »Ich hab dich eine Weile nicht gesehen. Aber so – kenn ich dich nicht mit Frauen.«

Nick bohrte seine Füße in den Sand. »Keine Ahnung, was du mir sagen willst.«

»Läuft da was mit ihr?«

Nick schüttelte den Kopf.

Eine italienische Großfamilie beschloss, sich ein Stück neben ihnen niederzulassen. Mit viel Getue platzierten sie mehrere Kühltaschen, Sonnenschirme und flache Strandstühle genau in der Sichtachse zu Elena und ihren Freunden.

Ruben ließ sich zurückfallen und verschränkte die Hände hinter dem Kopf. »Glaub ich dir nicht.«

Nick zuckte mit den Schultern. »Du kriegst Sonnenbrand.« Er kramte unter seinem Handtuch und brachte eine Tube zum Vorschein. »Hier. Crem dich mal ein.«

Ruben drückte sich etwas Sonnenmilch in die Hand und verteilte sie auf seiner Brust. »Ich schätze, du hattest schon mit jeder schönen Frau hier im Ort was«, murmelte er dabei. »Oder hat sie dich abblitzen lassen? Wahrscheinlich!«

»Alter, du redest zu viel.« Nick sprang wieder auf. »Komm, wir gehen ins Wasser.«

Ruben schüttelte den Kopf, rührte sich nicht vom Fleck. »Erst die Infos …« Er grinste Nick an, der unter seiner Sonnenbrille wahrscheinlich mit den Augen rollte.

»Sie ist eine alte Freundin«, sagte er schließlich. »Ich kenn sie von früher. So wie Juli.«

»Aha.« Ruben nahm Schwung und rollte sich hoch zum Sitzen. »Das macht Sinn, wenn sie von hier ist.«

»Genau.« Nick klopfte sich Sand von den Beinen.

»Aber das erklärt noch nicht, warum du dich in ihrer Gegenwart wie ein Fangirl benimmst.«

»Tu ich nicht.«

»Doch. Leider.«

»Ich finde sie halt – attraktiv.«

»Ist sie.«

»Und verdammt schwierig.«

Oder einfach arrogant. »Vielleicht will sie einfach nichts von dir?«

Nick hob die Hände zum Himmel und verzog sein Gesicht.

Ruben kannte dieses Lächeln genau. Er stöhnte. »Ihr hattet Sex?«

Nicks blaue Augen blitzten in der Sonne. »Wie kommst du darauf?«

Jetzt lachte Ruben zufrieden. »Weil ich dich ein bisschen kenne. Bleibt nur die Frage, ob damals oder erst kürzlich – oder beides.«

Nick sprang ohne Hände auf seine Füße. »Los jetzt, ins Wasser!«

Das Meer war ein Traum. Eine türkisblaue Badewanne, viel wärmer, als Ruben erwartet hatte. Sie planschten wie Jungs und ließen sich auf dem Rücken treiben. Nick sah schon wieder ständig zum Strand, wo Elena mit ihren Freunden lachte. Irgendwann drehte sich Nick auf den Bauch und kraulte einfach los in Richtung der Boote, die weiter draußen in der Bucht ankerten. Ruben tauchte ein Stück, um ihn einzuholen. Dann schwammen sie nebeneinander, hämmerten ihre Arme ins dunkle Wasser, als gäbe es einen Preis zu gewinnen.

Beim Abtrocknen schnauften sie um die Wette.

»Alter, du legst ein ganz schönes Tempo vor!«, sagte Ruben.

»Ich musste mich bewegen.«

»Warum nur ...«

»Geh'n wir was essen?«

Ruben nickte in Richtung der blau bemalten Holzbude, vor der einige Italiener Schlange standen. »Gibt's da Brötchen?«

Nick verdrehte die Augen. »*Panini* heißt das. Und nein, ich hab Lust auf was Gutes. Ich lad dich ins *Porto Verde* ein.« Er begann sich anzuziehen.

Ruben verkniff sich die Frage, was denn aus dem Tag am Strand geworden war, und zog sich das T-Shirt über den Kopf.

*

»Du musst auch die Cannolicchi probieren und hier die Gamberetti.« Nick häufte ihm noch mehr Meeresfrüchte auf den Teller. »Ist der Weißwein okay?« Er nahm einen Schluck. »Fast ein bisschen zu kühl, oder?«

»Alles ist perfekt, Nick.« Ruben hob das Glas, nickte seinem Freund beruhigend zu. »Es ist super hier.« Für ihn hätte es auch die Fischbude nebenan getan, die sich den Blick auf den kleinen Hafen von San Vincente mit dem *Porto Verde* teilte. Doch Nick hatte auf das schicke Restaurant ganz in Weiß bestanden. Seit sie den Strand verlassen hatten – oder besser, seit der Begegnung mit dieser Frau –

war er wie ausgewechselt. Er redete ununterbrochen – über das Restaurant, das feine Essen und die exquisiten Weine. Nicht die kleinste Gesprächspause ließ er aufkommen, und sein breites Gute-Laune-Lächeln hing wie eingebrannt in seinem sonnengeröteten Gesicht. Wahrscheinlich sollte der Redeschwall Ruben davon abhalten, weiter in Sachen Elena nachzuhaken – obwohl Nick doch wissen musste, dass Ruben nicht zu den Menschen gehörte, die nicht locker ließen. Wenn jemand reden wollte, würde er es tun. Früher oder später. Vielleicht wollte sich Nick aber auch nur selbst beweisen, dass er sich von niemandem, auch von keiner Frau, an so einem Tag die Laune verderben ließ.

»Antonio!« Er winkte dem Kellner, der gerade vorbeikam. »Come va?« Die beiden gaben sich *Hi Five.* »La famiglia, tutto bene?«

»Si, grazie, Nick. E te? Passt alles?«

»Si, si, benissimo! Was hast du für Fisch heute? Questo è il mio amico Ruben. Di Berlino.«

»Ah Berlin.« Antonio hob den Daumen.

Ruben nickte freundlich.

»Ich komme gleich mit den Fischen vorbei.«

»Si, si. Und mach noch ein paar Jakobsmuscheln, per favore, die sind zu köstlich.«

»Wer soll das alles essen?«, fragte Ruben.

»Na wir, wir haben doch sonst nichts vor heute! Komm, hau rein!«

Besteck klapperte, italienische Familien brabbelten, ein Bootsmotor knatterte.

»Schön, oder?«, sagte Nick zum etwa zwanzigsten Mal.

»Ja. Super«, sagte Ruben.

Plötzlich sprang Nick auf, dass der Weißwein aus seinem Glas schwappte. »Juli!«, rief er und winkte mit beiden Armen.

Ruben schreckte von seinem Teller auf. Jetzt sah er sie auch, vorne bei den Fischerbooten, ihre schlanken Beine wieder in diesen ziemlich kurzen Jeans, die kaum unter der weißen Flatterbluse hervorguckten. Sie war wohl auf dem Weg zum Strand, denn unter dem durchsichtigen Stoff war selbst aus dieser Entfernung ein korallenroter Bikini nicht zu übersehen.

Nick rief noch einmal: »Juli, komm, trink was mit uns!«

Sie zögerte kurz, doch dann folgte sie Nicks andauerndem Winken und schlappte mit federnden Schritten durch die voll besetzten Tische. Ruben hob zum Gruß die Hand. Als sie ihn anlächelte, griff er nach seinem eisgekühlten Weinglas.

Schon stand sie vor ihnen. »Hi, ihr beiden.« Nick nahm ihre Hände und küsste sie auf die Wange. »Bella, setz dich zu uns!« Er legte den Arm um ihre Schultern. »Antonio, wir brauchen noch ein Glas für meine Freundin Giuli!«

Ruben war inzwischen auch aufgestanden. »Hi.«

»Hi«, sagte Juli gleichzeitig und wandte sich sanft aus Nicks Umarmung. Als sie sich Ruben zur Begrüßung entgegenstreckte, stießen ihre Nasen aneinander.

»Oh, entschuldige!«

Sie zuckten beide zurück. Juli setzte sich auf den Stuhl, den Nick ihr zurechtschob, und ihr Gesicht glühte ein bisschen. Wahrscheinlich von der Sonne. »Und, was habt ihr so gemacht heute?«, sagte sie zu Nick gewandt.

»Wir waren schon am Strand.«

»Ach, schade, da will ich gerade hin.«

Ruben riskierte einen Blick in Julis Ausschnitt und wusste nicht, ob er froh oder enttäuscht sein sollte, dass sie sich am Strand verpasst hatten.

Antonio brachte einen dritten Teller.

»Oh nein, danke. Ich geh gleich wieder.« Juli ließ den Blick durchs Restaurant schweifen. »Guck mal«, murmelte sie plötzlich. »Da ist ja Elena.«

Nicks Kopf schnellte in die Richtung, in die Juli sah. Und auch Ruben traute seinen Augen nicht: Etwas entfernt von ihnen übernahmen tatsächlich gerade Elena und ihre italienischen Freunde einen Tisch. Ruben erkannte die Gesichter vom Strand, doch sie hatten sich fürs Essen in Schale geschmissen. Während Nick und er hier in noch feuchten Badehosen und T-Shirt saßen, trugen Elenas Freundinnen ähnlich elegante Kleider wie sie, und die männlichen Begleiter – durchweg im weißen Hemd – sahen aus wie einer Dolce-Gabbana-Werbung entsprungen.

»Elena!«, rief Nick.

Sie sah kurz auf, hob die Augenbrauen und musterte sie alle drei. Dann nickte sie unmerklich mit einem ihrer ultrakurzen Lächeln, legte die Haare auf die andere Schulter und wandte sich der Speisekarte zu.

»Habt ihr eigentlich Kontakt?«, fragte Juli und schnappte sich ein Stück Weißbrot. »Das wollte ich dich neulich schon fragen.«

»Du kennst sie – Elena, meine ich?«, platzte Ruben heraus.

»Ja, wieso?«, sagte Juli. Dann fragte sie wieder in Richtung Nick: »Woher kennt er sie denn?«, offensichtlich nicht daran interessiert, Ruben ins Gespräch einzubinden.

»Wir haben sie vorhin am Strand getroffen«, sagte Nick und löste sich nur widerwillig vom wahnsinnig spannenden Wer-sitzt-wo der Elena-Gruppe. Ruben konnte seinen Drang, den Kopf ständig wieder zu drehen, förmlich spüren und prompt verrückte Nick seinen Stuhl für bessere Sicht aufs Geschehen.

»Das heißt ihr seht euch?«, fragte Juli weiter. »Wie geht's ihr denn eigentlich?«

Ruben unterdrückte ein Grinsen angesichts der Verzweiflung in Nicks Gesicht, der ihm einen verschwörerischen Blick zuwarf.

»Wir hatten …«, begann sein Freund, »mal kurz …« Er suchte etwas auf seinem Teller, sah dann wieder zu Ruben. »Als ich vor einem Jahr hergezogen bin, haben wir – ein paar Abende miteinander verbracht.«

Ach, sieh an, dachte Ruben, *jetzt kommen wir der Sache langsam näher.*

»Ja und? Erzähl mal!« Juli schien Nicks Unsicherheit nicht zu bemerken. Sie legte das Kinn in die aufgestützte Hand. »Mich hat sie nicht gerade begeistert empfangen«, murmelte sie. »Bisher wollte sie nicht mal einen Cappuccino mit mir trinken.« Ihre Stimme wurde noch leiser. »Kann es sein, dass sie immer noch an damals denkt?«

Nick drehte sich zu ihr. »Elena ist ganz schön im Stress. Das Hotel läuft nicht gut, ihr Vater ist dement, die Mutter in Mailand. Sie hat das alles allein an der Hacke.«

»Wow, das wusste ich alles nicht.« Juli riss die Augen auf. »Aber …« Sie warf einen schnellen Blick über das Gewusel italienischer Familien beim Sonntagsessen bis zu Elena, die ihnen jetzt konsequent den Rücken zuwandte. »Sie wirkt auch dir gegenüber nicht gerade – herzlich.«

Nick zuckte mit den Schultern, während sein Blick schon wieder nach links wanderte. Dort hatte einer der Italiener den Arm um Elena gelegt und flüsterte ihr etwas ins Ohr. Ruben entging nicht, wie sie Nick währenddessen ansah. »Selbst schuld!«, murmelte der. Dann griff er in den mit Eis gefüllten Kühler und wickelte die weiße Serviette um die Flasche. »Noch Weißwein?«

Juli nahm den Ellenbogen vom Tisch, drehte sich zu Ruben und raunte: »Hab ich irgendwas verpasst?« Dabei sah sie ihm zum ersten Mal heute in die Augen. Während er ihren Blick festhielt, begann es in seiner Brust zu kribbeln. »Ich weiß auch nichts«, sagte er, lächelte und genoss den Moment zwischen ihnen.

Er war schneller vorbei, als Juli mit den Wimpern schlug. Als sie abrupt ihren Sitz veränderte, streifte ihr nacktes Knie seinen Oberschenkel. Sie zuckte spürbar zurück, griff nach ihrem Glas, konzentrierte sich aufs Trinken.

Ruben bemühte sich um einen neutralen Gesichtsausdruck. Seine Sinne weilten unterm Tisch, wo er die Wärme ihrer Beine spürte, obwohl sie sich nicht mehr berührten. Er starrte sie an, er konnte nicht anders, während Juli das Glas abstellte, ihr Weißbrot zerrupfte und stückweise in die kleine Schale mit Olivenöl tunkte. Es kostete ihn Kraft, sich loszureißen von der zarten Röte ihrer Wangenknochen, der weichen Haut ihres Halses, den im Nacken verknoteten Bändern, die ihren Bikini hielten.

Sie stopfte das letzte Stück Brot in den Mund, dann sprang sie auf. »Ich pack's dann mal.« Ihre Worte durchbrachen den merkwürdigen Moment des Schweigens am Tisch. »Danke für den Weißwein!«

»Ach komm Juli, gleich kommt die Dorade. Bleib doch zum Essen!«, bat Nick.

Energisch schüttelte sie den Kopf. »Ich hab wirklich keinen Hunger … gerade erst gefrühstückt … und die Sonne wartet. Schönen Tag euch noch!« Sie hob die Hand und war davon, bevor einer von ihnen hatte aufspringen können.

Nick nahm seufzend sein Glas. »Na dann …« Während er Ruben zuprostete, sah er ihm mit dem wissenden Blick eines besten Freundes in die Augen. »Auf die komplizierten Frauen!«

KAPITEL 13

Juli

Es hatte zu regnen begonnen. Aus dem sonnigen Himmel platschten mit einem Mal pralle Tropfen auf Julis warmen Bauch, malten dunkle Punkte in den Sand, während unter den italienischen Familien um sie herum Tumult ausbrach. Kinder wurden aus dem Wasser gezerrt, Sonnenschirme hektisch zusammengeklappt, die *Nonna* sprang aus dem Strandstuhl wie ein junges Mädchen – das Ganze unter aufgeregtem Gekreische, als stünde ein Tsunami bevor. Juli rollte in aller Ruhe ihr Handtuch zusammen, stopfte es mit der Bluse in den Korb und schlüpfte in die Shorts. Dann begann auch sie zu laufen, denn inzwischen war aus den angenehmen Tropfen ein kräftiger Schauer geworden. Sie flüchtete mit allen anderen in Richtung Hafen, lachend und herrlich planlos.

Als die Boote und das in der Siesta menschenleere *Puerto Verde* in Sicht kamen, war Juli so durchnässt, als käme sie gerade aus dem Meer. Sie rettete sich unter die weißen Markisen, beruhigte den Atem und strich sich die klatschnassen Haare aus dem Gesicht. Bis zum *Vista Blu* waren es ungefähr zehn Minuten, vielleicht sieben im Spurt. Noch nasser konnte sie nicht werden, doch Juli zögerte trotzdem und lugte erst einmal von unter der Markise in Richtung Himmel. Aus ein paar dicken Schäfchenwolken war eine schwarze Wand geworden und beim besten Willen kein Blau in Sicht. Über ihr surrte es. Als Juli realisierte, dass es die Markise war, die eingefahren wurde, begann sie zu lachen.

»Giuli?«

Das Surren hatte aufgehört. Juli fuhr herum. Antonio, der nette Kellner von heute Mittag, steckte seine Nase aus der Glastür des Restaurants.

»Entri!« Er hielt die Tür auf und winkte sie herein.

Juli schüttelte den Kopf. Ihr war dringend nach heißer Dusche. »No grazie!«

Antonio verzog das Gesicht. »Devo ritirare la tenda da sole. Non sopporta la pioggia. Ma aspetta, ti prendo un ombrello.« Er verschwand im Dunkeln des Restaurants, und Juli nutzte den Moment, um sich notdürftig abzutrocknen und die Bluse überzuziehen. Sie hatte nur ein einziges Wort verstanden – *ombrello* – aber das klang gut! Die Tür öffnete sich wieder und Antonio streckte ihr einen schwarzen Regenschirm entgegen.

»Grazie, Antonio! Du bist ein Schatz.« Juli warf ihm einen Luftkuss zu. »Ich bring ihn morgen vorbei. Domani, okay?«

Der monsunartige Regen beruhigte sich so schnell, wie er gekommen war und obwohl der Himmel inzwischen die Farbe einer gemeinen Hausmaus angenommen hatte, tröpfelte es nur noch. Juli ließ den Schirm ein wenig nach hinten sacken, atmete in die frische Luft, während sie die Via al Porto zurücklief.

Sie erkannte ihn an seinen roten Socken. Er hatte sie schon damals getragen, immer in dieser Kombination: Egal, wie hoch das Thermometer im Hochsommer stieg, Signor Bruni trug dunklen Anzug, gestreiftes Hemd und eben die roten Strümpfe. Wenn er sich setzte, blitzten sie über seinen braunen Lederschuhen hervor, ein kleines Augenzwinkern, das gut zu ihm passte. Juli hatte Signor Bruni immer gemocht. Seine gute Laune, seine Sprüche in gebrochenem Deutsch, das Eis, das er allen Kindern gerne umsonst aus der Truhe hinter der Hotelbar spendierte. Er war kein außergewöhnlich attraktiver Mann, aber ein guter Typ und ein Hotelier mit Leib und Seele, dem das Wohl seiner Gäste das wichtigste Anliegen war. Seine bildschöne Frau dagegen, Marina Bruni, lächelte nur selten und ließ keinen Zweifel daran, dass es für den Gästeservice Personal gab. Ganz im Gegensatz zu ihrem Mann war sie Juli von Anfang an nicht sehr sympathisch gewesen.

Langsam näherte sich Juli dem alten Herrn, der allein mitten in der Fußgängerzone stand. Seine wirren grauen Haare klebten ihm am Kopf, tropfnass, genau wie sein Anzug, der wie ein schlaffer Ballon um seinen mageren Körper hing, zusammengehalten von den roten Socken, in dem die Hosenbeine steckten.

»Signor Bruni!«

Er hob den Kopf in ihre Richtung, doch seine Augen blickten ins Leere. Als sie näherkam, begannen sie zu flackern.

»Buonasera!« Sie schob den Regenschirm unauffällig über ihn.

Ihr Vater ist dement. Nicks Worte vom Mittag kamen ihr in den Sinn. Bei ihrer ersten Begegnung war sie zu unaufmerksam und Giovanni Bruni in einem anderen Zustand gewesen, als dass sie bemerkt hätte, dass es nicht nur das Alter war, das Elenas Vater so ganz anders wirken ließ als früher.

Er lächelte plötzlich. Nahm ihre Hand und führte sie zu seinen bleichen Lippen. »Buonasera, Signorina. Wie geht es Ihnen heute? Kann ich etwas für Sie tun?«

Juli erwiderte sein Lächeln, fasziniert von seinem Deutsch und seiner Höflichkeit, die ihm die Krankheit offensichtlich nicht rauben konnte. »Sehr gut, danke, Signor Bruni. Und Ihnen? Ist das Wetter nicht furchtbar? Che brutto tempo!«

Sein Lächeln erstarb, und er sah wieder verwirrt durch sie hindurch.

»Signor Bruni«, Juli legte den Kopf schief. »Dürfte ich Sie bitten, mich ins Hotel zu begleiten? Ich befürchte, ich finde den Weg nicht allein.«

Als das Lächeln zurückkehrte, schob Juli vorsichtig ihren Arm unter seinen. Langsam begannen sie loszuschlurfen. Juli bemühte sich, Elenas Vater sanft zu führen und ihm dabei das Gefühl zu geben, es sei umgekehrt. Zwanzig Minuten später erreichten sie endlich das *Vista Blu*. Sie löste sich aus Signor Brunis Arm und schüttelte den Schirm aus, während er neben ihr wartete wie ein kleines Kind. Die Tür glitt sanft zur Seite und gemeinsam betraten sie das Hotel.

»So, da wären wir.« Juli nahm Signor Brunis Hand. »Grazie mille!«

Er strahlte. »Di niente.«

»Was machst du?« Wie eine Furie kam Elena aus dem Büro auf sie zugeschossen. »Babbo! Dove sei stato?«

Sie sah Juli herausfordernd an. »Was soll das, wo warst du mit ihm?«

Juli schnappte nach Luft. »Dein Vater war – so freundlich, mich ins Hotel zu begleiten.« Sie hielt Elenas wütendem Blick für einen Moment stand, dann nickte sie Signor Bruni erneut zu. Was war nur los mit dieser Frau?

Elena schnaubte aus. »Ah. Also – danke. Wir kommen jetzt allein zurecht. Vieni, Babbo …« Sie nahm ihren Vater unsanft am Arm und zog ihn mit sich weg. Juli wollte ihr etwas hinterherrufen, irgendetwas von all den Gedanken in ihrem Kopf. Doch es saßen Gäste in der Lobby, die sie bereits neugierig anstarrten in ihrem patschnassen Strandoutfit. Sie fröstelte plötzlich, schnappte sich Korb und Schirm und lief im Laufschritt die Treppe hinauf.

Als Juli aus dem Badezimmer kam – diesmal warm tropfend, traute sie ihren Augen nicht: Stahlblau war es vor ihrem Fenster, als hätte sie die letzte Stunde nur geträumt. Ihr Magen gab ein ausgiebig jaulendes Zeichen von sich. Essen! Das hatte sie total vergessen, nachdem sie das *Puerto Verde* heute Mittag verlassen hatte – aus einem Impuls heraus, fluchtartig und völlig idiotisch. Dieser Ruben. Er machte sie so nervös, dass sie sich benahm wie ein verklemmter Teenager. Na ja, eigentlich lag es ja an ihr und ihrer bescheuerten Aktion nach dem Abend bei Nick.

Ihr Magen erinnerte sie daran, dass sie etwas anderes vorhatte, als an Ruben zu denken. Juli schlüpfte in trockene Klamotten und warf die Handtasche über die Schulter. Als sie die Tür schloss, nahm sie sich vor, Elena einfach zu ignorieren, falls sie hinter der Rezeption stehen würde. Doch es war nur Paolo, der ihr freundlich zuwinkte, während sie das Hotel in die Abendsonne hinein verließ.

*

Es war bereits dunkel, als Juli ins *Vista Blu* zurückkehrte.

Sie hatte Pasta gegessen und sich später mit Luna am Telefon verquatscht – weil sie ihre Freundin für das anstehende zweite Date mit Enzo coachen musste.

Als sie den Schlüssel ins Schloss der Schiebetür stecken wollte, fuhr diese von selbst auf. Sie lief in die dunkle Lobby.

»Ciao Giuli.«

Juli schrak zusammen. Dann sah sie die dunkle Gestalt hinter der Rezeption. »Elena. Verdammt, hast du mich erschreckt!«

»Oh scusi, Entschuldigung!«

»Kein Problem«, murmelte Juli und lief weiter in Richtung Treppe.

»Giuli! Entschuldigung auch, dass ich vorhin so – unfreundlich war.«

Langsam drehte sich Juli um. Der fahle Schein der Nachtbeleuchtung warf tiefe Schatten unter Elenas Augen. »Er macht mir große Sorgen«, sagte sie leise. Sie sah furchtbar müde aus und von ihrer eisernen Stärke war nicht viel übrig in diesem Moment. »Mein Vater hat Demenz«, fuhr sie fort. »Seit einem Jahr. Es geht sehr schnell.«

Juli nickte, während sie einen Schritt zurückmachte. »Ich weiß. Nick hat es mir erzählt.«

Elena runzelte die Stirn. »Nick? Wieso sprecht ihr über meinen Vater?« Der abweisende Ton war zurück.

Juli seufzte. »Weil ich mich nach euch erkundigt habe. Du redest ja nicht mit mir.« Sie hielt die Luft an, erwartete, dass Elena sich umdrehen und ihr eine gute Nacht wünschen würde.

Doch Elena lächelte plötzlich. Zum ersten Mal überhaupt. »È stata un po' una sorpresa per me. Ich war ein bisschen überrascht, dich wiederzusehen«, sagte sie. »Und ich habe wenig Zeit. Das Hotel, mein Vater …«, sie hob die Hände. Juli erwiderte ihr Lächeln. »Passt schon.«

»Jetzt habe ich Zeit. Trinken wir *un Limoncello*?«

Juli riss die Augen auf.

Elena begann plötzlich zu kichern, dunkel glucksend, wie früher. »Du siehst aus wie damals, als ich dir Marihuana angeboten habe!«

Etwas löste sich in Julis Brust. Sie begann in Elenas Kichern einzustimmen, als die Erinnerung an ihren ersten Joint und dessen Wirkung zurückkam. Daran, wie Elena ihr aus dringenden Gründen mit vierzehn das Küssen beigebracht hatte – vor dem Spiegel, weil Juli sich geweigert hatte, Elenas Lippen als Versuchsobjekt zu benutzen. Sie lachten beide laut und befreiend, kicherten immer noch, als sie in den Salon liefen und Elena sich eine der Flaschen vom Regal hinter der Bar schnappte und ihnen zwei Wassergläser vollfüllte.

»Salute«, sagte sie, kippte das Glas hinunter und grinste – und für einen Moment war sie wieder die ungezähmte italienische Freundin.

Sie setzten sich in die geblümten Sessel, wie selbstverständlich, wie damals.

»Also, was erzählt Nick über mich?«, fragte Elena und schenkte nach, obwohl Juli kaum das halbe Glas geschafft hatte. Sie spürte schon die erste Wirkung, doch trotz des angenehmen Kribbelns im Kopf beschwor sie sich, auf der Hut zu bleiben. »Eigentlich nichts. Seid ihr denn eigentlich befreundet?« Es hatte heute Mittag nicht den Eindruck gemacht.

Prompt schüttelte Elena energisch den Kopf. »Tz. Ich brauche keinen Mann.«

Juli schluckte. Sie hatte ihre Frage anders gemeint. Sie dachte an Nicks merkwürdiges Verhalten, das sie nicht weiter beachtet hatte – weil sie so intensiv mit der Anwesenheit seines Freundes beschäftigt gewesen war. Langsam wanderte ein Gedanke in ihren Kopf – vielleicht war er der Wirkung des Limoncello geschuldet ... »War da mal mehr zwischen euch?«, platzte sie heraus.

Elenas Gesicht verschloss sich schlagartig, als wäre eine Tresortür ins Schloss gefallen.

Na bravo.

»Ich brauche niemanden. Schon gar nicht Nick«, blaffte sie, und Juli atmete aus vor Erleichterung, dass sie überhaupt weitersprach.

»Aber wieso?« Juli verstand gar nichts, und der Alkohol förderte nicht gerade ihr Kombinationsvermögen.

»Eh, du kennst ihn doch. Für Nick ist das Leben ein Spiel. Heute Giuli, morgen Elena, übermorgen Patricia, Carla, Josefina. Von dieser Sorte Männer –«, sie stellte das Glas ab, strich die Haare glatt, »habe ich genug gehabt in meinem Leben.«

Was war das jetzt wieder für ein Hinweis? Juli schoss zunehmend verwirrt ins Blaue. »Du bist nicht zusammen mit Paolos Vater, oder?«

»Nein.« Elena lachte bitter.

Volltreffer.

»Er war genau wie Nick. Ich hatte eine Zeit lang – wie sagt man – eine schlechte Vorliebe. Aber ich habe gelernt. Mai più. Nie wieder! Ich habe keine Zeit mehr für Spiele.«

Juli schwirrten Hunderte von Fragen im Kopf herum. Nick und Elena? Darauf wäre sie nie gekommen. Und wann genau war das gewesen? Elenas Worte klangen nach früher. Doch ihre Erregung und auch Nicks Verhalten heute ließen nicht unbedingt darauf schließen, dass es um etwas ging, das zwanzig Jahre zurücklag. Sie atmete tief ein. Außerdem sah sie Nick ganz anders, als Elena ihn darstellte. Er war ein Lebemann, okay, aber einer mit einem riesigen Herz – hatte sie gedacht. Doch was wusste sie schon! Vor allem musste sie höllisch aufpassen, dass sie mit einer falschen Frage nicht den Hauch von vertrauter Stimmung zwischen ihnen im Keim erstickte.

»Wie geht es deinen Eltern?«, fragte Elena plötzlich.

»Mein Vater ist vor zwei Jahren gestorben«, antwortete Juli langsam und beobachtete Elenas Gesicht dabei. »Meiner Mutter geht es soweit gut.«

Elena schenkte wieder nach. »Tut mir leid. Das mit deinem Vater.«

»Danke.«

Sie schwiegen eine Weile. Elena kippte auch dieses Glas runter wie Wasser.

»Und deiner Mutter?«, fragte Juli schließlich.

»Sie lebt in Mailand. Wir haben keinen Kontakt.«

Juli holte Luft. »Das heißt, deine Eltern haben sich getrennt?«

Elena sah sie erstaunt an. »Ja. Sicher.« Ihr Telefon klingelte in die Stille. Elena sah auf das Display und nahm den Anruf an. »Michele …?«

Juli ließ die gelbe Flüssigkeit in ihrem Glas hin- und herschwappen und nippte immer wieder daran, während sie versuchte auszublenden, dass Elena neben ihr am Telefon gerade einen Tobsuchtsanfall hatte. Schließlich legte sie auf, leerte ihr Glas und knallte es auf den Tisch. Als Juli sie ansah, drehte sie sich weg, doch Juli hatte bemerkt, dass ihr Tränen über die Wangen flossen. Sie legte ihre Hand auf Elenas. »Was ist passiert?«

Elena schüttelte den Kopf. »Cazzo!«, murmelte sie und wischte immer wieder über ihre Augen.

»Was ist *scheiße*?«

»Nichts.«

Juli suchte Elenas Augen. »Warum sagst du es mir nicht einfach? Wir waren mal Freundinnen, erinnerst du dich?«

Elena rollte mit den wässrigen Augen. »Meine Aushilfe für die Bar hat sich gerade für den Rest der Woche krank gemeldet.«

»Ah.« Juli verstand nicht, was daran Elena so aus der Fassung brachte. »Und Paolo?«

»Ts. Muss zur Schule!«, zischte Elena, während sie wie wild über ihr Display wischte.

»Wenn du was organisieren musst – ich wollte sowieso bald ins Bett …«

Elena schnaufte aus. »Es hat sowieso keinen Zweck. Niemand hat Zeit. Michele war meine letzte Hoffnung.« Sie stützte den Kopf in die Hände.

»Und du …?« Juli schluckte. Sie sollte die Klappe halten.

Elenas Kopf schoss hoch. Sie funkelte Juli an. »Ich mache das sowieso die ganze Zeit. Und im Büro bleibt alles liegen … Aber diese Woche muss ich nach Rom fahren. Mit meinem Vater. Wir haben endlich diesen Termin bekommen. Bei einem – wie sagt man – Spezialisten. Ein Gast hat es für uns organisiert.« Sie stand auf, stellte die Flasche zurück ins Regal und schob die halb vollen Gläser zusammen. »Quindi, devo cancellare.« Sie presste die Lippen zusammen.

»Ich könnte einspringen.«

Elena fuhr herum, lachte bitter. »No grazie, Giuli.«

»Und wieso nicht? Es geht nur um den Vormittag, oder? Dann kommt doch Paolo aus der Schule. Ich mach den Cappuccino und ein paar Toasts. Was soll daran schwierig sein?«

»Hast du schon einmal in einer Bar gearbeitet?«

»Nö – aber …«

Elena schüttelte vehement den Kopf. »No. Dann geht es nicht.«

Juli sprang jetzt auch auf. Sie hatte Feuer gefangen. »Doch, klar. Du gehst mit deinem Vater zu diesem Arzt. Und wenn der Cappuccino mal einen Tag nicht ganz so cremig wird, ja und? Die Gäste werden nicht gleich davonlaufen.«

»Du sprichst kein Italienisch.«

»Tu ich wohl!«

Elenas angespanntes Gesicht verzog sich zu einem Grinsen. Endlich!

»Ich schaff das schon.«

Elena lächelte, aber sie guckte immer noch skeptisch. »Lass uns darüber schlafen, in Ordnung?«, sagte sie schließlich.

»Genau. So machen wir's!«, sagte Juli siegesgewiss. Und

als sie kurze Zeit später mit schweren Limoncello-Beinen die Treppe zu den Gästezimmern hinaufwankte, sah sie einen Jugendtraum wahr werden: Sie würde in einer italienischen Bar bedienen.

KAPITEL 14

Juli

Die Holzperlen in den Farben des Meeres klackerten in der Stille, als Juli den Vorhang zur Seite schob, der die *Cactus Bar* von der Küche trennte. Der fensterlose Raum lag völlig im Dunklen. Nur das Leuchtsymbol der Spülmaschine auf dem Terrazzoboden und das Summen der Kühlschränke gaben Juli Orientierung. Es roch zitronig nach Putzmittel. Julis Herz klopfte, während ihre Augen sich an die Dunkelheit gewöhnten.

Elena hatte ihrem Vorschlag schließlich zugestimmt. Es war nicht viel Zeit geblieben, Juli zur Barkeeperin zu machen, denn der Arzttermin war bereits am übernächsten Tag. Auch schien Elenas Skepsis sich in Luft aufgelöst zu haben, kaum dass die Entscheidung gefallen war – ganz im Gegensatz zu Julis, die mit jeder Minute nervöser wurde. Dass Elena jedes Mal abwinkte, wenn Juli sie fragte, wann sie ihr denn nun alles erklären würde – »più tardi, später« – machte es nicht besser.

Es war spät am Vorabend gewesen, als Juli Elena mehr oder weniger in die Bar gezerrt hatte. Zwischen diversen Anrufen hatte Elena ihr dort die Informationen um die Ohren geschnattert und die Frage am Ende ihres Monologs, ob

Juli alles verstanden hätte, war eindeutig rhetorisch gewesen. Außerdem hatte schon wieder das Telefon geklingelt, und Juli traute sich nicht zuzugeben, dass sie weder erwartet hatte, dass Espressokochen eine Wissenschaft war, noch dass die *Cactus Bar* bereits um sieben öffnete – für die Fischer, die direkt von der nächtlichen Arbeit zum Frühstück hierherkamen. Sie hatte sich mit einem zuversichtlichen Lächeln verabschiedet, so perfekt gefälscht wie das Michelangelo-Fresko an der Bar-Decke. Mit einer pulsierenden Mischung aus Panik und Vorfreude war sie schlafen gegangen und hatte sich die ganze Nacht lang eingeredet, dass schon alles gut gehen würde, denn schließlich war sie die Königin der Improvisation nach über zehn Jahren Eventbusiness.

Juli tastete nach dem Lichtschalter. Die Neonröhren an der Decke flackerten, dann tauchten sie den Raum nach und nach in blasses Licht. *Als Erstes die Maschine ausräumen, später ist keine Zeit dafür.* Eine von Elenas Anweisungen hallte ihr im Ohr. Juli wünschte, sie hätte sich die vielen anderen notiert, hätte zumindest besser zugehört, statt in Gedanken einen Social-Media-Post *Plötzlich Barista* zu formulieren, der Basti einmal mehr beweisen sollte, wie viel Spaß sie hier hatte.

Nun gut, einfach mal anfangen! Als die Spülmaschine leer geräumt war, öffnete sie einen der Kühlschränke. Er war vollgepackt mit Tabletts voller Antipasti. Weiter unten lagerte der Käse, die Stracciatella, wie Juli gestern gelernt hatte, cremige Mozzarellafäden in Rahm. Sie wurden auf kleinen Tomaten mit einem Schuss Olivenöl serviert. Auch, dass Snack-Zubereitung zu ihren Aufgaben gehörte, hatte Juli erst gestern erfahren. Sie sah auf die Uhr. Schon kurz vor sechs. Für einen Moment stand sie wie gelähmt, stierte in den offenen Kühlschrank, während sie realisierte, dass sie keine Wahl hatte. Sie würde das hier einfach hinkriegen müssen. Ein ohrenbetäubendes Piepen riss sie aus ihrer Starre – die Kühlschranktür. *Also los!*

Sie füllte die Vitrine der Bar mit Mortadella, Prosciutto, Käse und Gemüse. Als das erledigt war, war Juli verschwitzt, doch sie fühlte sich schon besser. Sie zog die Jalousien hoch und trat hinaus auf die Piazza. Nicht das kleinste Lüftchen blies heute, und die vom Regen der letzten Tage feuchte Luft stand stickig unter der Markise. Eine dicke Möwe spazierte um die Tische und beobachtete sie. Als Juli näher kam, flatterte sie mit kräftigen Flügelschlägen in Richtung Hafen davon und hinterließ ihre Geschäfte gleich auf mehreren Tischen. Juli stöhnte. Eine zerrupfte Katze schlüpfte vor ihr mit sanften Sprüngen in den Laden, als sie den Putzlappen holen wollte. *Nein. Du! Raus hier!* Nach einer Jagd um die Bar rannte das Tier endlich beleidigt fauchend davon. *Sechs Uhr dreißig.* Jetzt stand die Hitze auch im Laden, als hätte jemand Plätzchen gebacken. Ein kleines Rinnsal lief Julis Rücken entlang. Eine schweißgebadete Barfrau? Nicht ganz das Bild, das sie sich erträumt hatte. *Als Nächstes zum Bäcker.* Im Eilschritt lief Juli wieder hinaus. Der Zeiger am Campanile der alten Kirche sprang gerade weiter. Die Glocken schepperten dreimal. Noch eine Viertelstunde. Der Duft frischer Hefe beruhigte ihre Nerven ein wenig. Der Bäcker murmelt etwas, das sie nicht verstand, während er ihr die Pakete auf die Arme stapelte. »Grazie!«

Auf dem Rückweg sah Juli Schatten im Laden. Mist, sie hatte die Tür offengelassen. Als sie sich näherte, hörte sie dunkles Lachen. An der Bar lehnten drei Männer in Jeans und bunten Fleecejacken. Ihre Gesichter waren tief faltig gebräunt. Ihr Fischgeruch strahlte Juli entgegen. Die ersten Gäste, ja klar, warum sollten sie vor der Tür warten? Juli eilte hinter die Theke, ließ das Gebäck neben die Kaffeemaschine fallen. »Ciao, buongiorno!« Das Lächeln, das sie in die Runde warf, kam noch nicht ganz so locker wie geplant.

»Ciao, bella.« Die Männer grinsten ein wenig verdutzt.

Juli holte Luft. *Du kannst das.* »Ich vertrete Elena heute. Sie ist unterwegs. Deshalb bitte ich um Entschuldigung. Es dauert nur noch eine Minute, dann geht es los!« Sie hatte sich diese Sätze auf Italienisch zurechtgelegt. Das Lächeln ihrer Kunden ließ sie hoffen, dass sie sie verstanden hatten.

»Eh, certo, allora …« Und dann redeten sie alle drei gleichzeitig, mit Händen und Füßen. Juli verstand *Cappuccino*, *Panino*, *Formaggio*. Der Rest war Bahnhof, unverständliches Kauderwelsch, *WTF* …? Sie sprach zwar nicht mehr gut Italienisch, doch sie verstand sonst eigentlich alles. Und dann dämmerte es ihr. Pugliese, der Dialekt Apuliens, mehr Arabisch als Italienisch. Juli atmete scharf ein. *Ruhe bewahren.* Sie schaltete die Kaffeemaschine an. Konzentrierte sich. Bereitete den Espresso genau nach Elenas Anweisung, drehte den Dampfhahn auf, brachte die Milch ins Rollen, es funktionierte! Dann kam das Wichtigste: Juli schlug die Alukanne ein paar Mal bestimmt auf die Arbeitsfläche. Schade, die Fischerjungs interessierten sich kein bisschen für ihren Profi-Move. Aber das war ihr egal, denn ihr Milchschaum – absolut blasenfrei, cremissimo, der Hammer!

»I Cappuccini!« Sie servierte drei Tassen mit dem ersten echten Juli-Lächeln des Tages.

Mithilfe der gutmütigen Geduld der Männer schaffte sie es auch, ihnen etwas zu essen zu servieren. Zufrieden zogen die drei schließlich davon. Noch in der Tür begrüßten sie allerdings den nächsten Trupp Kollegen mit großem Hallo. Juli hatte das dumpfe Gefühl, dass es dabei auch um sie ging.

Nach den Fischern kamen die Nachbarn und die Geschäftsleute, die auf der Fahrt nach Polignano gerne bei Elena für ihren Caffè stoppten. Ein paar von ihnen erkannte Juli, weil sie schon neben ihnen draußen gesessen hatte: Die Friseurin mit den langen strassbesetzten Fingernägeln, die Apothekerin im weißen Kittel, der attraktive Typ im Anzug, der aussah, als hätte er sich aus Mailand hierher verirrt. Fast alle sahen großzügig darüber hinweg, dass es heute etwas länger dauerte, bis auf die grell blondierte Zicke, die Juli zum zweiten Mal Prosciutto aufschneiden ließ, weil der erste ihr nicht fein genug war. Juli wirbelte zwischen Espressomaschine, Vitrine und Küche hin und her, die ganze Zeit im Laufschritt. *Buongiorno, si, sicuro, un attimo, grazie …* Sie verlor jegliches Zeitgefühl, vergaß, dass ihr Kleid klatschnass an ihrem Rücken klebte und sie seit Stunden dringend auf die Toilette wollte.

»Buongiorno, Juli!«

Diese Stimme. Vor Schreck fasste Juli an den kochend heißen Kaffeeträger. Verdammt! Sie wirbelt herum. Er war es. Stand hinter einer italienischen Mamma, die er um fast zwei Köpfe überragte. Trug weißes T-Shirt wie immer. Wieso sah er darin eigentlich jedes Mal ein Stück besser aus?

Sein warmes Lächeln brachte sie nur noch mehr zum Schwitzen, und das letzte bisschen Luft verabschiedete sich aus ihrer Lunge.

»Hast du einen Ferienjob angenommen?«

»Ruben!« Er hatte ihr gerade noch gefehlt.

»Signorina, il Cappuccio!« Die knochige Hand der älteren Dame zeigte energisch auf den Kaffee, der unter dem Auslauf kalt zu werden drohte.

»Oh, scusi!« Die Tasse klapperte auf der Untertasse, als Juli sie auf dem Tresen platzierte und die Dame verabschiedete.

Jetzt war er an der Reihe. »Cappuccino?«, fragte sie so nonchalant wie möglich.

Er sagte keinen Ton, grinste nur ziemlich frech.

Juli holte Luft. »Könntest du mir einfach sagen, was du möchtest. Bitte!«

»Brauchst du Hilfe?«, erwiderte er, ohne mit dem Grinsen aufzuhören.

Juli zog die Brauen zusammen. »Für blöde Sprüche hab ich echt keine Zeit. Also, was möchtest du?«, blaffte sie.

»Das ist kein Spruch.« Er zückte sein Handy. »Ich sag Nick Bescheid, dass es länger dauert.«

»Lass gut sein, Ruben. Ist nett von dir. Aber ich hab echt keine Zeit für Erklärungen.« *Und für Ablenkung!*

»Brauch ich nicht«, sagte Ruben und kam bereits um den Tresen herumgelaufen. »Who's next?«, fragte er in die Schlange.

»Was zum Teufel machst du da?«

Ruben schlug den Siebträger auf den Holzkasten. »Ich helfe dir.« Er schnappte sich zwei Tassen vom Regal, platzierte sie unter den Ausgüssen, machte eine elegante Halbdrehung und schnippte zwei Untertassen auf die Bar.

»Aber –«

Er ignorierte Juli einfach, drapierte zwei Amarettini, platzierte die vollen Tassen. »Outside?«, fragte er, und als die Damen vor der Bar nickten, balancierte er alles per Tablett auf seinen gebräunten Unterarmen nach draußen. Die Damen tippelten hinter ihm her, Entzücken im Gesicht. Und auch Juli konnte den Blick nicht abwenden. Dieser Riese in Badeshorts bewegte sich, als hätte er nie etwas anderes getan, als Kaffee zu servieren.

Sein Lächeln war noch selbstbewusster, als er zurückkehrte. »Und?«

»Okay«, knurrte Juli, »aber nur den Kaffee.« Sie wandte sich der Vitrine zu.

»Alles klar.«

Im Augenwinkel sah sie das Lächeln. Mit einem Ruck erhob sie sich. »Ich hol mal Essensnachschub!« Sie hatte wirklich keine Zeit, sich von weichen Knien ablenken zu lassen. Sie lief in Richtung Küche und war froh, als die Holzperlen sich hinter ihr schlossen.

Als um eins der letzte Toast vor der Siesta gegrillt war, spürte Juli ihre Füße nicht mehr. Mit dem wohltuenden Gefühl einer gemeisterten Herausforderung verschloss sie die Tür, drehte das handbemalte Schild auf *chiuso* und ließ die hellblaue Jalousie heruntergleiten. Das Klappern in der Küche holte sie aus der Trance, in der sie die letzten drei Stunden neben Ruben durch den Laden gewirbelt war. Schlagartig kam die Aufregung zurück, und als sie ein Tablett voll Geschirr langsam in die Küche trug, beschleunigte sich ihr Atem, als wartete noch immer eine Schlange durstiger Kunden in ihrem Nacken.

Er stand über die Spülmaschine gebeugt. Juli stellte das Tablett auf die Arbeitsfläche. Als er aufsah, glänzte sein Gesicht vom Dampf.

»Danke.«

Er rieb sich mit dem Unterarm über die Stirn, lächelte. »Sehr gerne.«

Ihre Blicke verfingen sich. Eine Gänsehaut krabbelte zwischen Julis Schulterblättern hinunter. Sie spürte ihr Herz klopfen, überwältigt von der plötzlichen Ruhe und den Gedanken an die Enge der letzten Stunden. An all die unabsichtlichen Berührungen im Durcheinander ihrer ungeübten Handgriffe. An die nicht nur körperliche Nähe zwischen ihnen – und doch, vor allem, an die vielen Male, die sein Körper ihren gestreift hatte, beiläufig, versehentlich, für elektrisierende Millisekunden.

Als er nach den nächsten Tellern griff, sah sie auf seine Hände, und nicht zum ersten Mal registrierte sie, dass Ruben keinen Ring trug, was immer das bedeutete.

Sie riss sich los, half ihm beim Einräumen des Geschirrs. »Wieso kannst du so guten Cappuccino?«

Er schmunzelte. »Übung.«

»Sag schon, woher?«

»Hab mir das Studium mit Kellnern verdient. Nachts in Clubs, am Wochenende im Café. Mein Chef war ziemlich streng, was Milchschaum angeht.«

Die Spülmaschine war voll. Ruben klappte die Tür mit Schwung zu.

»Danke noch mal. Ohne dich wäre ich durchgedreht.«

Er lachte. »Stimmt nicht. Ich hab noch nie jemanden gesehen, der so schnell Panini belegt.«

Juli lachte mit, strich sich die Haare aus dem Gesicht. Sie atmete tief aus, ohne ihre Nervosität in den Griff zu bekommen. Dann kam ihr eine Idee. Sie öffnete einen der Kühlschränke und nahm einen Prosecco heraus. »Was meinst du, haben wir uns den verdient?«

Ruben nahm ihr die Flasche aus der Hand. »Aber so was von. Setzen wir uns raus?«

Sie folgte ihm durch die Bar. Draußen herrschte plötzlich finstere Stimmung. Wind fegte in Böen über die menschenleere Piazza. »Da kommt schon wieder ein Mittagsgewitter.«

Er lachte. »Umso besser. Dann muss Nick wohl noch ein bisschen auf mich warten.« Er setzte sich auf eine der weißen Bänke an der Hauswand, die gut geschützt unter der Markise standen, und begann in sein Handy zu tippen. Julis Bauch kribbelte schon wieder, als sie sich neben ihn schob und Gläser vor ihnen platzierte.

Er öffnete die Flasche und schenkte ein. Als er das Glas hob, sah er ihr so tief in die Augen, dass Juli sich schwor, nicht mehr als diesen winzigen Belohnungsschluck zu trinken.

Ruben kramte in seiner Hosentasche und schmiss nach und nach Münzen auf den Tisch. »Dreizehn Euro«, sagte er schließlich, »sie hatten Mitleid mit dem Hilfskellner.«

»Nicht schlecht!«, antwortete Juli. »Und ich dachte, man gibt in Italien kein Trinkgeld.« Sie angelte nach einer Visitenkarte, die zwischen den Münzen lag. »Oder nur für besondere Dienste?« Sie zog die Augenbrauen hoch. »*Chiara Bertone, Fisioterapia.* Willst du dich massieren lassen?«

Ruben hob die Hände. »Ich schwöre, ich hab keine Ahnung, wie die dahin gekommen ist!«

Sie lachten, lehnten nebeneinander an der warmen Hauswand in der Schwüle des nahenden Regens.

»Jetzt erzähl mal, wieso spielst du Barista?«

Juli berichtete, wie es dazu gekommen war.

»Das ist echt nett von dir«, sagte Ruben. »Diese Elena und du, ihr seid also gut befreundet?«

Juli zog die Schultern hoch. »Keine Ahnung, zumindest waren wir es mal. Bis es – kompliziert wurde …«

Er fragte nicht nach, doch die Wärme seiner Augen war eine Einladung weiterzusprechen.

»Unsere Eltern hatten eine Affäre. Elenas Mutter mit meinem Vater.« Langsam begann Juli von damals zu erzählen. Von den vielen Sommern voller Leichtigkeit. Von dem letzten, der so vielversprechend begonnen hatte. Von Nick, ihrer Bank – und der unfreiwilligen Beobachtung in der Vollmondnacht, die Elena und ihr Leben verändern sollte. Auch davon, dass Julis Eltern alles getan hatten, damit sich nichts änderte – außer dass sie fortan Urlaub in Griechenland machten.

Es fiel ihr schwer, die richtigen Worte zu finden, als wehrte sich die alte Geschichte dagegen, noch einmal erzählt zu werden. Gleichzeitig erleichterte es Juli mit jedem Satz mehr, dem Wirrwarr ihrer Gedanken endlich eine Form zu geben. »Erst jetzt habe ich erfahren, dass sich Elenas Eltern im Gegensatz zu meinen getrennt haben«, sagte sie. »Ihre Mutter ist damals nach Mailand gegangen. Vielleicht ist Elena deshalb so – anders geworden.«

Ruben nickte gedankenverloren. »Man weiß nie, was es mit Kindern macht, wenn sich die Eltern trennen.« Er sprach mit der Piazza, auf der es zu tröpfeln begonnen hatte.

»Bist du verheiratet?« Verdammt, ihre Zunge war mal wieder schneller als ihr Verstand! Sie sah schnell weg, als er verwundert den Kopf drehte. Während sie Regentropfen studierte, spürte sie seinen Blick auf ihrer Wange.

»Ich werde nächsten Monat geschieden.«

»Oh. Okay.« Der Regen prasselte jetzt auf die Markise, ein Trommelwirbel für Julis Unsicherheit. »Tut mir leid«, ergänzte sie schließlich. Entschlossen sah sie ihn an. Wo die indiskrete Frage nun schon mal raus war, wollte sie wenigstens mitbekommen, wie er dazu stand.

Ruben nahm einen Schluck Prosecco.

Direkt über ihnen grollte ein Donner. Sie zuckten beide zusammen. Dann begannen sie zu lachen, während neben ihnen das Wasser lautstark über die Markise pladderte.

Gleichzeitig rutschten sie ein Stück näher zusammen. Sie spürte die Wärme seiner nackten Oberschenkel neben ihren. *Er wird geschieden.* Sie hätte nie damit gerechnet, dass diese Nachricht sie so verwirren würde. Basti schoss ihr in den Kopf und ihre eigene Beziehung, die wahrscheinlich keine mehr war und die ihr ziemlich weit weg erschien, während Ruben, der unerwartet beziehungslose Ruben, hier keine zehn Zentimeter neben ihr saß. So dicht bei ihr, dass sie nicht wusste, ob die Abkühlung des Regens oder seine Nähe dazu führte, dass sie innerlich zitterte.

Er schwieg. Mal wieder. Julis Bedürfnis zu reden war auch verschwunden. Weil sich die Stille zwischen ihnen nicht anfühlte wie eine Lücke, die gefüllt werden musste. Sie ließ den Kopf an die Hauswand sinken und atmete in die geklärte Luft. Langsam beruhigte sich der Regen. Sie rutschte ein Stück weg von ihm, um ihm in die Augen sehen zu können. Es war ein Fehler.

»Du solltest mal gehen!«, sagte sie heiser. »Nick macht sich bestimmt schon Sorgen.«

Ruben nickte. »Hm.« Er rührte sich nicht.

Sie würde versinken in diesem Blau. Sie riss sich los. »Dank dir noch mal. Ich schulde dir was.«

»Gut zu wissen.« Er grinste und sah sie auf eine Weise an, die sie aufspringen ließ.

Ein Segen, dass sie vor lauter Reden tatsächlich nicht dazu gekommen war, mehr als das eine Glas Prosecco zu trinken. Sie rieb sich die Arme. »Also ich geh jetzt erst mal heiß duschen!«

Er stand auf, lief um den Tisch herum, legte seine Hände an ihre Oberarme. Seine Berührung ließ sie wieder erschauern, obwohl er ganz warm war.

»Dir ist kalt, sagte er.

Juli nickte.

Als er sich zu ihr beugte, klingelte das Handy an seinem Hintern. Er löste sich von ihr. »Nick? Ich bin unterwegs!«

Der Moment war vorüber.

»Also dann«, sagte er. »Bis bald Juli.«

»Bis dann!«

Sie sah ihm nach, wie er mit großen Schritten über die Piazza eilte. »Ruben!«

Er blieb ruckartig stehen.

»Du läufst in die falsche Richtung!«, rief sie.

Er schlug sich mit der Hand vor die Stirn, drehte um, kam im Laufschritt zurück. Als er an ihr vorbeitrabte, hob er nur die Hand.

»Danke noch mal« rief sie. Er reagierte nicht mehr, doch sie sah ihn lächeln.

KAPITEL 15

Ruben

Ruben schwitzte, als er das verrostete Tor zu Nicks Grundstück aufschob. Ein fetter schwarzer Kater aalte sich in der Sonne. »Na du?«

Ihm fiel auf, dass er heute Morgen den Schlüssel vergessen hatte, als er spontan losgelaufen war, um im Ort zu frühstücken und Nick in Ruhe arbeiten zu lassen. Er sah auf sein Handy. Fast drei. Er lief um das Haus herum, quetschte sich durch ein paar Sträucher und landete auf der zugewachsenen Terrasse. Ein knarrendes Schnarchen übertönte alle Insekten. Nick fläzte auf der Liege, den Rechner auf den nackten Oberschenkeln. Sein Kinn war auf die Brust gesackt. Er trug weiße Shorts, das passende Poloshirt hing über der Lehne. Am Tisch lehnten zwei Tennisschläger und eine abgewetzte Adidastasche lag auf dem Boden. Mist. Der Tennisplatz …

»Hey.«

Nick schreckte auf. »Oh, Ruben. Schön, dass du's schaffen konntest.«

»Mann.« Ruben verdrehte die Augen. »Tut mir echt leid, ich hab das Tennis über den Regen total vergessen. Warum hast du nichts gesagt?«

»Kein Problem. Die Plätze stehen sowieso unter Wasser. Außerdem –«, Nick hob seine dunkle Sonnenbrille und musterte ihn neugierig. »Du klangst nicht, als wolltest du gestört werden.«

»Pff.« Ruben zog einen Stuhl heran und ließ sich hineinfallen.

»Was war denn los in der *Cactus Bar*?«

»Juli hat heute den Laden geschmissen. Weil Elena wohl mit ihrem Vater zum Arzt musste und niemand anderer übernehmen konnte ... Schön, dass ich langsam die Zusammenhänge kapiere.« Ruben zog das verschwitzte T-Shirt über den Kopf.

Nick ignorierte den Kommentar. »Ich hätte auch helfen können. Warum hast du nichts gesagt?«, sagte er ehrlich entrüstet.

»Ich dachte, du hast zu tun.«

»Trotzdem. Wenn Elena Hilfe gebraucht hat.«

Ruben schüttelte den Kopf. »Entspann dich. Es war Juli – und wir sind gut zurechtgekommen.« *Ohne dich!*

Nick schien beruhigt. Er lehnte sich zurück und verschränkte die Hände im Nacken. »Und – wie war's?« Seine Augenbrauen zuckten über der Sonnenbrille. »Wohl gut, wenn du mich darüber vergessen hast. Sehe ich da ein Lächeln?« Er grinste noch breiter. »Hab ich's dir nicht gleich gesagt ...?«

»Halt die Klappe. Ich hab ihr einfach nur geholfen. Sie war total im Stress.«

»Ja, ja, Ritter Ruben. Ich kenn die Nummer.«

Ruben bemühte sich, sein Grinsen zu bändigen. Er konnte beim besten Willen kein schlechtes Gewissen vortäuschen.

Immer noch rauschte Energie durch seinen Körper wie kleine Stromstöße, wenn er an Juli dachte. Er hob die Hände. »Hey, es war ein Notfall. Und du weißt ja, ich habe Baristaerfahrung.«

»Ah. Auch das noch. Hast du auch Cocktails gemixt?«

»Nerv nicht. Sie war auf jeden Fall froh, dass ich da war.«

»Hm. Ist klar. Hat sie sich denn irgendwie erkenntlich gezeigt?«

Ruben schüttelte den Kopf. »Mit dir rede ich kein Wort mehr. Kein Wunder, dass die Frauen dir misstrauen.« Er schnitt sich ein Stück vom Parmesan ab, der auf dem Tisch lag. »Apropos. Elena –«

»Hast du sie gesehen?«, fiel Nick ihm ins Wort.

Ruben lachte. »Nee. Keine Sorge. Ich sag dir doch, sie ist unterwegs.«

Nick runzelte die Stirn.

»Tut mir echt leid. Wegen unserer Tennisstunde.«

»Ach so.« Nick schüttelte den Kopf. »Tutto bene. Kein Problem.«

»Was ist dann los, warum so ernst plötzlich?«

»Ich frag mich nur, wie Elena das alles hinkriegt. Ich meine, für dich ist das Spaß. Aber sie muss den Laden jeden Tag schmeißen. Dazu das Hotel und die Krankheit ihres Vaters. Ich wünschte, sie würde sich öfter helfen lassen …«

Auf Nicks Brustmuskeln spiegelte sich die Sonne. Seine weißen Shorts saßen wie angegossen an den gebräunten Beinen. Wie sollte eine Frau erkennen, dass sich hinter dieser Fassade der beste Kerl versteckte, den man sich wünschen konnte?

»Bist du in sie verliebt?«

»Quatsch!« Nick fegte eine imaginäre Fliege aus der Luft. »Ich würde sie einfach gerne irgendwie unterstützen. Ich kenn sie doch schon ewig ...«

Ruben nickte, tat, als glaubte er die Lüge.

»Aber du hast es ja selbst erlebt«, fuhr Nick fort, »sie lässt niemanden an sich ran.« Er sprang plötzlich auf. »Und mich schon gar nicht. Jetzt komm, Alter, lass uns ans Meer, ich hab lange genug auf dich gewartet!«

Als Ruben aufstand, klingelte sein Handy. Er zog es heraus und drehte das Display in Nicks Richtung. »Sorry, eine Minute noch!« Dann nahm er den Anruf an. »Kati! Oh Mann, ich hab es heute noch nicht geschafft anzurufen. Wie geht's bei euch? Alles okay?«

Am anderen Ende war nichts zu hören.

Ruben nahm das Telefon vom Ohr und sah auf das Display. »Kati?«

»Ja, ich bin da, Ruben.«

»Okay, ich dachte schon die Verbindung ... Hey, schön, dich zu hören. Ich hatte einen wilden Vormittag. Und ihr? Was treibt ihr? Wenn ihr mich nicht vermisst, will ich es gar nicht wissen.«

Kati lachte nicht. Irgendetwas stimmte nicht. Rubens Brust zog sich zusammen. »Kati! Was ist los?«

»Versprich mir, dass du dich nicht aufregst.«

»Sag es einfach!«

»Alex war heute hier.«

Die Sonne brannte plötzlich unerträglich heiß. »Wie meinst du das?«, plärrte Ruben viel zu laut. »Alex ist in Hongkong.« Seine Worte verhallten zwischen den Olivenbäumen. Er begann zu laufen, bis zur Terrassentür und wieder zurück, ignorierte Nicks fragende Gesten.

»Nicht mehr. Sie ist in Berlin, Ruben.«

Es pochte in seinem Ohr. Katis Stimme klang dumpf. Als steckte sein Kopf unter Wasser, während sie mit ihm sprach.

»Sie war heute hier. Ruben? Hörst du mich?«

Er hörte sie, aber er war damit beschäftigt zu atmen. Jemand tauchte ihn unter, er bekam keine Luft, er brauchte dringend Luft.

»Ruben?«

Im Telefon tutete es. Es hörte auf, dann begann es wieder. Es dauerte eine Weile, bis Ruben realisierte, dass es nicht die schlechte Verbindung war, sondern ein zweiter Anruf, der anklopfte. Er nahm das Handy vom Ohr. Starrte auf das Display. »Kati«, sagte er schließlich, »ich muss Schluss machen. Sie ruft gerade an.«

Als er das Gespräch beendete, flog auch Alex aus der Leitung. Ruben lief an Nick vorbei, der senkrecht auf der Liege saß. »Ruben?«

Er reagierte nicht, lief weiter, durchs Haus und hinaus. Hinter ihm flog die Tür mit Krachen ins Schloss. Während Ruben aus dem Gartentor in Richtung Meer lief, begann das Handy in seiner Hand zu vibrieren. »Ja?«

»Ich bin's.«

»Alex, verdammt, wieso bist du in Berlin?«

»Weil ich zurück bin. Wo bist du, Ruben?«

Er begann zu joggen, er musste sich bewegen. »Ich mache Urlaub. Was heißt *zurück*?«

»Zurück eben. Seit wann machst du Urlaub ohne Matilda? Und wieso weiß ich nichts davon?«

Shit. Er war mit den Schlappen an ein paar Steinen hängen geblieben. Einer hatte ihm den großen Zeh aufgerissen. Er lief weiter. »Weil es dich nichts angeht. Wieso weiß ich nichts davon, dass du zurückkommst?«

»Ist das dein Ernst, Ruben? Soll ich das Gleiche sagen: Weil es dich nichts angeht? Wollen wir so weitermachen?«

Der vom Regen matschige Sand quoll in die Schlappen. Der Zeh brannte wie Feuer. Ruben blieb stehen, bemühte sich, seinen Atem zu kontrollieren, seine Gefühle, seine Gedanken, die durch seine Brust galoppierten wie wild gewordene Pferde. Sie durfte auf keinen Fall bemerken, wie ihr Anruf ihn aus der Bahn warf, die pure Panik, die er auslöste. Alex konnte nicht einfach wieder da sein. Es war keine Option. Es hatte lang gedauert, bis sie damit zurechtgekommen waren, dass sie gegangen war. Ohne Vorankündigung. Eiskalt. Ohne Wenn und Aber. Eine Ewigkeit hatte es gedauert, bis Matilda wieder in ihrem eigenen Bett schlafen, eine Nacht ohne Weinen durchschlafen konnte. So lange, dass man es sich kaum vorstellen konnte, wenn man es nicht selbst erlebt hatte. Und jetzt, wo es sich langsam, ganz langsam so anfühlte, als sei es okay – manchmal sogar sehr gut – genau jetzt tat Alex es wieder? Kam mit der gleichen Beiläufigkeit zurück, mit der sie gegangen war. Zack und weg, zackzack und wieder da? Nein. Ohne ihn. Sie sollte verdammt noch mal bleiben, wo sie war!

»Ruben. Rede mit mir, bitte.« Sie hatte sie immer noch drauf, diese Tonlage, die Eis zum Schmelzen brachte. Aber sein System war schon lange immun dagegen. »Hör mir gut zu, Alex«, sagte er mit ruhiger Stimme. »Ich weiß nicht, was dich auf die Idee bringen konnte, dein Besuch sei in irgendeiner Weise willkommen. Auf jeden Fall wird es keinen weiteren geben. Ich verbiete dir, Matilda noch einmal zu sehen, ohne dass ich dabei bin. Haben wir uns verstanden?«

Am anderen Ende brach Alex in hysterisches Gackern aus.

»Äh, nein, wir haben uns nicht verstanden, mein liebster Ruben. Du hast *mich* offensichtlich nicht verstanden. Was ich versuche, dir zu sagen, ist Folgendes: Ich wohne wieder in Berlin. Und weder du noch sonst irgendwer kann mich daran hindern, meine Tochter zu sehen. Also sag deiner Freundin, die sich aufführt wie ein Pit Bull, sie soll brav Platz machen. Denn sonst ziehe ich andere Saiten auf. Und das wollen wir Matilda doch beide ersparen.«

KAPITEL 16

Juli

Die teppichbelegten Stufen fühlten sich höher an als sonst. Was für ein Tag! Es war erst kurz vor neun, doch Juli hatte beschlossen, den Abend mit ihrem Buch im Bett zu verbringen. Weder der rote Himmel noch das abendliche Treiben in der Via al Porto noch Elenas Überredungsversuche hatten eine Chance gehabt gegen ihren müden Körper und das Bedürfnis, den bleiernen, aber durch und durch wohligen Nachhall des Tages allein zu genießen. Elena war vor einer Stunde aus Rom zurückgekehrt, völlig erledigt, aber glücklich, weil ihr Vater in eine Alzheimer-Studie aufgenommen worden war. Sie hatte nicht viel gesprochen, Juli nur eingeladen, mit ihr, Paolo und Signor Bruni zu essen. Juli wusste die Geste zu schätzen, doch sie hatte abgelehnt. Es hätte den Abend für sie beide nur unnötig anstrengend gemacht. Aber sie hatten sich umarmt. Zum ersten Mal seit damals. Und in dieser Umarmung, fest und ehrlich, hatte alles gelegen, was es brauchte, was kitschige Worte, Erklärungen, Entschuldigungen nicht besser hätten ausdrücken können.

Juli überredete ihre Füße, nicht kurz vor dem Ziel schlappzumachen, während sie ihre Nachrichten checkte. Luna hatte in der letzten halben Stunde drei Mal versucht, sie zu erreichen, oh je. Sie hatte ihre Freundin in den vergangenen Tagen in all der Aufregung um den *Hilfsjob* vernachlässigt. Sie schloss die Zimmertür auf und ließ sich mit einem erleichterten Seufzer aufs Bett fallen. Durchs Fenster hörte sie das Stimmengewirr auf der Piazza. Mit schlechtem Gewissen wählte sie schließlich Lunas Nummer.

»Luna? Wie geht's dir?«, fragte sie gleich, als abgenommen wurde. »Tut mir leid, dass ich mich nicht gemeldet habe – die letzten beiden Tagen waren der Wahnsinn.«

»Hi, sind Sie Juli?«, sagte eine Stimme, die nicht Luna war.

Juli sah auf das Display. »Ja, wieso …?«

»Hier ist Marie. Tut mir leid, dass ich störe. Luna hat mich gebeten, Sie anzurufen – oh, jetzt will sie doch selbst …«

»Juli?«

»Luna, ja, was ist los?« Juli saß kerzengerade auf ihrem Bett.

»Ach, nichts Schlimmes. Ich bin nur ohnmächtig geworden.« Lunas sonst so heitere Stimme klang brüchig. »Ich wollte dich fragen … ob du vielleicht herkommen kannst?«

Juli schnappte sich bereits ihre Tasche. »Was? Wie ist das passiert? Und jetzt? Bist du okay? Wo bist du denn?«, faselte sie, während sie nach einem Pullover suchte.

»Hier, auf dem Campingplatz.«

»Ich laufe los. Bin gleich bei dir!«

»Danke. Du, Juli?«

»Ja?« Es war schwierig, Luna zu verstehen, denn ihre dünne Stimme wurde übertönt von multilingualem Geplapper im Hintergrund.

»Ruben, der ist doch Arzt, oder?«

»Ja, klar, Herzchirurg … Brauchst du einen Arzt, Luna?«

»Keine Ahnung. Könntest du ihn vielleicht – ich meine, wäre es okay, ihn zu fragen, ob er vielleicht auch kommen kann? Ich … Das wäre irgendwie gut.«

Juli begann sich wirklich Sorgen zu machen. Luna klang so verändert, und sie druckste so ungewohnt herum. »Ich versuche gleich, ihn zu erreichen«, sagte sie. »Er kommt bestimmt. Kann diese Marie bei dir bleiben, bis wir da sind?«

»Ja. Mach dir keine Sorgen. Es ist ja nix. Aber – könntest du Ruben trotzdem fragen, bitte?«

»Ja klar«, sagte Juli betont ruhig, während sie weiter versuchte, sich vorzustellen, was passiert war. »Ich ruf ihn an. Und ich bin gleich da!« Sie legte auf, dann scrollte sie durch ihre Anruferliste, um bei Nick anzurufen.

*

»Danke, dass du mitkommst«, sagte sie kaum zehn Minuten später vor dem Eingang des *Vista Blu* und ignorierte ihr Herz, das bei Rubens Anblick noch ein bisschen aufgeregter pochte als sowieso schon.

»Sicher doch.« Die Straßenlaterne schien genau auf die Stelle, wo er in abgeschnittener Jogginghose neben Nicks Vespa stand und ihr den Helm entgegenhielt. Das Licht ließ seine braunen Haare schimmern. Juli hätte ihn gern umarmt, so vertraut war er ihr heute geworden. Doch er wich ihrem Blick aus und stieg ohne ein Wort des Grußes zurück auf den Roller.

»Kannst du die halten?« Er zeigte auf eine braune Ledertasche hinter sich.

Juli kletterte auf den Sitz, angesichts seiner plötzlichen

Unnahbarkeit froh um den Abstand, den die Arzttasche zwischen ihnen schuf. Als er losfuhr, legte sie die Hände auf ihre Oberschenkel.

Kaum fünf Minuten später erreichten sie den Campingplatz. Ruben schob die Vespa neben die Hütte am Eingang. Er verstaute die Helme. Irgendetwas klemmte. Juli lief einfach los. Sie waren von der anderen Seite gekommen als Juli bei ihrem ersten Besuch, und sie versuchte sich zu orientieren. Eine Mischung aus Grillkohle und Mückenspray hing in der Luft. Zwischen den wenigen hingewürfelten Wohnwagen saßen plappernde Italiener auf Klappstühlen. Irgendwo dröhnten sommerlich scheppernde Beats aus einer Boombox. Juli sah sich hektisch um. Sie hatte vergessen, Luna zu fragen, wo sie war. Weiter rechts lagerten die Zelte unter den Pinien wie ein Rudel bunter Käfer. Sie lief weiter, hielt Ausschau, versuchte sich an Lunas Zelt zu erinnern, doch ihre Nacht am Gardasee schien plötzlich Monate zurückzuliegen. Ruben holte sie ein.

»Wohin?«, fragte er so ungewöhnlich scharf, dass Juli zusammenzuckte.

»Keine Ahnung.«

»Ruf sie an!«

Juli schüttelte den Kopf. »Hab mein Handy im Hotel vergessen.«

»Na, großartig!«

Sie sah ihn erstaunt an. Was war los mit ihm?

Ein Typ mit Mütze zum freien Oberkörper und einer Zigarette zwischen den Fingern, die verdächtig süßlich roch, kam ihnen entgegen.

»Scusi?«

Er reagierte nicht.

Ruben lief ihm in den Weg. »Scusi!«

»Yes?«

»Juli!« Wieder dieser Befehlston.

»Was?« Sie sah ihn irritiert an.

»Italienisch?« Er hob die Hände.

Juli schluckte den anschwellenden Ärger hinunter und lächelte, so süß sie konnte. »Puoi aiutarci? Cerchiamo un' amica. *Luna*.«

»Ah, yes, the German girl who fainted«, sagte der Typ mit britischem Akzent. »She's over there. Come. I'll show you.« Er lief vor ihnen her in Richtung der Zelte und zeigte dann in eine Gruppe von Leuten, die unter den Pinien im Kreis auf dem Boden saß. »Right there.«

»Thank you!«

Gitarrenmusik klang herüber. Eine Marihuanawolke hing über dem Sitzkreis. Luna saß etwas abseits auf einer Decke mit Amy an der einen und einer jungen Frau an ihrer anderen Seite. Als sie Juli entdeckte, winkte sie matt. Die Frau sprang auf und kam ihnen entgegen. »Hi, ich bin Marie.«

»Hallo«, sagte Juli. »Danke, dass du angerufen hast.«

»Ist doch klar«, sagte Marie.

»Hi. Was ist passiert?«, fragte Ruben, während er weiterlief.

»Wir wollten zum Kiosk was zu essen holen. Da ist sie plötzlich einfach umgekippt. Wie ein nasser Sack. Ich konnte sie nicht auffangen.« Marie drehte sich zu Juli, weil Ruben sich schon zu Luna kniete. »Aber sie ist nicht auf einen Stein gefallen oder so. Gott sei Dank.«

»Hey du, was machst du für Sachen«, sagte Ruben und öffnete seine Tasche.

Dunkle Ringe umrahmten Lunas graue Augen. Juli kniete sich an die andere Seite und nahm sie in die Arme.

»Ich würde jetzt gerne Blutdruck messen«, sagte Ruben.

Juli warf ihm einen kritischen Blick zu, doch dann rutschte sie zur Seite und verschluckte ihren Kommentar und die vielen Fragen.

»Neunzig zu sechzig«, sagte Ruben, nachdem er auf das Messgerät geschaut hatte. »Das ist ziemlich niedrig. Passiert dir das öfter?«

Luna schüttelte den Kopf.

»Vielleicht die Sonne. Oder ...«, er sah zu den lachenden Leuten hinüber. »Zuviel Alkohol?«

»Nein.«

»Irgendwas genommen?« Er leuchtet jetzt mit einer kleinen Lampe in Lunas Augen.

»Nee.«

»Sicher?«, fragte Juli.

Luna drehte den Kopf zu ihr. »Ganz sicher.«

»Kann ich hier kurz ...?«, sagte Ruben genervt.

Juli sprang auf. Neben Luna lag ein leerer Plastikbecher. »Ich hol mal eine Flasche Wasser. Hat der Kiosk noch auf?«

Luna nickte. »Danke.«

*

»Da bist du ja!«

Wie ein Baum stand er plötzlich vor ihr. Fasste sie an den Armen, weil sie auf dem Rückweg vom Kiosk beinahe in ihn hineingerannt wäre. Ihr Herz stolperte, als er sie berührte – während Ruben wieder nur guckte.

Juli packte plötzlich die Wut. »Was ist mit Luna? Kannst du mal reden, ohne dass man darum betteln muss?« Sie befreite sich. Warum ließ er nie erkennen, was er gerade dachte? Ob er sie lächerlich fand, absolut nervtötend oder einfach nur dämlich. Sie hatte keine Lust mehr auf seine unvorhersehbaren Kehrtwenden zwischen Nähe und Distanziertheit. »Kannst du mir bitte einfach sagen, was mit ihr ist?« Sie stierte in die Piniennadeln.

»Sicher«, erwiderte er. »Wenn du mich zu Wort kommen lässt.«

Juli riss den Kopf hoch. Als sie seinem Blick begegnete, verstummte der Wunsch, ihm eine zornige Tirade ins Gesicht zu schmettern. Fast schwarz erschienen seine Augen in der Dunkelheit, wie das Meer an seinen tiefsten Stellen, von denen niemand auch nur ahnte, was sich auf dem Grund verborgen hielt.

»Sie ist okay«, sagte er. »Und schwanger.«

In diesem Moment tauchte Luna hinter seinem Rücken auf. Im schummrigen Licht der bunten Zeltplatzlämpchen schimmerte ihre ganze Gestalt rosarot. Der warme Wind ließ ihr schlabbriges T-Shirt und ihre Haare tanzen. Amy war schwanzwedelnd an ihrer Seite, eine dunkle Wächterin der Lichtgestalt. Juli drückte Ruben kommentarlos die Wasserflasche in die Hand und lief Luna entgegen.

Sie bekam ein Baby? So schwer Juli diese Vorstellung fiel, mit einem Mal machte alles Sinn: der Roadtrip ins Ungewisse, Lunas dringender Wunsch und gleichzeitig ihre untypische Angst davor, ihre vermeintlich flüchtige Bekanntschaft wiederzusehen. Ihre heftige Reaktion in Polignano, als es nicht so romantisch lief, wie sie es sich gewünscht hatte.

Und jetzt – wo zum Teufel war Enzo eigentlich jetzt? Männer!

Als Luna schüchtern lächelnd näher kam, sah Juli, dass ihre Augen verdächtig glänzten. Sie lief zu ihr, schloss sie in die Arme und schluckte den Kloß hinunter, der sich plötzlich in ihrem Hals breitmachte. »Warum hast du mir denn nichts erzählt?«, flüsterte sie.

Luna zuckte nur mit den Schultern.

Wie zerbrechlich sie sich anfühlte.

Schließlich löste sie sich und lächelte schief. »Krass, oder?«

Juli nickte und streichelte Luna über die verfilzten Haare.

Neben ihnen räusperte sich Ruben. »Ich habe mit Nick ausgemacht, dass Luna bei uns im Gästezimmer schlafen kann«, sagte er. »Wie gesagt, ich glaube, du hast einfach zu wenig getrunken heute und bist ein bisschen erschöpft von den Aufregungen.« Sein Lächeln wanderte von Luna zu Juli.

Warum genau war sie noch mal wütend auf ihn gewesen?

»Aber zur Sicherheit sehen wir zu, dass wir morgen einen Termin bei einer Gynäkologin in Polignano bekommen. Gib mir mal deine Tasche«, er streckte seine Hand aus.

»Echt jetzt?«, blaffte Luna, und zum ersten Mal erschien das gewohnt freche Grinsen auf ihrem immer noch blassen Gesicht.

»Ich fahre kurz zurück und hol das Auto«, sagte Ruben, während er sich Lunas Rucksack über die Schulter warf. »Kommt ihr zum Eingang?«

Luna strahlte. »Ist er nicht toll?«

Juli nickte. Und bemühte sich, Ruben nicht genauso unmissverständlich anzuhimmeln wie ihre Freundin.

*

Die Holztür des Gästezimmers quietschte, als Juli sie zuzog.
Sie lief durch die Küche ins Wohnzimmer. Nick schreckte
aus seinem Sessel hoch und kam ihr gähnend entgegen. »Alles besprochen?«

Juli warf die Hände vors Gesicht. »Ich hoffe.« Sie sah sich
insgeheim nach Ruben um. Wie spät war es eigentlich?

Nick hatte darauf bestanden, auf den Schreck hin Mitter-
nachtspasta für alle zu kochen. Sie hatten rund um Lunas
Bett im Gästezimmer gehockt und gegessen, und Nick hatte eine Geschichte nach der anderen erzählt. Dann hatte
Luna plötzlich Redebedürfnis signalisiert. Die Männer hatten sich zurückgezogen, und obwohl Juli sich am liebsten
einfach neben Luna gelegt hätte, hatte sie – Uhrzeit hin
oder her – alles gegeben, um sich ihrer Freundin so intensiv
zu widmen, wie die es in dieser Situation verdiente. Mit
Erleichterung hatte sie festgestellt, dass Luna sich auf das
Baby freute. Nur die Sache mit dem Vater … Dieser Enzo
– das bemerkte Juli ja nicht zum ersten Mal – war offensichtlich Lunas wunder Punkt. Und die Überlegung, wie,
wo und ob sie dem immer noch Ahnungslosen die Nachricht überhaupt überbringen sollte, ließ die vermeintlich
toughe Luna in Tränen ausbrechen. Juli hatte sie einfach in
den Arm genommen, zugehört, vorsichtig nachgefragt.
Schließlich hatte Luna sich beruhigt – und sogar lachend
zugegeben, dass weiter mit der Information hinterm Berg
zu halten, es nicht besser machte.

»Willst du bleiben? Ich kann aufs Sofa ziehen«, fragte Nick.

Juli schüttelte lächelnd den Kopf. »Danke. Das ist lieb von dir. Aber ich freu mich jetzt einfach auf mein Hotelbett.«

Nick legte beide Arme um sie und drückte sie an sich. »Was eine Aufregung! Aber es ist einfach schön, dich wiederzusehen, Juli«, murmelte er, als er sich löste.

»Finde ich auch.« Juli drückte ihm einen Kuss auf die Wange. »Wo ist eigentlich Ruben?«

»Hier.«

Juli fuhr herum. Die schwarze Sweatshirt-Kapuze über seinem Kopf passte zu dem düsteren Blick, den Ruben – nach dem kurzen Hoch auf dem Campingplatz – während der ganzen letzten Stunden aufgesetzt hatte. »Komm, ich fahr dich.« Er hob den Vespa-Schlüssel in seiner Hand.

Juli hatte nicht die geringste Lust darauf, allein mit ihm zu sein. Nur Luna zuliebe hatte sie es überhaupt so lange hier ausgehalten – und nur um Nick in seinen Bemühungen zu unterstützen, gute Stimmung zu zaubern. Sein Freund dagegen hatte die ganze Zeit stumm und unbeteiligt dagesessen und sich nur alle naselang ein Lächeln in Richtung Luna abgezwungen. Juli wurde das Gefühl nicht los, dass es an ihr lag. Doch was immer sie falsch gemacht hatte, sie war zu müde, um sich weiter darüber Gedanken zu machen. »Danke, nett von dir«, sagte sie widerwillig, denn den Weg zurückzulaufen, erschien ihr spontan noch übler als weitere angestrengte zehn Minuten mit Ruben.

»Bis morgen«, sagte sie zu Nick.

»Schlaf gut, Bella!« Er warf ihr eine Kusshand zu. »Und unterschätz die stillen Wasser nicht.«

Juli verdrehte die Augen und war froh, dass Ruben schon vorausgelaufen war. »Keine Sorge!«

Ruben saß auf der Vespa. Als er sie sah, schwang er das Bein vom Sitz und machte einen unentschlossenen Schritt auf sie zu. Er schob die Hände in die Hosentaschen und wieder heraus. Sie lief an ihm vorbei, ohne ihn anzusehen. »Vielen Dank, dass du mich fährst.«

Er rührte sich nicht von der Stelle. Notgedrungen riskierte Juli einen Blick. Das Weiche war zurück in seinen Augen. Sie drehte sich weg, sie wollte nicht mehr, dass er sie so ansah. »Können wir?«, murmelte sie und beobachtete einige Bienen, die schon im Morgengrauen im Lavendel unter dem Außenlicht aktiv waren.

»Es tut mir leid.« Er kam näher. »Ich bin ein bisschen angestrengt. Es hat nichts mit dir zu tun.«

Sie konnte seine Wärme neben sich spüren.

»Ich wollte noch zum Strand«, sagte er leise. »Hast du Lust mitzukommen?«

Sie spürte seinen Blick auf ihrer Wange, während ihre Gefühle durcheinanderrasten.

»Du bist müde«, sagte er, als sie nicht sofort antwortete, und stieg auf die Vespa. »Ich fahr dich zuerst nach Hause.«

»Nein.« Juli holte Luft. »Du hast recht«, sagte sie. »Jetzt noch schlafen zu gehen, ist Quatsch.«

Ohne sich umzusehen, lief sie los, vor ihm durch die dunkle Macchia. Ruben versuchte von hinten, den Sandweg zu beleuchten, doch sein Handy schien kaum weiter als bis auf ihre Fersen. Die Eile half ihr, ihr Herz zu überhören, das immer heftiger pochte, je näher das Rauschen der Wellen kam. Sie fühlte sich beobachtet. Dachte über ihre ungewaschenen Haare nach und den von der vielen Pasta bestimmt nicht schmaler gewordenen Po und ärgerte sich darüber. »Verdammt!« Ihre Flatterhose war an einer Dornenranke hängen geblieben. Mit einem hitzigen Ruck befreite sie sich. »Autsch!«

»Alles in Ordnung?«, rief er.

»Ja.« Sie ließ den dunklen Schatten der Bank unbeachtet links liegen, stolperte weiter, die letzten Meter bergab zwischen den Büschen hindurch. Normalerweise übertönte hier bereits das Kindergeschrei die Wellen. Doch um diese Zeit würden sie allein sein. Mit der Tiefe des Wassers, dem weichen Sand, der Romantik der Morgendämmerung – und mit sich. Als das Gestrüpp sich lichtete, schnappte Juli nach Luft. Wie eine unerwartet große Welle schlug ihr die Szenerie entgegen, deren kitschige Schönheit all ihre ängstlichen Erwartungen noch übertraf. Der Strand lag in schwarzer Dunkelheit. Nur über dem Wasser, wo der Himmel sich langsam blau färbte, funkelte der Morgenstern, während sich in der Unendlichkeit des Horizonts der Tag in leisem Rosa ankündigte.

Ruben war hinter ihr stehen geblieben. Sein Atem war plötzlich lauter als das Meer. Juli dachte an die vergangenen Stunden und drehte sich um. »Scheint, als wären wir heute die ersten«, sagte sie extra locker. »Eis gibt's wohl noch nicht.« Er grinste ein bisschen schief und schwieg, wie immer.

»Also?« Sie bemühte sich nicht, den genervten Ton zu mildern. *Du wolltest, dass ich mitkomme. Warum muss ich dann schon wieder Konversation machen?*

Als hätte er sie gehört, lag mit einem Mal Rubens Hand auf ihrem Rücken. »Also los!«, sagte er mit seiner Herzensbrecherstimme. »Bevor wir noch den Sonnenaufgang verpassen.« Er lief an ihr vorbei. Dann drehte er sich ein Stück um und lächelte über die Schulter, dass sie weiche Knie bekam. »Kommst du?«

Sie zogen die Schuhe aus und liefen barfuß durch den nebligen Sand. Als die ersten Strahlen am Horizont auftauchten, blieben sie nebeneinanderstehen. Ruben bückte sich nach einer großen, rosaroten Muschel, die die Flut zurückgelassen hatte. Er pustete den Sand weg.

»Wie schön!«, sagte Juli. »Meinen fehlt immer irgendein Stück.«

Sie lachten.

Er hielt sie ihr hin. »Ich schenk sie dir!«, sagte er.

Als Juli nach der Muschel greifen wollte, zog er die Hand zurück. »Wenn du mit mir schwimmen gehst.«

»Was? Jetzt?«

»Klar, jetzt!«

»Aber – es ist saukalt.«

»Okay, wie du meinst.« Er zuckte mit den Schultern und schob die Muschel in die Tasche seiner Shorts.

»Das ist Erpressung!« Juli stemmte die Hände in die Seiten.

»Deine Entscheidung«, sagte Ruben grinsend. »Ich geh jetzt auf jeden Fall rein und schwimme der Sonne entgegen.« Er begann seine Shorts aufzuknöpfen.

Juli wurde nervös. Sie bemühte sich, nicht allzu genau hinzuschauen, als er aus der Hose stieg. Mit einem Ruck zog er sein T-Shirt über den Kopf und schmiss es in den Sand.

»Also?«

Verklemmt war er jedenfalls nicht. Kein Wunder – bei dem Körper.

Über dem Wasser warf das erste Drittel des Sonnenballs seine spiegelnden Strahlen bis zu ihnen.

»Meinetwegen«, knurrte Juli schließlich. Sie schlüpfte aus ihrer Hose und warf sie zu Rubens Sachen. Sie holte Luft. Verdrängte das Bewusstsein, dass sie gleich halb nackt neben einem Fremden stehen und mit ihm schwimmen gehen würde – einem Fremden, dessen Körper es mit dem eines Meeresgottes aufnehmen konnte. Sie schob ihren Pullover, dann das Top über den Kopf und richtete hektisch das Bikinioberteil. Mist, sie hatte sich schon auf dem Markt gedacht, dass es etwas knapp saß.

Immerhin, Ruben war so höflich, die Wellen zu betrachten.

»Bereit?«, sagte er und sah sie jetzt doch an.

Juli entging das Zucken seiner Augen nicht, als sein Blick ein Stück zu tief rutschte. Sie verkniff sich ein Schmunzeln. Vielleicht war sie doch nicht die Einzige, die hier nervös war. Sie nickte, strich die Haare zurück und lief los.

Das sanft auslaufende Wasser umspülte eiskalt ihre Füße.

Juli schnappte nach Luft. »Madonna! Wieso tu ich mir das an?« Sie atmete in die Sonne über den Wellen, auf denen rosa Wölkchen tanzten, während ihre Füße sich langsam an die Kälte gewöhnten.

Ruben war schon bis zu den Knien im Wasser. Jetzt drehte er sich um. Über den Blick, den er ihr zuwarf, wollte Juli lieber nicht nachdenken. Als er einen Schritt zurückkam, verschränkte sie intuitiv die Arme vor der Brust.

Er lächelte. »Du musst nicht. Die Muschel bekommst du auch so.«

Juli beugte sich hinunter zum Wasser, tauchte ihre Hände ein, bevor er verstand, was sie vorhatte. Sie erwischte ihn voll.

»Ahhh, du …!«

Sie rannte los, durchs seichte Wasser, den Strand entlang, der Sand unter ihren Füßen wie Samt. Ruben war dicht hinter ihr. »Na warte!« Dann hatte er sie eingeholt, griff nach ihrer Hand, ließ sie nicht mehr los. Sie juchzten wie kleine Kinder, spritzten, planschten und warfen sich schließlich mit einem Schrei gleichzeitig ins Wasser. Juli tauchte unter, tat ein paar kräftige Züge. Als sie auftauchte, war sie überrascht, wie schwarz das Wasser hier draußen war. Doch Ruben war dicht neben ihr. Sie lächelten sich an. Dann schwammen sie nebeneinander der magischen Stille des Sonnenballs entgegen, und es war nichts zu hören außer ihrem Atem und dem leisen Plätschern der Körper im erstaunlich ruhigen Wasser. Er passte sich ihrem Tempo an. Wie abgesprochen schwammen sie zu einer leuchtend roten Boje. Als sie sie erreichten, schnappten sie gleichzeitig nach ihr und lachten, als sie unter dem doppelten Gewicht nachgab.

»Zurück?«, fragte er.

»Hmhm.«

Die Luft war lau, viel wärmer als das Wasser. Nebeneinander ließen sie sich in den Sand fallen. Sahen stumm zum Horizont, und diesmal vermisste Juli kein einziges Wort. Er riss sie aus ihren undefinierbaren Gefühlen.

»An was denkst du, Juli?«

Sie konnte ihn nicht ansehen. Wie sollte sie ihm erklären, wie verwirrt sie war? Wie dieser wunderschöne Moment und das Unausgesprochene, das in der salzigen Luft zwischen ihnen hing, verschwamm mit dem Schmerz, der genau jetzt aus den Tiefen ihres Bauchs heraufdrängte. Das sanfte Kribbeln gnadenlos verbrannte wie die aufgehende Sonne den schüchternen Nebel. Zwei Wochen näherten sich dem Ende. Sie würde nach Hause fliegen, der Realität ins Gesicht sehen, statt romantischen Sonnenaufgängen. Sie musste klären, was seit Jahren zu klären war. Sie hatte nur keine Ahnung wie, keinen Plan, nur diesen Ball verknoteter Gefühle in ihrem Magen. Und je länger sie hier saß, desto wirrer wurde der Kabelsalat. Sie sollte gehen. Bevor etwas passierte, was alles noch komplizierter machen würde. »An nichts«, sagte sie schließlich und rührte sich keinen Zentimeter vom Fleck.

Sie spürte seine kühlen Finger an ihrem Kinn. Gab dem sanften Druck nach, mit dem er sie zu sich drehte. Wich nicht aus, als er ihr die nassen Haare aus dem Gesicht strich und eine Gänsehaut über ihren Nacken schickte. Seine Augen waren tiefer als das Meer.

»Willst du es mir erzählen?«, fragte er leise.

Juli schüttelte den Kopf. »Später«, flüsterte sie, während seine Lippen ihre bereits berührten.

KAPITEL 17

Ruben

Ruben hatte keine Ahnung, woher der Hund gekommen war. Wie hingebeamt stand er plötzlich unter dem Olivenbaum, den abgemagerten Körper gespannt wie einen Bogen, den Schwanz wie einen dürren Stock in den inzwischen glutheißen Himmel gerichtet. Er trug kein Halsband. Sein braunes Fell war an vielen Stellen abgeschabt bis auf die graue Haut. Eins der beiden fahlgrünen Augen, die das Tier starr auf ihn gerichtet hielt, wirkte wie tot.

Nick hatte vor den wilden Hunden der Gegend gewarnt. Er hatte Ruben gleich am ersten Tag empfohlen, einen Stock beim Joggen bei sich zu tragen, nur für alle Fälle. Doch Ruben war nicht joggen gegangen, sondern einfach losgelaufen.

Er hatte Juli geküsst, gegen alle Vernunft, weil seine Leidenschaft schließlich Oberhand gewonnen hatte. Mit dem, was passierte, als sich ihre Lippen berührten, hatte er trotzdem nicht gerechnet. Oder vielleicht schon. Vielleicht hatte er es geahnt, irgendwo tief drinnen gewusst. Und genau dieses Wissen hatte ihn womöglich an diesen Strand geführt, mit ihr, an diesem Morgen, in der Rohheit ihrer gemeinsam durchwachten Nacht. In vollem Bewusstsein, dass sie ihm den Boden unter den Füßen wegsprengen würde, explosiv und nicht ohne Verletzungen. Sie hatte sich in seine Umarmung fallen lassen, war mit ihm verschmolzen, hatte die Heftigkeit seines Kusses aufgefangen und gleichzeitig erwidert. Sie hatte in seinen Armen gezittert, oder war es sein eigener Körper, der auf die unglaubliche Intensität des Moments reagierte? Für ein paar unendliche Augenblicke. Bis Juli es beendete. Und Ruben hatte ihr nicht widersprochen. Hatte nichts erwidert, als sie noch während ihres letzten Kusses plötzlich begann, den Kopf zu schütteln. Nicht gefragt warum, nur schweigend dabei zugesehen, wie sie ihre Sachen über den nassen Bikini streifte. Wie sie aufsprang und sich den Sand von der Hose klopfte wie den vergangenen Moment. Mit einem Lächeln, hinreißend und herzzerreißend, hatte sie *Keine gute Idee* gemurmelt, während sie weiter den Kopf schüttelte. Das hatte ihm die letzten Worte geraubt. Zum Abschied hatten sie nur beide eine Hand gehoben, als wären sie in irgendeinem verdammten Indianerfilm gelandet. Und dann war sie weggelaufen, den Strand entlang in Richtung San Vincente, ohne sich ein einziges Mal umzudrehen.

Erst als sie außer Sicht war, kam der Impuls, sie festzuhalten, sie zurückzuholen, ihr zu sagen, dass es nicht die gemeinsame Anspannung der vergangenen Nacht gewesen war, nicht der Sonnenaufgang, nicht die Postkartenidylle, sondern einzig und allein seine Gefühle für sie. Dass sie ihn umhaute, ob in Schweinchenrosa oder in diesem Bikini. Er wollte sie anrufen. Doch auch das hatte er nicht getan, weil ihm eingefallen war, dass ihr Handy im Hotel lag und er sowieso ihre Nummer nicht hatte. Also war er einfach zurückgelaufen.

Nick war bereits wach, der Frühaufsteher, er war auch schwimmen gewesen, allerdings im grünen Pool. Kaum dass Ruben zur Tür reinguckte, hatte er ihn schon wieder genötigt: Er sehe so *durch den Wind* aus, was denn los sei. Und Ruben hatte es auf Alex geschoben, was ja auch stimmte, zumindest zu fünfzig Prozent. »Ich muss zurück nach Berlin, Matilda beschützen. Aber jetzt muss ich mir noch ein bisschen die Beine vertreten.« Er hatte auf dem Absatz umgedreht, war wieder losgelaufen, bevor der verdatterte Nick mehr Fragen stellen konnte.

Hunde riechen die Angst. Wie weit wohl? Etwa fünfzehn Meter lagen zwischen ihm und dem Tier, das in der Sonne stand wie eine Marmorfigur. Das Einzige, was sich bewegte, war der Schleim, der aus seinen Lefzen auf die rote Erde tropfte. Das Einzige, was zu hören war, das gleichmütige Zirpen der Insekten übertönt von Rubens Atem, der in der Brust stockte. Ruben befürchtete, allein vom Stillstehen einen Krampf im Bein zu bekommen. Seine Kehle war trocken. Seit Stunden hatte er nichts getrunken. An seinen Schläfen pochte die Hitze, und er wünschte sich sehnlichst eine kühle Brise herbei, um die surrenden Gedanken zu klären. Bloß nicht bewegen. Keine Angst zeigen. In Augenkontakt gehen? Nein. Komplettes Desinteresse signalisieren. Der Kuss. Juli. Verdammt, er konnte jetzt nicht daran denken. Er durfte nicht. Schweiß rann ihm in die Augen, ein kleines brennendes Rinnsal. Er zwang sich auch das zu ignorieren.

Als der Hund einen Schritt in seine Richtung machte, spürte Ruben Adrenalin durch seinen Körper schießen. Er unterdrückte den Impuls, einfach loszulaufen, er wäre nicht schnell genug. Er spürte den Baum, noch bevor er ihn entdeckte, keine zwei Meter entfernt hinter ihm. Sein Stamm teilte sich in einer Höhe, die erreichbar erschien. Der Hund machte noch ein paar Schritte, hielt wieder an, als wollte er seine Reaktion testen. Ruben fragte sich, wann er das letzte Mal auf Bäume geklettert war. Als das Tier plötzlich bellte, blechern und scharf, tat er es einfach. Seine Hände rutschten an der rauen Rinde ab. Er musste sich mehr bemühen! Beim zweiten Versuch griff er einen knochigen Vorsprung, stemmte sich hoch, fand mehr Halt und zog die Beine nach, kurz bevor der Hund ihn erreichte. Wütend sprang das Tier um den Stamm. Bei jedem Kläffer zuckte Ruben zusammen, während er aus seiner sicheren, jedoch völlig absurden Position bereits überlegte, ob das Tier nicht vielleicht einfach nur spielen wollte. Irgendwann ließ der Hund vom Baum ab und machte kehrt – nur um sich ein paar Meter entfernt unter dem nächsten niederzulassen.

Na bestens. Ruben verfluchte seine Eltern, die seinen Wunsch nach einem Hund kategorisch verweigert hatten. Das hatte er jetzt davon! Flüchtete sich auf Bäume … Wenn Nick ihn so sehen würde … Apropos … Vorsichtig fingerte er nach dem Handy in der Tasche seiner Shorts. Als er es herauszog, rutschte es aus seiner Hand und landete unterm Baum. Ruben stöhnte. Starrte für einen Moment auf das in der Sonne leuchtende Display. Dann hinüber zum anderen Baum. *Na, zufrieden?*

Er lehnte sich zurück, ließ den Kopf an einen spröden Ast

sinken und sah durch die hellgrünen Blätter in den stahlblauen Himmel. Die Ereignisse der letzten Stunden nahmen ihre Karussellfahrt in seinem Kopf wieder auf. War das hier ein Wink, dass er zu weit gegangen war? Schickte das Universum jetzt schon wilde Tiere, damit er nach Hause fuhr und sich seiner Verantwortung als Vater stellte, statt seinen romantischen Gefühlen nachzugeben?

Der Hund hob träge den Kopf, streckte sein Hinterteil gen Himmel. Dann sprang er auf die Füße.

»Was willst du, Alter?«, sagte Ruben leise. »Hau ab! Das muss ich nämlich auch.«

Und endlich schien er das Interesse zu verlieren. Er drehte sich weg, trottete erst, begann dann durch den Olivenhain zu traben, ohne ihn noch eines Blickes zu würdigen. Ruben sah ihm nach. Von hinten wirkte er wie ein Wolf.

Ruben wartete noch eine kleine Weile, dann sprang er auf die Erde, hob sein Handy auf und lief zurück in Richtung Dorf. Erst als die ersten Häuser in Sicht kamen, fiel die Anspannung von ihm ab. Schlagartig kratzte seine staubtrockene Kehle, zitterten seine erschöpften Beine. Der Hafen kam in Sicht, die blauen Boote, die verlassen in der Mittagshitze lagen. Wie an jedem Tag wurden an kleinen Ständen *Crudo die Pesce* – roher Fisch – und Seeigel verkauft. Ruben hatte sich bisher nicht überwinden können, sie zu probieren. Auf den Mäuerchen, die den Hafen einrahmten, saßen Fischer, Urlauber und Geschäftsleute nebeneinander und schlürften Austern oder löffelten das feuerrote Fleisch aus den schwarz-stachligen Igel-Hüllen.

»Ricci freschi?« Eine alte Dame mit wettergegerbtem Gesicht und himmelblauen Gummihandschuhen an den

Händen hielt auch ihm die optisch gewöhnungsbedürftige Spezialität der Gegend auf einem weißen Plastikteller drapiert unter die Nase.

»Si, grazie.« Ruben griff hungrig zu und bezahlte mit ein paar losen Euro, die er in seiner Tasche gefunden hatte. Er suchte sich einen freien Platz auf einer der Mauern und streckte seufzend die Beine von sich.

»Du schon wieder.«

»Juli!« Ruben sprang auf. Die Seeigel rutschten an die Plastikkante und wären um ein Haar im Wasser gelandet. Ruben fing sie auf und hielt sich am Teller fest. »Setz dich doch.«

Juli schüttelte den Kopf, als hätte sie in der letzten Stunde nicht damit aufgehört. Sie zeigte an sich runter. »Ich sollte mich irgendwann mal umziehen.«

»Du warst noch nicht …?« Die Frage war überflüssig, denn er hatte die beiden nassen Flecken, die der Bikini auf ihrem Sweatshirt hinterlassen hatte, natürlich sofort entdeckt.

»No.« Wieder schüttelte sie den Kopf.

»Aber …«

»Ich musste – noch ein bisschen laufen.«

Er lächelte. »Genau wie ich.«

»Aber jetzt bin ich auf dem Weg ins Hotel.« Sie wich seinem Blick aus. »Vielleicht sollte ich dann doch mal duschen.«

Ihre zerzausten Haare glänzten salzig in der Sonne. Ruben hätte gerne hineingefasst. Er musste sich zwingen, den Blick auf ihre Lippen zu meiden. Er spürte, wie sein Herz den Galopp aufnahm. »Ist es okay, wenn ich dich begleite?«, sagte er heiser. »Ich meine, ich wollte auch gerade los, und es ist kein großer Umweg.« *Was redest du?*

Juli sah ihm in die Augen. Sie zögerte – kein Wunder bei so viel Dummheit. »Klar«, sagte sie schließlich ohne große Begeisterung.

Sie schlenderten nebeneinander durch die Gassen, während der Scirocco ihnen von hinten warm um die Beine pfiff. Der Weg war kurz, er schmolz dahin wie die wenigen Minuten, die Ruben blieben, um etwas zu sagen. Doch er blieb stumm. Weil jedes Wort die Stille der Siesta gestört hätte. Weil die schattigen Gassen Rubens Gedanken verschluckten, bevor aus ihnen Worte werden konnten. Die eng stehenden Fassaden der uralten Häuser zwangen sie, dicht nebeneinander zu laufen, so dicht, dass sich ihre Finger ein paar Mal zufällig berührten. Doch anstatt Julis Hand zu nehmen, gab Ruben vor, es nicht zu bemerken. Tat, als sei nichts passiert. Wie ein schüchterner Teenager, der sich nicht sortiert kriegt nach dem ersten Kuss. Dem der Mut fehlt, romantisch zu sein, zu feige, seine Gefühle offen zu zeigen.

Die Rückseite von San Vincente kam in Sicht. Die Tauben gurrten auf den Zinnen der Kirche vor dem strahlenden Himmel. Vor dem *Vista Blu* saßen die Mittagsgäste unter der weißen Markise und genossen ihren Cappuccino – heute wieder aus italienischer Hand.

»Juli.« Schlagartig blieb Ruben stehen. Griff endlich nach ihrer Hand. »Ich hätte es gleich sagen sollen, aber ich muss –« Warum sah sie ihn nicht an? Blickte an ihm vorbei und über die Piazza mit einem Gesicht so starr wie das der

Figuren am Giebel von San Vincente. Sie löste ihre Hand aus seiner, lief ein paar Schritte weg von ihm, während einer der Gäste sich von seinem Terrassenstuhl erhob. Ein Typ mit Bart und dem Schritt seiner Jeans zwischen den Knien. Er kam in ihre Richtung, schlurfend, ohne Eile. »Julchen!«, rief er quer über den Platz und grinste bis zu den Ohren mit den Händen in den Hosentaschen. Juli lief ihm entgegen. Als sie einander trafen, legte der Typ lässig die Hand in Julis Nacken, zog sie zu sich und küsste sie auf den Mund.

KAPITEL 18

Juli

»Basti!« Juli schubste ihn heftig von sich und versuchte dabei selbst nicht den Boden unter den Füßen zu verlieren.

Er steckte die Hände zurück in die Taschen und grinste zufrieden. »Guckst du, was!«

Juli versuchte die Szenerie vor sich zu begreifen – Basti in seinen winterlichen Lieblingsklamotten mit der abgeranzten Reisetasche über der Schulter vor dem lebhaften Treiben der *Cactus Bar* – während ihr Rubens Blick im Nacken brannte. Mit einem Ruck drehte sie sich um. »Ruben? Das ist Bastian …« Die Erklärung blieb ihr im Hals stecken. Sie räusperte sich. »Basti – Ruben.« Sie konzentrierte sich auf den Taubenschiss, der den Sandstein der Piazza verschandelte, und hätte sich gern irgendwo festgehalten.

Im Augenwinkel sah sie, wie Basti Ruben die Kumpelfaust entgegenstreckte. »Hey Ruben, was geht.« Er war so verliebt in seinen gelungenen Überraschungsauftritt, dass er nicht einmal auf die Idee kam, sich zu fragen, mit wem Juli gerade keine zehn Meter von ihm entfernt Händchen gehalten hatte. Julis Herz klopfte bis zum Hals. Sie beobachtete Basti jetzt doch. Konnte es sein, dass Luna recht behalten hatte? Dass ihr konsequentes Ich-melde-mich-nicht ihn tatsächlich verunsichert hatte – coole Fassade hin oder her? Und zwar nicht nur ein bisschen, sondern so sehr, dass er ihretwegen über tausend Kilometer zurückgelegt hatte? Das freudige Kribbeln eines gewonnenen Spielpunkts in ihrer Brust ließ sich nicht leugnen. »Wie bist du …?«, stammelte sie.

»Hierhergekommen? Mit dem Flieger natürlich. Hab mir ein paar Tage Urlaub genommen und dachte, ich kann ebenso gut mein Mädchen besuchen. Deine Instagram-Bilder sahen doch ganz geil aus. Und hey, was sind das bitte für Temperaturen! Alles richtig gemacht.« Er lachte als Einziger, warf den Kopf in den Zopfnacken und zeigte mit dem Finger auf Juli. »Haha, wie du guckst!« Wieder schnappte er ihre Hände und zog sie zu sich. »Süße, du müsstest wirklich dein Gesicht sehen!«

Juli spürte, wie ihr das Blut in den Kopf stieg.

»Ich geh dann mal«, sagte Ruben.

»Ja, gut«, erwiderte Juli mit angestrengt heiterer Stimme. »Ciao Ruben.« Sie wagte nicht, ihn anzusehen. »Man sieht sich.«

»Hey Ruben«, sagte Basti, »hat mich echt gefreut.«

»Hm. Tschüss dann.« Ruben nickte ihnen unspezifisch zu, dann eilte er über die Piazza in die Richtung, aus der sie gerade gekommen waren.

»Netter Typ«, sagte Basti. »Jetzt komm aber mal richtig her.« Er zog sie zum dritten Mal an sich. Diesmal ließ Juli es geschehen, verharrte steif, während Basti die Arme um sie schloss. Er versenkte seine Nase in ihren Haaren. »Hm, du riechst nach Salzwasser.« Sie fühlte sich taub. Als er seine Finger unter ihr Kinn legte, war es zu viel. Sie schob ihn von sich.

Basti nickte, legte den Kopf schief, sah erst auf den Boden und dann theatralisch in ihre Augen. »Du bist sauer, ich weiß.«

»*Sauer* trifft es nicht ganz«, murmelte Juli.

Er strich mit beiden Daumen über ihre Hände. »Ja, du hast ja recht. Hör mal, ich sterbe vor Hunger. Kriegt man hier irgendwo ne gechillte Bolo und ein Glas Rosé?« Als er ihren Blick bemerkte, ergänzte er: »Sorry, ich kann echt nicht reden mit leerem Magen.«

Sein zerknirschtes Gesicht brachte sie wider Willen zum Lachen. »Okay. Aber ich muss mich umziehen.«

Er machte Anstalten, ihr zu folgen. Juli schüttelte den Kopf und zeigte auf die Tische. »Bestell dir einen Espresso. Ich bin gleich zurück.«

In ihrem Zimmer angekommen, überfiel Juli auf einmal die Müdigkeit. Sie wollte nur noch ins Bett, die Decke über den Kopf ziehen, viele Stunden schlafen und dann aufwachen und feststellen, dass sie nur geträumt hatte. Wirklich? Wollte sie das? Die Nacht und insbesondere den Morgen ungeschehen machen? Sie versuchte nicht an den distanzierten Blick zu denken, den Ruben ihr zum Abschied zugeworfen hatte – überhaupt nicht an ihn zu denken. Es war unmöglich. Sie tappte ins Bad, duschte ausgiebig. Sollte Basti ruhig warten. Dann zog sie sich mechanisch ein frisches T-Shirt über, bürstete die nassen Haare, tuschte die Wimpern. Im Spiegel glühten ihre Wangen. Sie sah kein bisschen müde aus. Eher aufgeregt. Die Frage war nur, warum.

*

»Wieso gibt's hier keine Bolognese? Wir sind doch in Italien?«

»Man isst hier vor allem Fisch«, sagte Juli mit gedämpfter Stimme in der Hoffnung, dass Basti sich ihr anpassen würde.

»Ich hasse Fisch«, nölte er noch lauter als vorher.

Juli stöhnte. »Ja, ich weiß. Dann nimm *Pasta al pomodoro*. Tomatensauce.« Sie lächelte den Kellner entschuldigend an, heilfroh, dass sie die Trattoria mit Touristenmenü gewählt hatte, in der sie noch nie gewesen war. Der Rosé wurde eingeschenkt. Zum Glück waren Bastis Ansprüche, was Weine anging, unkompliziert. Er nahm einen großen Schluck, »ahhh«, dann hob er sein Glas in ihre Richtung.

»Auf dich, Julchen. Ich hoffe, meine Überraschung ist geglückt!«

Als er die Hand mit dem Glas aus dem Weg nahm, sich über die karierte Tischdecke auf ihre Seite beugte und die Lippen schürzte, wunderte sich Juli, dass sie nicht das Bedürfnis verspürte, ihm den Rosé ins Gesicht zu schütten. Sie wunderte sich überhaupt, dass sie in diesem Moment nur wegen einer einzigen Sache wütend auf Basti war: dass er ihren Spaziergang mit Ruben gestört hatte, gerade, als der endlich etwas sagen wollte. Sie lächelte müde, ohne sich von der Stelle zu rühren. »Ja, allerdings«, sagte sie. »Dann schieß mal los.«

»Wie meinst du?« Bastis Stirn kräuselte sich, der einzige Makel in seinem Boygroup-Gesicht: die frühen Falten, die er seinem Dackelblick zu verdanken hatte. »Ach so. Du meinst wegen …? Julchen …«, er sah ihr noch tiefer in die Augen. »Das hatte doch nichts mit dir zu tun.«

Sie hielt seinem Blick stand, die Lippen aufeinandergepresst. Sie wollte ihn reden lassen.

»Du hast so viel gearbeitet, damals.« Er richtete seinen Zopf. »Immer gestresst, müde. Du weißt selbst, dass wir monatelang keinen Sex hatten.«

Der Pfeil saß. Juli fühlte sich schlecht – weil sie natürlich wusste, worauf er anspielte: Dass ihr Liebesleben nichts mehr zu tun hatte mit dem von vor zehn Jahren. Und ja, sie war oft müde – aber ... Der Moment war vorbei. Er wurde überrollt von ihrer Wut, die jetzt doch kam und ihren Wunsch nach kontrollierter Zurückhaltung einfach plattwalzte. »Sag mal, hast du sie noch alle?«, brüllte sie. »Du meinst also ernsthaft, wenn deine Freundin nicht mit dir schläft, hast du das Recht, dir Ersatz zu suchen? Wenn sie zu kaputt ist oder krank, ist es ihre Schuld, wenn du fremdgehst?«

Die Leute vom Nebentisch guckten interessiert.

Basti suchte nach ihrer Hand, die sie wohlweislich zur Faust geballt auf den Knien hielt. »Hey Juli. Komm mal runter. So hab ich das doch nicht gemeint. Klar ist es hauptsächlich meine Schuld.« Er schenkte ihr lang und ausgiebig seinen Dackelblick, dessen Wirkung auf Frauen wahrscheinlich bei hundert Prozent lag. »Können wir es nicht einfach vergessen?«, bettelte er. »Uns einfach ein paar schöne Tage machen? Nur du und ich und das Meer?«

Juli schluckte. Sie hatte Basti da, wo sie ihn sich fast zwei Wochen lang hingewünscht hatte: auf den Knien. Mehr noch, er hatte sich echt was einfallen lassen. Selbst wenn es schwer für ihn war, seine Reue zu zeigen, die Geste, dass er ihr hinterhergeflogen war, sprach für sich. Sie könnten die letzten Tage einfach gemeinsam verbringen, die Sonne genießen, ihr Liebesleben in Schwung bringen ... Und dann zurückfliegen und – weitermachen?

Sie musste plötzlich an Ruben denken, an den Kuss, die Art, *wie* er sie geküsst hatte. Sie verscheuchte das Gefühl, doch es hinterließ ein Kribbeln unter den Rippen und ein unwillkürliches Grinsen. »Was hast du gesagt?«, fragte sie, weil sie Bastis letzten Satz verpasst hatte.

»Dass du mir noch gar nicht unser Zimmer gezeigt hast.« Basti erwiderte das Lächeln, das nicht ihm galt, siegessicher. So was nannte man wohl Missverständnis.

Juli nahm einen großen Schluck Wein und sah ihm in die Augen. »Es ist toll von dir, dass du hergekommen bist. Wirklich. Aber – ich kann das, was Becca erzählt hat, nicht so einfach mit dem Rosé runterspülen. Ich möchte es gerne in Ruhe besprechen, aber nicht jetzt. Verstehst du das?« Sie ließ keine Gesprächspause entstehen, um ja nicht ins Zweifeln zu kommen. »Und meine letzten Tage hier«, fuhr sie fort, »würde ich gerne noch in Ruhe verbringen. Und das heißt: ohne dich.« Es war heraus, und es fühlte sich gut an. Besser als jedes Gebrüll, jeder Wutanfall sich hätten anfühlen können.

Basti starrte sie an, als wenn sie ihn geohrfeigt hätte. Es war wohl das erste Mal, dass ihm so etwas passierte.

Juli holte Luft. »Also könntest du deinen Urlaub einfach an einen anderen Ort verlegen, bitte? Wir sehen uns dann in München.«

* * *

Die Haustür war nur angelehnt. Juli klopfte noch einmal, dann schob sie die Tür ein Stück auf und tappte in den Flur. »Hallo?«, rief sie. »Jemand hier?«

Das Haus schien verlassen. Vielleicht hätte sie doch anrufen sollen? Aber sie hatte Rubens Nummer ja nicht, und schon wieder Nick zu fragen, ob sein Freund Zeit hatte, war einfach zu lächerlich. Sie wusste von Luna, dass Ruben sie heute frühmorgens nach Polignano zur Ärztin gefahren hatte. Doch jetzt stand der Audi vor der Tür, und außerdem hatte Luna schon geschrieben, dass alles okay war – zumindest mit dem Baby. Was ihre Beziehung anging, hatte sie nur ein paar Horror-Emojis geschickt, als das Gespräch mit Enzo wohl kurz bevorstand.

Also niemand zu Hause. Fast war Juli erleichtert, denn so war da auch niemand, dem sie etwas erklären musste. Es ließ sie für den Moment besser atmen, weil sie nicht einmal sicher war, ob dieser *Niemand* überhaupt an ihrer Erklärung interessiert war. Die Gedankenfäden verknoteten sich wieder. Zwei schlaflose Nächte hintereinander waren eindeutig zu viel für ihr Alter. Wie ein Zombie mit Sonnenbrille fühlte sie sich, in dessen halb totem Körper die Gefühle ihr umso lebendigeres Eigenleben auskosteten. Was hatte Ruben ihr sagen wollen, bevor Basti ihn unterbrochen hatte? War Bastis plötzliches Auftreten ein Schock für ihn gewesen? Oder womöglich die pure Erleichterung, weil sich die angespannte Situation zwischen ihnen dadurch von selbst löste? Vielleicht hatte er sie gar nicht aufklären wollen, warum er so getan hatte, als wäre nichts passiert. Nichts Besonderes zumindest. Vielleicht konnte er einfach nur *so* küssen, küsste immer auf diese Art, die sich nicht anfühlte wie nettes Geplänkel am Meer, sondern wie eine gewaltige, unaufhaltbare Ozeanwelle.

Nur wegen dieser Welle, die in ihr immer noch nachbebte, sollte Ruben erfahren, wer der Typ war, der sie vor seinen

Augen geküsst hatte. Und viel wichtiger: dass Basti auf dem Weg zurück nach München war. Sie wollte unbedingt, dass er das wusste, am liebsten wäre sie noch gestern Abend hierhergelaufen, um es ihm mitzuteilen.

Jetzt war sie froh, dass sie es nicht getan hatte. Wer weiß, vielleicht war es doch nicht so wichtig. Unentschlossen tappte sie zurück zur Tür.

Draußen erklang ein Lachen, und Julis Herz verwandelte sich in einen Grashüpfer, als sie es erkannte. Sie hörte jetzt auch Stimmen und lief ums Haus herum in ihre Richtung.

Ruben und Nick warfen mit Gejohle und vollem Körpereinsatz einen American Football hin und her. Zu Julis großer Freude rannte Amy kläffend mit, während Luna ein Stück entfernt im Gras saß und den Kommentator spielte. Die drei hatten sie noch nicht entdeckt, und Juli genoss den Moment still beobachtend. Ihre Reaktion auf Rubens Anblick verunsicherte sie, und sie spürte, wie sich mit der Aufregung das ungewohnte Bedürfnis einstellte, ihre Gefühle zurückzuhalten. Sie würde ihr offenes Herz lieber beschützen wie ein Vogelküken im Nest, das noch nicht bereit war, sich gegen die Raubvögel der realen Welt zu verteidigen.

»Ciao, Bella!« Nick winkte jetzt mit beiden Armen. »Willst du unser Torwart sein?«

»Juliiii«, quietschte Luna im selben Moment, und Juli lief erleichtert zu ihr hinüber, ließ sich neben ihr ins Gras fallen und winkte den beiden Männern vermeintlich lässig.

»Lasst euch nicht stören«, rief sie. »Ich guck lieber zu!« Sie war dankbar, als Nick den Football mit grandioser Präzision in Rubens Richtung warf und ihn so daran hinderte, sie womöglich persönlich begrüßen zu wollen.

Luna warf die Arme um Juli. »Das ist Gedankenübertragung. Wir sind seit zehn Minuten zurück, und ich wollte dir in diesem Moment schreiben, ob du rüberkommst.«

Juli zog den Pullover über den Kopf und streckte die Füße von sich. Es roch nach Sommer, auch wenn die Luft heute eher frühlingshaft kühl war, weil der Scirocco mal Ruhe gab.

»Wie geht's dir?«, fragte sie und streichelte über Lunas Arm. »Oder besser: euch!« Sie lachte kopfschüttelnd.

Luna lachte mit. »Gut. Es ist alles okay. Ich soll ein bisschen auf diesen niedrigen Blutdruck achten ... einen Ruhigen machen, mehr trinken, so wie Ruben es vermutet hat.« Sie holte Luft. »Und Enzo weiß jetzt auch Bescheid.«

»Und?«, fragte Juli und rutschte ein Stück näher. »Erzähl, wie hat er reagiert?«

Luna atmete aus. Plötzlich glänzten ihre grauen Augen in der Sonne.

»Hey«, Juli drückte sie an sich. »Ganz schön aufregend alles!«

Luna nickte, während sie die Tränen wegwischte. Sie holte wieder Luft. »Er war süß. Er ist einfach ...«, sie ließ den Kopf in den Nacken sinken, sah in den Himmel. »... so perfekt. Das macht mir so Angst, Juli.«

Juli streichelte ihre Hand. »Weil du denkst, dass du es nicht bist?«

Luna nickte, während ihr jetzt kleine Bäche die Wangen hinunterliefen.

»Du wirst bestimmt eine tolle Mutter, ich bin ganz sicher.«

Die weißen Haare flogen, als Luna den Kopf schüttelte, aber sie lächelte. »Ich hab immer noch das Gefühl, ich bin im falschen Film gelandet.«

»Ich schätze, das ist normal«, sagte Juli.

Amy kam angelaufen und legte ihre Schnauze in Lunas Schoß. Als Nick auf dem Feld in Jubel ausbrach, sprang sie wieder auf und rannte davon.

»Du treulose Tomate!«, rief Luna ihr lachend hinterher. Sie zog die Nase hoch, sah Juli in die Augen, und sie begannen gleichzeitig zu lachen. »Schön, dass wir uns getroffen haben«, sagte Luna.

»Das finde ich auch.«

»Enzo kommt übrigens gleich noch. Er sagt es gerade seiner *Mamma*. Und dann holt er mich ab, und wir fahren gemeinsam zur *Famiglia*.« Luna hielt sich die Hände vors Gesicht und lugte durch die Finger. »Falscher Film …, definitiv.«

»Irgendwie schon«, sagte Juli. Sie legte den Arm um Luna, die den Kopf auf ihre Schulter sinken ließ. »Aber ein romantischer falscher Film!«

Sie lehnten eine Weile stumm aneinander, beobachteten Ruben, Nick und die arme, überforderte Amy und lauschten dem Rhythmus der Wellen, deren Brausen über die Macchia scholl. Konnte überhaupt etwas falsch sein auf diesem Mohnfeld in der Sonne, untermalt von der Playlist des Meeres?

Luna löste sich plötzlich mit einem Ruck. »Ruben hat erzählt, dass dein Freund gekommen ist.«

»Hat er das?« Juli, der gerade die Augen zugefallen waren,

öffnete sie nur widerwillig. Ruben hatte darüber gesprochen? Irgendwie gefiel ihr das.

»Und?«, fragte Luna in der ihnen eigenen minimalistischen Kommunikation und fixierte sie mit ihrem Wolfsblick.

»Ich hab ihn weggeschickt.«

Luna riss die Augen auf. »Obwohl er extra hergeflogen ist?«

Juli stöhnte. So, wie Luna es sagte, hörte es sich grausam an. »Ich – wollte ihn einfach nicht hierhaben.«

»Na dann.« Luna zuckte mit den Schultern. »War es ja richtig.«

Juli sah aufs Feld. Wenn es nur so einfach wäre. Als ihr Blick zu Ruben wanderte, zuckte er zusammen, wie jemand, der sich beim Beobachten ertappt fühlt. Sie sah nicht weg, und seine Augen kehrten zurück. Sie erwiderte sein Lächeln. Warum waren Männer so anders? Warum würde man als Frau nie verstehen, wie sie sich verhielten?

Nick kickte Ruben in die Seite und entriss ihm den Ball.

Luna strahlte wieder. »Dein Freund Nick ist übrigens toll. Er hat gesagt, ich kann so lange bei ihm wohnen, wie ich will.«

Juli wurde warm ums Herz. »Ja, Nick ist ein Schatz.« Sie verfolgte die Bewegungen der Männer, die jetzt beide ihre T-Shirts ausgezogen hatten. »Eigentlich komisch, dass er keine Frau hat«, murmelte sie, froh über das ablenkende Thema.

»Ha. Ich hab da was mitbekommen …«

»Was?« Juli riss sich abrupt vom Spielfeld los.

Luna machte ein Gesicht wie eine Geheimnisträgerin.

»Jetzt sag schon!«

»Du bist ganz schön neugierig.«

Juli boxte sie. »Hey, es geht um Nick. Meinen Ex-Lover und guten Freund!«

»Kennst du eine Elena?«

Juli riss die Augen auf. »Ist nicht dein Ernst.«

»Also ja?«

Juli nickte. »Ja. Allerdings. Was hast du gehört?«

»Nur, dass Ruben ihn damit aufgezogen hat, dass er zu – *unsicher* ist. Irgendwas in die Richtung. Aber Nick wirkt doch eigentlich gar nicht unsicher …«

Juli schüttelte langsam den Kopf. »Ist er auch nicht.« Nick und Elena! Der Nachmittag im *Porto Verde* und Nicks merk-würdiges Verhalten dort kam ihr in den Sinn – und dann Elenas Andeutungen. Sie hatte sie wieder vergessen, weil sie mit ihren eigenen Gefühlen beschäftigt gewesen war. Jetzt, wo sie erneut darüber nachdachte, konnte sie sich ein brei-tes Grinsen nicht verkneifen. »Sauspannend!«

»Und, ich hab noch was gehört«, Luna unterbrach ihre Gedankenspiele. Sie grinste zufrieden über das ganze Ge-sicht.

»Was denn noch?« Juli lachte. »Hast du die ganze Zeit gelauscht?«

»Nee. Aber ich glaube, die beiden haben gestern Abend irgendwann vergessen, dass ich mit offener Tür im Gäste-zimmer lag. Oder sie dachten, ich schlafe tief. Hab ich aber nicht …«

»Ja, und?«

»Na ja«, Luna sah aufs Feld, dann zu Juli. »Nick hat Ruben sozusagen eine Retourkutsche verpasst.«

»Hä?«

Luna zog die Mundwinkel noch weiter zu den Ohren.

»Ich zitiere mal«, sagte sie, »*Apropos unsicher*, hat er gesagt. *Kommst du irgendwann noch zu Potte mit Juli?*«

Juli verschluckte sich an ihrer eigenen Luft. »Du hast dich verhört«, murmelte sie, als sie wieder atmen konnte.

Luna schüttelte den Kopf. »Die haben nicht mal geflüstert.«

Juli hörte ihr Blut in den Ohren rauschen.

»Und?«

»Was, und?« Sie befingerte einen besonders interessanten Grashalm.

»Na, kommt er?«

»Pah.«

»Komisch, Ruben hat gestern genauso reagiert.«

»Amy!« *Perfektes Timing* ... Juli versenkte dankbar ihr glühendes Gesicht im struppigen Fell. Eine Sekunde später standen Nick und Ruben vor ihnen – kaum weniger hechelnd und mit hochroten Köpfen. Beiden rann der Schweiß über die in der Sonne glänzenden Oberkörper. Juli beschäftigte sich noch ein bisschen intensiver mit Amy. Als sie irgendwann doch aufsah, blickte sie direkt in Rubens Augen. »Hi«, sagte er.

»Hi«, erwiderte sie.

»Ich spar mir den Kuss, Bella«, sagte Nick.

»Ah, danke, Amore!« Juli lachte laut und vergnügt.

»Kommt ihr mit? Wir brauchen dringend eine Dusche! Und dann wollen wir was kochen.«

»Du willst was kochen«, korrigierte Ruben. »Ich würde was essen gehen.« Er lächelte in die Runde, und Julis Herz schlug schneller, als er bei ihr ein bisschen länger verweilte.

Luna sprang auf. »Ich bin dabei. Und Kochen find ich toll!« Juli erhob sich langsamer. Es war nicht ganz die Vorstellung, die sie von ihrer nächsten Begegnung mit Ruben gehabt hatte. Aber, so wie's aussah, musste sie noch ein bisschen länger auf die Gelegenheit warten, ihn allein zu sprechen. »Essen klingt auf jeden Fall super«, sagte sie und folgte den anderen in Richtung Haus.

Direkt vor dem Tor stand eine *Ape*, dieses dreirädrige, typisch italienische Gefährt, das Frauen ähnlich unkontrollierte Reaktionen entlockte wie Hundewelpen. Diese war noch dazu besonders hübsch, sonderlackiert in der Farbe von Honigmeloneneis mit dem geschwungenen Schriftzug der *Gelateria Zampieri* an der Tür und einer weiß-orange-gestreiften Markise über der Ladefläche. In der winzigen Fahrerkabine saß jemand, und Juli brauchte nicht Lunas Grimasse, um zu wissen, um wen es sich handelte. Nick sprang zuerst zum Wagen, klopfte aufs Dach und duckte sich ins offene Fahrerfenster. »Ciao, posso aiutarti? Stai cercando qualcuno?«

Luna eilte hinzu. »Das ist Enzo.« Sie schob Nick grinsend zur Seite. »Er sucht wahrscheinlich mich.«

Die Tür öffnete sich, und Enzo schälte sich aus dem Fahrerhaus. Ein Wunder, dass er überhaupt hineinpasste. Er trug heute schwarzes T-Shirt und gestreifte Boardshorts, und Juli korrigierte spontan die Assoziation ihrer ersten Begegnung. *Softeis* traf es nicht wirklich. Eher schwarzer Amarone: samtig in der Textur, tiefgründig im Charakter, unvorhersehbar in der Wirkung.

»Ciao« sagte er in die Runde. »Ich bin Enzo.« Dann trat er zu Luna und küsste sie intensiv auf den Mund.

Nicht nur Juli starrte. Ruben war neben sie getreten. »Interessantes Paar«, murmelte er in ihre Richtung.

Juli nickte und ärgerte sich über das Kribbeln in ihrer Brust. Konnte sie sich irgendwann mal an diese Stimme gewöhnen?

Nick fasste sich als erster. »Ciao Enzo, piacere di conoscerti!« Er streckte die Hand aus und Enzo schlug ein. »Du kommst gerade richtig, ich kann gut Unterstützung in der Küche gebrauchen. Denn meine Gäste taugen zumindest größtenteils nicht dafür.« Er warf Ruben einen eindeutigen Blick zu.

Enzo lächelte, sah dann entschuldigend zu Luna. »Möchtest du gerne hier essen? Eigentlich wartet Mamma auf uns …«

Luna nickte. »Passt schon«, sagte sie. Sie wandte sich zu Nick. »Tut mir leid. Wir haben ein Date mit der Familie.« Sie lief um den Wagen und riss die Beifahrertür auf, bevor Enzo ihr helfen konnte. »Es ist doch okay, wenn Amy hierbleibt?«, rief sie übers apricotfarbene Dach. »Ich will die Family nicht überfordern!« Sie verdrehte die Augen, winkte in Julis Richtung, »bis später«, dann verschwanden ihre langen Beine im Inneren der Ape.

KAPITEL 19

Ruben

Ruben hackte mal wieder. Erst die Zwiebeln, inzwischen einen Haufen Kräuter, der nicht kleiner wurde. Sein Vorschlag, die ganze Runde ins *Porto Verde* einzuladen, war schon auf dem Rückweg vom Football drei zu eins abgeschmettert worden. Jetzt entdeckten zwei der drei beim gemeinsamen Kochen gerade ihre Liebe neu. Was blieb Ruben also anderes übrig, als sich mit seinem Holzbrett in eine Ecke zurückzuziehen und Nick mit Zwiebeltränen in den Augen das Feld zu überlassen. Er tat es gerne, und die Aggression, mit der er das Messer ins Grün rammte, galt in keiner Weise seinem Freund. Mehr der Situation, der Tatsache, dass Juli hier aufgetaucht war und tat, als wäre nichts.

Ein Typ mit Bart und Männerdutt, wie direkt aus Berlin Mitte. Wenn das ihr Geschmack war, fragte Ruben sich ernsthaft, wie er sich hatte einbilden können, sie hätte auch nur den Hauch von Interesse an ihm. *Man sieht sich.* Das war dem langhaarigen Möchtegernsurfer runtergelaufen wie Butter. Er hatte sich nicht mal bemüht, sein zufriedenes Grinsen vor ihm zu verstecken. Nur eine Hand aus den Hosentaschen genommen, um Juli an sich zu reißen, einhändig sein Revier zu markieren. Sein Ernst? Oder besser: *Ihr* Ernst?

Ruben versetzte der Petersilie noch ein paar extra Hiebe. Abgeknutscht hatte er Juli vor seinen Augen. Und sie hatte es zugelassen. Nur ein paar Stunden, nachdem sie ihn geküsst hatte. Denn sie hatte Rubens Kuss erwidert, daran gab es keinen Zweifel – und nicht gerade so, als hätte sie einen Freund.

»Reichst du mir mal den Chili, per favore?« Sie stand plötzlich neben ihm mit schiefgelegtem Kopf. Die Haare hatte sie mit einer Spange aus dem Gesicht gesteckt, sodass das Strahlen ihrer Augen seine Gemütsruhe noch ungebremster attackierte. In ihrer einen Hand blubberte ein Glas Prosecco, mit der anderen zeigte sie auf das Gewürzboard an der Wand vor ihm.

Mechanisch griff Ruben nach der Mühle und hielt sie ihr hin. Er spürte ihren Blick, doch ihm war nicht nach Lächeln.

Schon war sie wieder bei Nick und seinem Kochtopf. »Prego! Wow, wie das riecht. *Leckerissimo*.« Juli kicherte. Sie kicherte schon, seit sie das Haus betreten hatten. Als wäre Kochen etwas unglaublich Witziges.

»Was meinst du, ist Enzo auch so gut in der Küche? Wie findest du ihn überhaupt …?« Sie scharwenzelte um Nick herum, steckte zum hundertsten Mal den Teelöffel in die Soße, schleckte ihn ab und verdrehte die Augen zu den Deckenbalken. »So krass! Ich stell mal die Teller auf den Tisch.«

Ruben musste niesen.

Juli sah zu ihm rüber. »Langsam bräuchten wir die Kräuter!«

Wir. Wieso wurde er das Gefühl nicht los, dass er hier störte? »Bitte.« Er ließ das Messer fallen und hielt ihr das

Brett unter die Nase. »Ist das fein genug für *euren* Geschmack?«

Juli warf ihm einen seltsamen Blick zu. »Geht so.« Sie zog ihm sein Werk aus der Hand und drehte sich weg.

»Ich muss mal kurz telefonieren.« Keiner der beiden reagierte. »Ihr könnt ja gerade auf mich verzichten ...«

Nick sah ihn erstaunt an.

Ruben erzwang ein Lächeln. »Ich muss dringend zu Hause anrufen.«

»Klar, mach doch. Wir kommen zurecht.« Nick wandte sich wieder der Pasta zu, und Juli war sowieso beschäftigt. Missmutig lief Ruben aus der Küche und ins Bad, um sich die Hände zu waschen. Auf dem Weg dachte er an Matilda. Es war eine Ausrede, und doch hatte er tatsächlich schon wieder das Bedürfnis, sie anzurufen, kurz die aktuelle Lage in Berlin zu checken. Bisher hatte sich Alex noch kein weiteres Mal blicken lassen. Vielleicht hielt sie ja doch die Füße still, bis er zurück war.

Als er aus dem Badezimmer trat, wäre er fast mit Juli zusammengestoßen. »Oh, hi ... musst du auch?« Er machte einen Schritt zur Seite, um sie durchzulassen. Sie sah ihn nicht an, starrte an ihm vorbei durch die offenstehende Tür in sein Zimmer.

Der Koffer ...! Er lag offen auf dem Boden. Ruben hatte gestern Abend seine Sachen hineingeschmissen. Immerhin dafür war die Begegnung mit Julis Freund hilfreich gewesen, es gab nun keinen Grund mehr, nicht ein paar Tage früher als geplant zurück nach Berlin zu fahren.

Juli drehte sich zu ihm. »Du packst?«

Er nickte. Einmal mehr suchte er nach den richtigen Worten, während der Moment vorbeizog.

»Ich wusste nicht ...« Sie blickte zum Handy in seiner Hand. »Sorry, ich wollte nicht stören.« Damit drängte sie an ihm vorbei ins Badezimmer.

Sein Körper reagierte auf ihren Duft. »Juli.«

Verwundert drehte sie den Kopf.

»Wo ist –«, er zögerte. »Dein Freund?«, sagte er schließlich, weil er sich nicht dazu durchringen konnte, seinen Namen auszusprechen.

Sie machte einen Schritt aus dem Türrahmen. Der Blick, mit dem sie ihn dabei ansah, ließ einen winzigen Funken Hoffnung in seine Brust hüpfen.

»Er ist nicht *mein Freund*. Und er ist wieder nach Hause geflogen.« Sie sah ihm immer noch in die Augen, beherzt und direkt, so wie schon bei ihrer ersten Begegnung.

Der Funken begann zu lodern.

»Ich fahre morgen früh zurück nach Berlin«, sagte er.

Ihr Blick veränderte sich. »Ah.«

In der Küche hatte Nick Rubens Verschwinden genutzt, um die Italoplaylist aufzulegen. Juli drehte sich in Richtung der Musik. Sie schien das Badezimmer vergessen zu haben.

Wenn er sie jetzt gehen ließ ... »Kann ich kurz mit dir sprechen?« Entschlossen griff er nach ihrer Hand.

»Wieso?« Ihr Ton war alles andere als einladend.

Er hielt die Hand fest. »Weil ich schon die ganze Zeit nach einer Gelegenheit suche.«

»Von mir aus.« Sie zuckte mit den Schultern und sah ihm nicht mehr in die Augen. Aber sie blieb, wo sie war, ihre Hand in seiner.

Ruben spähte in sein Zimmer. Er entschied sich, dem dunklen Gang den Vorzug zu geben gegenüber dem Raum, der eigentlich nur aus Bett bestand. Die Sätze, die er so oft vorformuliert hatte, wirbelten wieder durcheinander. Er holte Luft. »Meine Frau ist plötzlich zurückgekommen.« Juli zog ihre Hand zurück.

Mist.

»Meine *Ex*-Frau, meine ich.«

»Ah.«

»Sie hat uns vor drei Jahren verlassen. Und jetzt ist sie plötzlich zurückgekommen. Meine Freundin hat es mir gesagt, also ich meine – *eine* Freundin, Kati, sie wohnt über uns, sie passt auf Matilda auf, meine Tochter …« Er redete zu viel, zu wirr, er spürte, wie Juli sich mit jedem seiner Sätze mehr zurückzog. Dabei wollte er sie einfach nur an sich ziehen, ihr endlich zeigen, was in seinem blöden Gelaber verloren ging.

»Ruben? Juli? Wo seid ihr eigentlich? Kommt ihr heute noch?« Nick kam aus der Küche. Als er sie sah, hob er abrupt die Hände. »Oh, scusi!« Er grinste Ruben zufrieden an. »Ich schätze, ich störe gerade …«

»Nein«, sagte Juli bestimmt. »Wir kommen.«

»Doch.« Mutig griff Ruben erneut nach Julis Hand. »Wir brauchen hier noch fünf Minuten.«

»Kein Problem.« Mit noch breiterem Grinsen trat Nick den Rückzug an. »Lasst euch Zeit. Ich warte draußen mit Amy auf euch.«

Als er endlich verschwunden war, hatte Ruben seinen Text vergessen.

»Ruben, ehrlich –« Juli sah ihn genervt an. »Was soll das?«

»Fahr mit mir!« Der Satz, der es durch das Chaos in seinem Kopf nach draußen schaffte, war nicht geplant gewesen. Doch er war das Beste, was Ruben seit Langem von sich gegeben hatte. Julis Reaktion war schwer zu deuten. Eine Mischung aus Überraschung und Unverständnis. Als sie den Mund öffnete, legte Ruben sanft seinen Zeigefinger auf ihre Lippen.

»Hör mir kurz zu, bitte.«

Sie schloss den Mund.

Er hielt sich an ihren braunen Augen fest, während sein Herz seine Brust von innen sprengen wollte. »Ich hätte gern mehr Zeit mit dir verbracht, am liebsten hier – am Strand.« Als sie sein Lächeln erwiderte, schöpfte er Mut fortzufahren. »Aber ich muss zurück, weil ich nicht möchte, dass meine Tochter ihre Mutter ohne mich trifft. Ich würde dir gerne in Ruhe davon erzählen. Und ich möchte unbedingt alles über dich wissen, Juli. Und deshalb dachte ich – vielleicht könnten wir uns einfach auf der langen Reise unterhalten. Denn hier«, er grinste, »wird man ja dauernd unterbrochen.«

Sie starrte ihn ungläubig an. »Du meinst, du bringst mich nach München?«

Er nickte, verlor plötzlich die Sicherheit. Sie musste ihn für verrückt halten … »Es war nur eine Idee, keine Ahnung, weil ich dachte, dass du ja auch bald zurückmusst, und bevor du Geld für einen Flug ausgibst … Also, es ist natürlich weniger komfortabel, aber …« Er stammelte und machte schon wieder alles kaputt.

»Okay.«

»Was?«

»Okay. Ich komme mit«, sagte sie, und als sie ihn anlächelte, entzündete der Funken ein Buschfeuer.

KAPITEL 20

Juli

Es war wie früher: Sie wollte dem Meer noch *Arrivederci* sagen, während der gepackte Wagen bereits auf sie wartete. Hähne krähten um die Wette, als Juli ein letztes Mal den Sandweg entlanglief, tief atmend in der salzigen Morgenfrische, die feucht über dem Duft der Gräser hing. Sie kannte auch das melancholische Magenweh von damals, das selbst die Gewissheit, dass man zurückkehren wird, nicht besänftigen kann. Den Wunsch, die ersten Sonnenstrahlen in sich aufzusaugen, Bilder festzuhalten, Gerüche zu konservieren, auf dass sie Regenwetter und muffigen Schulgeruch überdauern.

Juli rannte bis zu den Klippen, nahm einen letzten tiefen Zug Meer. Bereits im Gehen schoss sie ein allerletztes Foto von der Bank, die darauf aussah, als schwebte sie über den Wellen. Sie würde wiederkommen. Sie hatte gleich zwei ehrlich gemeinte Einladungen bekommen – eine von Nick und eine von Elena – beide mit den gleichen Worten: *Es gibt hier immer ein Zimmer für dich.*

Elena und sie hatten sich zum Abschied gestern Abend lange umarmt. »Komm mal nach München«, hatte Juli gesagt. Und dann hatte sie noch ergänzt: »Gib Nick eine Chance. Er ist ein Guter, ich weiß das.«

»Vediamo«, hatte Elena geantwortet und schelmisch ge-grinst. *Wir werden sehen* – worauf das nun bezogen war, ließ sie offen.

Seitdem sagte Juli auch ständig *vediamo*. Innerlich natür-lich. Wenn sie die Vorstellung von dem, was sie zu Hause erwartete, wie kalter Nebel einhüllte, das Ausmaß ihrer Trennung von Basti wie eine Lawine über sie hereinbrach, oder wenn ihre Gedanken begannen, Karussell zu fahren angesichts der anstehenden Fahrt und dessen, was passieren oder nicht passieren würde. *Vediamo!*

Rubens Audi stand mit offenen Türen bereit. Julis schweres Herz schlug schneller. Es war nicht wie damals, als das Schließen der Autotür auch das abrupte Ende des Urlaubs bedeutete. Heute lag das größte Abenteuer dieser beiden Wochen womöglich noch vor ihr.

Sie hatte Rubens Angebot, sie mit nach München zu neh-men, so spontan angenommen, wie er es ausgesprochen hatte. Dass es keine wohlüberlegte Frage gewesen war, daran hatte die Reaktion seiner Augen auf ihre Antwort keinen Zweifel gelassen: Pure Überraschung garniert mit ein bisschen Entsetzen. Das war's dann auch erst mal gewe-sen mit der Kommunikation zwischen ihnen. Eher war die Anspannung mit jeder Minute des weiteren Nachmittags wortloser geworden, angesichts dessen, was sie so impulsiv im dunklen Gang vereinbart hatten. Juli war die Aufregung regelrecht auf den Magen geschlagen. Kaum einen Bissen der Frutti-di-Mare-Pasta hatte sie hinuntergebracht und am Wein nur genippt. Die ganze Zeit hatte sie strikt an Ruben vorbei in Nicks Richtung geguckt, der am Kopfende des Tisches saß und zum Glück ganz von selbst wieder den Alleinunterhalter spielte.

Irgendwann war auch noch Luna mit Enzo im Schlepptau zurückgekommen. Es war wohl gut gelaufen in Polignano, denn die beiden wirkten, als schwebten sie gemeinsam in anderen Sphären. Sie setzten sich Ruben und Juli gegenüber – zu Julis Erleichterung, weil das die Runde womöglich auflockerte. Von wegen! Nicht für eine Sekunde konnten Luna und Enzo voneinander lassen, weder die Finger noch die Münder. Schon vorher war Julis Atem bei jeder Fast-Berührung mit Ruben aus dem Takt geraten. Jeder noch so zufällige Blick hatte das Kribbeln in ihrem Magen verstärkt. Die unverblümte Verliebtheit der beiden Turteltauben jedoch ließ den Rest des Abends neben Ruben zu einer regelrechten Tortur werden.

Und dann kam schon der erste Abschied – weil Luna erneut das Quartier wechselte und von nun an bei Enzo schlafen würde. Sie vergossen beide ein paar Tränen. Luna war Juli auf eine Art ans Herz gewachsen, die kaum in Worte zu fassen war. Ihre gemeinsamen Erlebnisse hatten den Altersunterschied zwischen ihnen bedeutungslos werden lassen. Und obwohl es nie ausgesprochen worden war, hatte Juli immer irgendwie angenommen, dass sie auch den Rückweg zusammen antreten würden. Nach vielen Umarmungen lief Juli zu Fuß zurück ins Hotel, bewusst allein und tief in Gedanken versunken. Was hatte sie zu dieser irren Entscheidung bewegt? Ruben fuhr nicht nur zurück zu seiner Tochter, sondern vor allem zu seiner Frau, die – *Ex* oder nicht – dafür gesorgt hatte, dass er Hals über Kopf seinen

Urlaub abbrach. Juli redete sich ein, dass ihr das egal sein konnte. Dass sie diese Rückfahrt nur als spaßigen Höhepunkt ihrer Ablenkungstaktik angenommen hatte und dass sie wahrscheinlich erleichtert sein würde, wenn sie nach tausend Kilometern neben dem schweigsamen Ruben in München aussteigen durfte. Sie war mit dieser Hoffnung eingeschlafen und wieder aufgewacht.

Ruben kam zusammen mit Nick aus der Tür. Als er sie am Wagen stehend entdeckte, wurde sein Gesicht ganz weich, und Juli fragte sich, seit wann eigentlich sein Anblick genügte, um ihren Magen in Wallungen zu versetzen.

Die Männer umarmten sich, dann stieg Ruben in den Wagen. Nick kam zu ihr und zog sie an sich, etwa zum hundertsten Mal. »Versprich mir, dass es diesmal nicht zwanzig Jahre werden«, brummte er.

»Keine Sorge! Du wirst mich noch verfluchen, weil ich jetzt ständig bei dir auf der Matte stehe«, erwiderte Juli lachend. Dann löste sie sich und drehte sich zum Audi, um nicht loszuheulen. Sanfte Beats schallten ihr entgegen. Sie stieg ein und schloss die Tür. Nick warf ihr Luftküsse zu. Als Ruben in den schmalen Sandweg zurücksetzte, langsam, um keins der wilden Hühner zu überfahren, begannen die Tränen doch zu laufen. Sie wollte nicht nach Hause.

Die Wärme seiner Hand auf ihrer ließ sie zusammenzucken.

»Alles in Ordnung?«

Juli nickte. »Ist viel passiert.« Sie sah aus dem Fenster und sagte den Olivenbäumen auf Wiedersehen.

Die Hand blieb, wo sie war.

»Juli?«

Sie schreckte auf.

Ruben stand in der Fahrertür. Benzingeruch breitete sich im Wagen aus. »Tut mir leid, dich zu wecken.« Er lächelte. »Ich wollte dich nur fragen, ob du auch was essen möchtest.«

»Wo sind wir?«, fragte Juli und versuchte, die Orientierung zurückzugewinnen.

»Kurz hinter Bologna.«

»Was?« Sie schlug die Hand vor den Mund. »Oh Mann, tut mir leid, dass ich die ganze Reise verpenne.«

»Ist doch kein Problem. Wir haben ja noch einiges vor uns.«

Juli schluckte und war froh, dass sie zu verschlafen war, um seinen Blick deuten zu wollen. »Danke übrigens, ich möchte nichts«, sagte sie.

Ruben verschwand im Autogrill. Das Gebäude hatte Ähnlichkeit mit dem von vor zwei Wochen. Julis Kopf dröhnte von wirren Träumen. Sie fuhr das Fenster runter und gleich wieder rauf, weil nur warmer Benzindampf hereinwehte. Was zu trinken wäre doch gut gewesen.

Ruben kam zurück, die Arme voll bepackt. Im Wagen warf er ihr eine Cola und zwei Müsliriegel in den Schoß. »Für alle Fälle!«

»Danke. Kannst du Wünsche erraten?«

»Manchmal.«

Juli sah schnell weg. Ihre Brust kribbelte. Sie legte sich die eiskalte Flasche an den Hals, um sich zu beruhigen. »Soll ich vielleicht mal fahren?«, fragte sie wenig überzeugend.

Er schüttelte grinsend den Kopf. »Alles gut.«

Die Playlist spielte weiter, wo sie aufgehört hatte. Loungig, elektronisch, entspannend. Ruben hatte es drauf mit der Musik. Juli lehnte den Kopf zurück und streckte die Beine. Sie wollte ewig so weiterfahren, dösend eingehüllt in die Sicherheit seines ruhigen Fahrstils, seiner Musik, der stillen Schwingungen im Wagen. Sie warf einen Blick aufs Navi. Ankunft 15.48 Uhr. Unwillkürlich begann ihr Magen zu flattern. Eine dreiviertel Stunde noch.

Ich dachte, wir übernachten in Verona. Was hältst du davon? So beiläufig hatte Ruben diese Frage gestellt, als hätte er gefragt, wo er tanken sollte.

Was sie davon hielt? Sie konnte nicht atmen, wenn sie daran dachte. Sie musste sich festhalten, buchstäblich am Türgriff und gedanklich an ihren guten Vorsätzen. Wahrscheinlich war sie deshalb lieber in Schockschlaf gefallen, kurz nachdem sie »klar, schöne Idee!« geantwortet hatte, damit sie nicht ständig Bilder verscheuchen musste. Und natürlich wusste sie, dass die Strecke bis München zu weit war, um sie ohne Übernachtung zu fahren. Nur hatte sie aus unerfindlichen Gründen bis zum Zeitpunkt seiner Frage nicht daran gedacht.

Sie atmete unmerklich aus. »Ich mag deine Musik«, sagte sie.

Er sah überrascht aus. »Wirklich? Alles?«

»Ja. Wieso?«

Er lachte verschmitzt auf die Fahrbahn. »Die Kollegen in der Klinik sehen das anders.«

»Du hörst Musik im Krankenhaus?«

»Im OP. Ja.«

»Electro?«

»Am liebsten.«

Erst heute hatte Juli die winzigen Grübchen in seinen Wangen entdeckt, die der Grund dafür sein mussten, warum Dr. Ruben Werner, wenn er lachte, stets aussah wie ein frecher Junge.

»Das ist krass.«

Ruben zuckte mit den Schultern. »Manche hören Klassik. Ich brauche einen vernünftigen Beat, um mich zu konzentrieren.«

»Wolltest du immer Herzchirurg werden?«

Er sah zu ihr hinüber. Wie konnte ein so flüchtiger Blick so intensiv sein? »Ja. Meine Eltern waren beide Ärzte. An dem Tag, an dem mein Vater mich das erste Mal mit in seinen OP genommen hat, war's um mich geschehen. Die Atmosphäre, die Instrumente, einfach alles hat mich fasziniert. Es kam mir damals schon vor wie ein heiliger Raum. Daran hat sich nichts geändert. Ein heiliger Raum, in dem geheilt wird.« Er seufzte. »Sorry für meinen Pathos. Aber – ich liebe meinen Job.« Er nahm ein paar Schlucke aus seiner Wasserflasche, dann murmelte er: »Und das hat mir viele Probleme gemacht.«

Juli sah aus dem Fenster. Draußen zogen Mantuas endlose Felder vorbei. Es wäre ein guter Augenblick, um nach seiner Familie zu fragen. Nach seiner Tochter – und seiner Ex-Frau. Doch sie traute sich nicht. Drehte lieber die Lautstärke eines guten Songs hoch. Und ließ den Moment vorbeifliegen.

Die Farbe der Häuser glich der von fleckigem Rouge und überreifen Zitronen. Nach der strahlend weißen Weite Apuliens erschien Juli Italien hier oben verdammt süßlich. Sie rutschte auf ihrem Sitz hin und her, schlug die Beine über- und wieder auseinander. Sie checkte ihre Nachrichten, dann sah sie wieder aus dem Fenster, fuhr sich durch die Haare, die sich von der langen Fahrt ähnlich schmuddelig anfühlten wie die Straßen ins *Centro* von Verona. Das Ortsschild tauchte am Straßenrand auf.

»Gleich haben wir's geschafft«, sagte Ruben.

Wie konnte er so entspannt lächeln?

»Hast du auch so Kohldampf? Du musst doch noch mehr am Verhungern sein. Hattest ja nicht einmal den Toast.«

Juli nickte. »Hm.« Wenn sie nur an Essen dachte, stülpte sich ihr Magen nach außen. »Was ist denn eigentlich der Plan?« Ihre Stimme kratzte komisch.

Ruben lachte leise. »*Der Plan*?«

Julis sah auf die Straße, während sie seinen Blick auf ihrer Wange spürte. »Also ich meine …« Wie sollte sie es denn sonst ausdrücken? Was würden sie beide allein in dieser Stadt machen bis heute Abend … heute Nacht?

Ein Carabiniere stand plötzlich mitten auf der Straße, hob die Hand und zwang sie stehen zu bleiben. Ruben fuhr das Fenster hinunter. Er drehte sich zu ihr. »Machst du das?«

Juli grinste und beugte sich über ihn, dem Polizisten entgegen. »Buongiorno.«

»Buongiorno. Avete prenotato un hotel? Perché altrimenti

dovrete parcheggiare qui. Mi dispiace, ma non si può portare la macchina in centro.«

»Man darf mit dem Wagen nicht ins Zentrum fahren«, übersetzte Juli.

»Hat er nicht etwas von Hotelbuchung gesagt?«

»Ja, doch …« Sie sah verwundert, wie Ruben auf seinem Handy herumwischte und dem Polizisten dann das Display unter die Nase hielt.

»Va bene.« Der Carabiniere trat zur Seite. »Buona giornata!«

Ruben gab Gas. »Ach so …«, er spürte wohl ihren irritierten Blick. »Hatte ich dir das nicht gesagt? Ich Idiot!« Er legte seine Hand auf ihre, suchte kurz ihre Augen. »Ich hab uns zwei Zimmer bei *Booking* gebucht. Einfach mal zur Sicherheit. Wenn dir die Pension nicht gefällt, stornieren wir sie einfach und suchen was anderes.«

»Oh, gut.« *Zwei Zimmer.* Diese Nachricht enttäuschte und entspannte Juli zugleich. Sie entschied sich, dem Entspannen den Vorrang zu geben. »Das ist super von dir.«

Als auch Google keinen Weg mehr fand, der sie näher ins Zentrum gebracht hätte, parkte Ruben den Wagen.

»Wäre es okay für dich, wenn wir erst was essen und später unsere Sachen holen?« Er sah sie so hoffnungsvoll an, dass Juli ihren Traum von einer schnellen Dusche beiseiteschob. »Klar«, sagte sie, froh, dass er die Planung nun doch in die Hand nahm, denn sie selbst konnte keinen klaren Gedanken fassen.

Sie bummelten durch die kleinen Gassen, überrascht, dass sogar zu dieser Jahreszeit so viele Touristen unterwegs waren.

Vielleicht war es auch nur der Unterschied zu Apulien, wo die Orte den ganzen Tag oft menschenleer waren. Sie ließen sich treiben, und Juli genoss die milde Wärme zwischen den rosaroten Häusern, die so ganz anders war als die windige Hitze der letzten Wochen. Wie ein warmes Leintuch lag sie über der Stadt, wie beruhigender Balsam für Julis hibbelige Unruhe. Sie übergab sich Rubens Führung, der vorschlug, in Richtung der berühmten Arena zu laufen, weil dort bestimmt ein gutes Restaurant zu finden sei.

Nur ein paar Meter weiter schlossen sich plötzlich völlig unvermutet Rubens warme Finger um ihre. Beinahe wäre Juli über ihre eigenen Füße gestolpert. Noch bevor sie darüber nachdenken konnte, was das jetzt wieder bedeuten sollte, beugte er sich zu ihr. Sanft fühlte sie seine Lippen auf ihren. Sie blieb stehen, ließ es geschehen, während ihr Herz zu schlagen begann, als hätte sie die Strecke bis Verona laufend zurückgelegt. Als er sich kurz von ihr löste, schnappte sie nach Luft. Sein Blick machte es nicht besser. Sie musste bei Sinnen bleiben. Abrupt löste sie sich von ihm. Fragen über Fragen stolperten in ihren Kopf und spiegelten sich in seinen Augen. Doch offensichtlich fehlten ihnen beiden die Worte, um sie zu formulieren.

»Essen?«, fragte Ruben schließlich.

Juli nickte.

Er lief jetzt wieder ein Stück neben ihr und in diesem halben Meter türmten sich die nicht gesagten Dinge wie eine Nebelwand auf. Und doch konnte Juli an nichts anderes denken als daran, ob er es noch mal tun würde. Ob sie ihn zu harsch abgewiesen hatte – und verdammt noch mal, wieso nur.

»Guck mal da«, sagte er irgendwann, »das sieht doch nett aus.« Er deutete in eine schattige Gasse, in der zwischen mit Oleander bepflanzten Terrakottakübeln weiß gedeckte Tische standen. Kein in Plastik laminiertes Touristenmenü, kein Kellner, der schon auf seinen Einsatz lauerte, und weit und breit keine Violinisten. Lediglich ein Hauch Knoblauch in der Luft und ein paar Italiener im Anzug, die ihre Serviette in den Kragen ihrer weißen Hemden gesteckt hatten, um sie vor dem *Sugo* zu schützen.

»Es ist wundervoll«, sagte Juli. Instinktiv griff sie nach seiner Hand. Diesmal war er überrascht. Er verstand erst, als sie sich auf die Zehenspitzen stellte. Ihre Lippen fanden sich wieder, und Julis Unsicherheit verlor sich in der Leidenschaft, die sie überwältigte, hier mitten auf der Straße. Sie spürte seine Hände auf ihrem Körper, fest und sanft zugleich, völlig jugendfrei, und doch begann sie zu zittern. *Lass mich nicht los, nie wieder.* Eine Ewigkeit später tauchten sie gemeinsam auf in die Realität, sahen sich an, lachten ein wenig verschämt.

»Also ich weiß nicht, wie es dir geht.« Er fuhr sich durch die Haare. »Ich bin am Verhungern.«

Juli sah ihn nur an.

Schon küsste er sie wieder. Auf diese Art und Weise, bei der einem alles in den Sinn kam – nur kein Essen. Hatte sie irgendwann mal gemeint, er sei schüchtern?

»Okay, wo waren wir?«

»Hungrig«, sagte sie. *Schwindlig*, dachte sie.

»Hier?«

»Supergerne. Immer noch.«

Sie lachten über ihre gute Kommunikation. Eng umschlungen liefen sie in die Gasse, erspähten ihren Tisch, den einzig freien, ganz außen, wo ein paar Sonnenstrahlen durch die Häuser lugten. Juli spürte die Blicke der Italiener. Ein verschmitztes Lächeln hier, ein Augenzwinkern dort, man hatte sie beobachtet. Es war ihr nicht peinlich, im Gegenteil. Sie lächelte zurück, verknallt, im Himmel.

Sie aßen Gnocchi *fatti in casa*, tranken dazu eiskalten Lugana, flirteten ununterbrochen mit Fingern und Augen, und manchmal küssten sie sich, bemüht, ihre Kontrolle zu bewahren. Zwischendurch sprachen sie übers Essen, die angenehme Wärme, diese wundervolle Stadt. Sie bestellten Tiramisu. Erst eins, das sie sich gegenseitig in den Mund schoben, dann ein zweites. Dann Caffè. Sie genossen den Moment, und es war nicht nur die Erschöpfung, die sie davon abhielt, an Sightseeing auch nur zu denken. Die Kellnerin flatterte um sie herum, erzählte Juli von *Romeo e Giulietta*, vom Traumpaar und ewiger Amore. Als Ruben um Übersetzung bat, schoss Juli – obwohl der Wein schon angenehme Wirkung zeigte – Hitze in die Wangen, und sie übersetzte ziemlich frei und weit weniger pathetisch.

Irgendwann entschuldigte sich die Wirtin, sie müssten jetzt Pause machen, weil der Abend schon bald begänne, und sie legte Ruben die Rechnung unter die Nase. Als Juli ihr Portemonnaie zückte, schüttelte er den Kopf. Juli bemühte sich, die aufsteigende Nervosität zu bekämpfen. Was würde als Nächstes passieren? Ihr Blick wanderte auf seine Finger, die nach den passenden Scheinen suchten. Schnell sah sie wieder weg, verscheuchte die Fantasien, die sie überfielen, wenn sie zu lange auf seine wunderschönen Hände sah.

»Und jetzt?«, sagte er prompt, als die Kellnerin sich verabschiedet hatte. »Wonach ist dir jetzt?«

Das sag ich lieber nicht.

Ruben tippte kurz auf seinem Handy herum. »Hast du Lust, dir das Haus von Julia anzusehen?«, sagte er schließlich. »Es liegt quasi auf dem Weg ... Zum Hotel meine ich.«

Julis Herz sackte eine Etage nach unten.

»Also, wir können auch noch bummeln gehen – ganz wie du möchtest.« Er legte den Kopf schief, nahm ihre Hand zum Mund, küsste sanft einen Finger nach dem anderen.

»*Casa Giulietta* ist gut«, sagte Juli schnell. »Ich liebe diese Geschichte!«

»Das dachte ich mir doch.«

Sie sprang auf. »Wollen wir?«

Sie machten ein Selfie vor dem berühmten Balkon. Juli wusste genau, dass Shakespeares Liebespaar nur in der Fantasie existierte und dieser efeu-bewachsene Innenhof nichts als eine gelungene Touristenattraktion war. Und doch war die romantische Magie dieses Ortes ansteckend. Sie berührte sogar die bronzene Statue, von der es hieß, sie erfülle heimliche Liebeswünsche. Als sie aus dem Innenhof auf die breite Einkaufsstraße traten, an der inzwischen die Geschäfte wieder geöffnet hatten, spürte Juli plötzlich die Müdigkeit des langen Tages. Sie atmete hörbar aus.

»Kaputt?«, fragte Ruben.

»Hm.« Juli nickte. »Und dabei bin ich noch nicht einmal gefahren. Aber ich könnte echt eine Dusche gebrauchen.«

»Geht mir genauso.« Er nahm ihre Hand. »Also los!«

Sie brauchten ziemlich lange, weil es in den Gassen zu viele romantische Hauseingänge gab, in denen sie kleine Pausen einlegten. Je näher sie ihrem Ziel kamen, desto leidenschaftlicher wurden ihre Küsse, desto dringlicher ihre Berührungen. Die Pension sah anders aus als im Internet – die Fotos waren wohl etwas veraltet – doch Juli lehnte Rubens Frage, ob sie noch etwas anderes suchen sollten, mit einem energischen Lächeln ab.

Sie hatte sich ausgemalt, wie sie übereinander herfallen würden, kaum dass sie ihre Zimmer erreicht hatten. Doch Ruben hielt plötzlich höflich Abstand, und auch Juli verspürte angesichts der abgewetzten Blümchentapete im Flur, die von einer schummrigen Laterne beleuchtet etwas zu viel Stundenhotel- und zu wenig Pensionsatmosphäre verbreitete, plötzlich mehr Drang nach einer Dusche als nach einer schnellen Nummer. Sie steckte den Schlüssel ins Schloss, dann schubste sie die Tür auf.

Es war nicht viel mehr als ein Bett mit vier Wänden ringsherum. Ein für das winzige Zimmer überdimensionales und – anders als der Rest der Unterkunft – sehr einladend aussehendes Bett. Langsam drehte sie sich um, traute sich nicht, Ruben in die Augen zu sehen, wegen ihrer lauten Gedanken. »Okay«, sagte sie hölzern. »Da wären wir also.«

Er grinste. Und wie er ihre Gedanken lesen konnte! Er küsste sie, erst auf den Mund, dann auf den Hals, dann sagte er: »Ein entspanntes Duschen, wünsch ich dir! Bis später.« Und ehe sie etwas erwidern konnte, verschwand er in seinem Zimmer direkt gegenüber.

Als es eine halbe Stunde später an ihrer Tür klopfte, war Juli kurz davor gewesen, nach ihm zu sehen. Sie öffnete. »Hi.«

Er trug ein frisches T-Shirt. Weiß. Es ließ seine Augen noch tiefer strahlen. Als er sich durch die nassen Haare fuhr, roch es frisch und männlich. »Du siehst toll aus«, sagte er.

»Danke.«

Er zog sie an sich, strich ihr eine feuchte Strähne aus dem Gesicht, küsste sie hinterm Ohr. »Zu dir oder zu mir?«, flüsterte er, und ohne ihre Antwort abzuwarten, zog er sie mit sich in sein Zimmer und gab der alten Holztür einen Tritt.

*

Es war dunkel, als Juli erwachte, orientierungslos zuerst. Sie spürte die Wärme von Rubens nacktem Körper neben sich. Wie hatte sie überhaupt einschlafen können? Sie lächelte in die Dunkelheit. Über ihr Herz, das angesichts der zurückkehrenden Erinnerung wilder zu klopfen begann als das einer Fünfzehnjährigen nach dem ersten Sex. Über sein T-Shirt auf ihrer Haut, das er ihr übergezogen hatte, als sie in seinen Armen plötzlich gefröstelt hatte. Über das Bett, das laut ächzte, wenn man sich darauf bewegte und die Matratze, die so weich war wie Wolken. Ruben seufzte im Schlaf. Es quietschte, als er sich umdrehte. Sehr langsam, um ihn nicht zu wecken, richtete Juli sich auf und schob sich auf die Bettkante. Leise tippelte sie ans Fenster. Die verzogenen Holztüren knarrten, als sie sie vorsichtig öffnete. Sie hatten den winzigen Balkon vorhin nicht einmal bemerkt. Kein Wunder! Jetzt trat sie hinaus, lehnte sich an das schmiedeeiserne Gitter, sah in den Hof, wo es nichts zu sehen gab außer Dunkelheit im milchigen Licht des Mondes.

Sie spürte ihn, noch bevor er sie berührte. Während er

einen Schauer nach dem anderen in ihren Nacken küsste, beschloss Juli, sich an diesen Moment zu erinnern, was immer morgen sein würde. Sanft drehte er sie an den Schultern zu sich. Der Mond beleuchtete sein Gesicht, und obwohl sie sich anstrengen musste, um seine Augen zu erkennen, wurde ihr ganz flau vor lauter Liebe.

Er zog sie zurück nach drinnen, lachte, als sie über die Schwelle stolperte, fing sie auf und hob sie hoch, wirbelte sie herum, als sei ihr nicht schon schwindlig genug. Ihre nackte Hüfte streifte etwas. Es schepperte, klirrte – verdammt, der Bardolino, den er vorhin formvollendet aus der Minibar gezaubert hatte. Es kümmerte ihn nicht.

Er trug sie aufs Bett. Sie zog das T-Shirt aus, lächelte erwartungsvoll.

Doch er schüttelte den Kopf, rutschte neben sie, sah sie an, so tiefblau wie das Meer am Fuße der Felsen unter der Bank. »Erzähl mir von dir, Juli«, sagte er.

»Was, jetzt?«

»Wann sonst?«

»Morgen?« Sie küsste ihn.

»Es ist schon *morgen*«, erwiderte er und strich ihr mit beiden Händen zärtlich die Haare aus dem Gesicht. »Wenn Bastian nicht dein Freund ist, wer ist er dann?«

»Also gut.« Sie seufzte. »Ich zuerst. Und dann du.«

Er nickte.

Als alles gesagt war, sahen sie sich lange in die Augen. Sein Blick ließ sie vergessen, dass es kompliziert war. Dass sie die Stunden, die noch vor ihnen lagen, genießen würden, und alles andere … *vediamo*.

Er küsste sie, und es war, als machte ihr Gespräch ihren Kuss noch intensiver, aufrichtiger, echter. Als sie die Beine um ihn schlingen wollte, löste er sich sanft aus ihrer Umarmung. Dann begann er, ihren Körper mit Küssen zu bedecken, unendlich langsam, als hätten sie alle Zeit der Welt. Juli drängte sich ihm entgegen. Sie stöhnte, als das warme Nass seiner Zunge in sie eindrang, und ergab sich der Explosion ihrer Gefühle ohne Rücksicht auf Uhrzeiten oder dünne Hotelwände. Dann zog sie ihn zu sich, wollte ihn endlich spüren, krallte die Hände in seinen Rücken. Und jetzt folgte er ihrem Verlangen, drang in sie ein mit einem heftigen Stoß, füllte sie aus, ließ sich fallen in sie und mit ihr, und sie fanden erneut ihren Rhythmus, der sich nicht nach erster und einziger Nacht anfühlte, sondern mehr nach Ewigkeit.

KAPITEL 21

Ruben

Ruben brauchte eine Weile, um sich zu erklären, warum all seine Knochen schmerzten und er sich gleichzeitig so großartig fühlte wie schon lange nicht mehr. Der Grund dafür stand in der Balkontür, nur mit einem Slip bekleidet, dessen feuriges Orange ihn gleich wieder lächeln ließ. Hatte er in dieser Nacht je aufgehört zu lächeln?

Die Sonne schien Juli voll ins Gesicht, und sie genoss es offensichtlich, ließ sich beleuchten, unbeweglich wie die Statue der Julia gestern, nur viel schöner. Auch das schäbige Zimmer wurde vom Tageslicht in Szene gesetzt: Das Laken war von der Federkernmatratze gerutscht, die aussah, als hätten schon Romeo und Julia darauf ihre Liebesnächte verbracht. Der Zimmerteppich, auf dem Kleidungsstücke verstreut lagen, hatte die gleiche Farbe wie der Rest in der Weinflasche und wie der Fleck auf der Tischdecke neben dem umgefallenen Glas.

Juli hatte noch nicht bemerkt, dass Ruben wach war, und er nutzte den Moment, um sie heimlich zu betrachten. Ihre wilden Haare, der hübsche Nacken darunter, ihre schmale Taille, die weichen Hüften, der runde Po. Er dachte an den Moment am Strand, als sie im Bikini vor ihm durchs Wasser gerannt war und er diesen Anblick heimlich genossen hatte. Heute Nacht war nichts heimlich gewesen.

Er setzte die Füße auf den plüschigen Boden, da drehte sie sich um. Ihr Lächeln machte ihn schwindlig. »Komm her zu mir«, flüsterte er mit trockener Kehle.

Sie schwang die Hüften, als sie zu ihm tappte. »Müssen wir nicht los?«, fragte sie mit geröteten Wangen – von der Sonne oder wegen seines unverhohlenen Blicks auf ihre perfekten Brüste.

»Doch«, sagte er, zog sie mit einem leichten Ruck zwischen seine Beine und küsste ihren Bauchnabel. Sie schubste ihn sanft und er ließ sich rücklings aufs Bett fallen, breitete die Arme aus. Anmutig wie eine Katze schob sie sich auf ihn. Ihre Lippen waren noch weicher als in seiner Erinnerung, noch voller, noch wärmer. Er küsste sie zärtlich zurück, ihre Zungen neckten sich, spielten miteinander, doch schon begannen sie erneut, einander zu verschlingen, ihre Körper verlangten nach mehr, obwohl es doch kaum ein paar Stunden her war, dass sie sich das letzte Mal geliebt hatten. Gedämmert hatte es bereits, als sie endlich voneinander abgelassen hatten, hellwach, aufgeregt, unersättlich, doch gemeinsam entschlossen, vernünftig zu sein, um wenigstens ein, zwei Stunden Schlaf zu bekommen vor der Weiterfahrt. Jetzt spürte Ruben die Lust zurückkehren wie eine Ozeanwelle, drängend, unbändig. Er seufzte, vergrub die Hände in Julis dichtem Haar, die Lippen an ihrem Hals. »Was machst du nur mit mir, du Schöne?«, flüsterte er.

Sein Handy klingelte.

Juli schob sich auf, sah ihn fragend an, beide Hände auf seiner Brust. Er schüttelte den Kopf, zog sie zurück zu sich, küsste sie, doch das Handy gab keine Ruhe. Er tastete in Richtung Nachttisch, bekam es zu fassen. Ihr Gesicht dicht neben sich, schielte er mit einem Auge auf sein Display.

Alex.

Ihren Namen zu lesen durchfuhr ihn wie eine kalte Dusche. »Nur eine Sekunde«, flüsterte er, wischte über den Slider, räusperte sich, rückte ein winziges Stück zur Seite. »Kann ich dich in einer Stunde zurückrufen?«

»Nein. Wo bist du, Ruben?« Alex klang beherrscht.

Er kannte diese Stimme von früher. Sie konnte alles bedeuten. Ein Gürtel zog sich um seine Lungen. »Warte«, sagte er. »Ich ruf dich an.« Bevor sie etwas erwidern konnte, beendete er den Anruf.

Juli hatte sich aufgesetzt. Fragend sah sie ihn an.

»Meine Ex-Frau. Es tut mir leid. Sie sagt, es ist dringend.« Er küsste Juli auf die Stirn, dann stand er auf. »Bin gleich zurück!«, sagte er und trat hinaus auf den Balkon. Die Sonne war hinter Wolken gezogen und Ruben fröstelte, als er die Tür hinter sich zuzog.

Alex war am Apparat, bevor es klingelte.

»Ich hoffe, du hast einen guten Grund, mich zu stören«, sagte Ruben eisig.

»Ruben, Matilda …«

»Was ist mit ihr?«, fragte er tonlos. »Los, sag schon!« Er hielt sich an der Brüstung fest, um das Zittern seiner Knie zu beruhigen.

»Sie ist –«

»Verdammt, was ist los?« Er brüllte jetzt.

»Sie wurde vor der Schule angefahren. Sie hat Glück gehabt, aber sie operieren sie gleich.«

Rubens Hand verkrallte sich an der Brüstung. Die Kälte des Eisens kroch in seinen Arm und weiter bis in sein Herz. Er atmete tief ein. Versuchte sich zu fokussieren. »Was heißt Glück gehabt?«, fragte er. »Verdammt, Alex, rede mit mir!«

»Ich weiß es noch nicht genau. Ihr Bein ist gebrochen, und sie ist jetzt im MRT, nur zur Sicherheit, wegen innerer Verletzungen … Aber es sieht nicht so aus, als ob … beruhige dich, Ruben, okay?«

Nichts war okay. Gar nichts. »Wer operiert sie?« Seine Stimme klang fremd.

»Dr. Aldemir.«

Die Chefin der Kinderchirurgie. »Ich will mit ihr sprechen.«

»Hast du mich nicht gehört, Ruben? Sie operiert gleich.«

Verdammt, er musste sich wirklich beruhigen. Er musste los. Er würde fliegen. Er musste aufhören zu telefonieren. Einen Flug buchen.

»Ruben?«

»Was?«

»Sie wollte über die Straße zu mir. Sie hat den SUV nicht gesehen.«

Die Wut ballte sich in seinem Magen zusammen, Lavamasse kurz vor dem Ausbruch. Ein Grollen wie ein wütendes Raubtier entfuhr ihm. Er stoppte es abrupt. *Fokussieren. Matilda. Sie braucht dich.* Langsam ebbte die Wut ab. Machte Platz für blanke Panik.

»Ich brauche mindestens zehn Stunden«, ächzte er. Es fiel ihm schwer zu sprechen. »Halte mich auf dem Laufenden. Ich will wissen, wie es ihr geht in der Sekunde, wenn sie aus dem MRT kommt.« Er beendete das Gespräch, boxte die

Balkontür auf. Juli war nicht im Zimmer. Er hörte das Plätschern der Dusche und für einen Moment überlegte er, einfach zu verschwinden, keine wertvollen Minuten zu vergeuden. Fiebrig tippte er in sein Handy, suchte nach Flügen. Es gab keinen Direktflug Verona–Berlin. Die Strecke durchfahren – das war seine beste Chance. Er sprang auf, streifte seine Klamotten über, stopfte den Rest in den Koffer. Es klang dumpf, als er an die Badezimmertür klopfte. »Juli?«

Sie trug einen Handtuchturban um den Kopf, versteckte ihren nackten Körper hinter der Tür. »Da bist du ja …« Ihr Lächeln entglitt ihr, als sie ihm in die Augen sah. »Was ist los? Warte!« Die Tür schloss sich. Eine Sekunde später kam sie heraus, das winzige Handtuch jetzt um den Körper gewickelt.

Er wich der Hand aus, die nach seiner Wange tastete. »Ich muss los, jetzt sofort. Meine Tochter hatte einen Unfall. Ich bring dich zum Flughafen. Es gibt einen Flieger nach München, heute am späten Nachmittag. Nur keinen nach Berlin. Es tut mir leid.«

Juli riss die Augen auf. »Oh Gott, Ruben.« Abermals versuchte sie, ihn zu erreichen.

Er wich zurück. Hob seine Hand, schüttelte den Kopf, um sie zu stoppen. »Bitte, Juli!« Er konnte nicht länger Zeit vergeuden. »Könntest du dich beeilen? Ich – warte unten auf dich.« Er riskierte einen Blick, sah Irritation und Verletzung in ihren Augen. Er riss sich los. »Bis gleich.«

Es dauerte keine fünf Minuten, dann erschien sie vor dem Hotel. Sie hatte ihre Haare nicht geföhnt. Er nahm ihr den Koffer aus der Hand und lief los.

Als er seine Autotür zugeknallt hatte, drehte sie sich zu ihm. »Lass mich dich fahren, Ruben. Und wir können dir einen Flug von München buchen.«

Er schüttelte den Kopf. »Ich kann nicht riskieren, dass es eine Verspätung gibt.«

»Aber, Ruben, du bist todmüde und völlig fertig, du kannst diese ganze Strecke nicht allein fahren. Das ist doch Wahnsinn. Bitte lass mich –«

»Juli, bitte. Ich möchte nicht darüber diskutieren.« Er startete den Motor, drehte Paul Kalkbrenner den Saft ab. Sie sprachen kein weiteres Wort bis zum Flughafen.

Als er aussteigen wollte, hob sie die Hand. »Fahr lieber!« Sie beugte sich über die Mittelkonsole. Er ließ zu, dass sie ihn von der Seite umarmte, ihren Kopf kurz an seine Schulter legte. Als sie sich löste, bedauerte er für den Bruchteil einer Sekunde, dass er ihre Geste nicht erwidert hatte. Er konnte einfach nicht.

»Ich denke an euch.« Sie stieg aus, holte ihren Koffer vom Rücksitz. »Alles Gute!«, sagte sie heiser und warf die Tür zu, ohne ihn noch einmal anzusehen. Dann lief sie in Richtung der Abflughalle und verschwand durch die Schiebetür. Ruben gab Gas.

KAPITEL 22
Ruben

Sein Parkplatz war besetzt. Ausgerechnet. Ruben drehte mit quietschenden Reifen, dann stellte er sich ins Halteverbot und sprang aus dem Wagen in den strömenden Regen. Mit durchnässtem T-Shirt lief er im Laufschritt durch den Haupteingang der Klinik und weiter in Richtung der Kinderstation. Seine Sneakers schlitterten über das blaue Linoleum. Er stoppte, holte Luft. Der vertraute Geruch nach Desinfektionsmittel klärte seine Wahrnehmung. Ein Pfleger schob ein Krankenbett an ihm vorbei. Zwei Ärztinnen, ins Gespräch vertieft, nickten im Vorbeilaufen. »Dr. Werner.«

Sein Atem hatte sich beruhigt, als er den Chip vor das Lesegerät der Kinderintensivstation hielt. Er war endlich da. Er desinfizierte sich die Hände, eine Schwester verließ ein Krankenbett und eilte herbei. Er kannte sie nicht. »Hallo Dr. Werner?«, sagte sie und streckte unmerklich ihren Rücken. »Ich bin Schwester Gudrun. Ich betreue Matilda.« Sie sah ihn erwartungsvoll an.

Ruben wollte zu seiner Tochter, doch dafür hätte er Schwester Gudrun zur Seite schieben müssen.

»Ihrer Tochter geht es soweit gut«, sagte sie. »Sie ist nur

noch zur Beobachtung hier. Wenn die Nacht gut verläuft, darf sie morgen auf Station.«

Ruben nickte ungeduldig. »Danke. Das weiß ich bereits.« Alex hatte ihn während seiner Höllenfahrt per WhatsApp auf dem Laufenden gehalten. Er sah sich suchend um. »Schwester! Ich würde gerne so schnell wie möglich mit Dr. Aldemir sprechen.«

Schwester Gudrun nickte. »Sie ist gerade in einer Besprechung. Aber ich werde ihr Bescheid geben.«

»Danke. Darf ich jetzt, bitte …« Er deutete über ihre Schulter und suchte die im hinteren Bereich der Station stehenden Betten und Monitore ab. Dann sah er sie – im gleichen Moment, wie sie ihn entdeckte.

»Papa! Hier!«, rief Matilda mit so lebendiger Stimme quer durch den Raum, dass sein Herz ganz leicht wurde. Sie winkte ihm aufgeregt zu und ignorierte dabei völlig den Schlauch, der ihre Hand mit einer Infusionsflasche verband.

»Tilda!« Er ließ die Schwester stehen. Als Erstes galt sein Blick den Monitoren neben Matildas Bett. Erleichtert stellte er fest, dass sie nicht angeschlossen waren. »Mein Schatz, was machst du denn?« Er beugte sich zu ihr, legte sanft seine Wange an ihre, streichelte ihr über den Kopf. Sie roch nach Desinfektionsmittel.

»Papa, da bist du ja endlich.« Sie warf ihre Arme um ihn, und er drückte sie an sich, unfähig etwas zu sagen, weil ihm die Erleichterung die Luft raubte.

»Hey Papa, lass mal wieder los!« Ihr helles Lachen hallte in sein Ohr.

Er löste sich, lachte mit, bemüht, die Fassung zu bewahren.

»Es ist gar nicht schlimm«, sagte sie. Verdammt, sie glaubte schon wieder, tapfer sein zu müssen.

Vorsichtig streichelte er über ihre Stirn, auf der eine Mullbinde bis hoch auf den Kopf klebte. Sie hatten ihr an dieser Stelle die Haare rasiert. Als ihre kleine Hand nach seiner griff, musste er den Kopf abwenden, um die plötzlich drängenden Tränen unter Kontrolle zu bringen.

»Hallo Ruben.«

Er fuhr zusammen. Sie saß auf dem hellen Holzstuhl zwischen Bett und Fenster, der Turm der Monitore hatte ihr Deckung gegeben, und er war dankbar für den kurzen Moment, den sie ihm mit Matilda gelassen hatte. Sie wirkte schmaler als in seiner Erinnerung. Schwarze Jeans, schwarzer Pullover, die Haare wie früher zum Zopf gebunden. Als er sie ansah, verschränkte sie die Hände vor den überschlagenen Knien, als wollte sie sich festhalten. Im nächsten Moment stand sie mit einem Ruck auf, trat einen Schritt auf ihn zu, streckte schließlich beide Arme nach vorne.

»Alex, hallo.« Mechanisch ließ er sich von ihr umarmen. Er konnte nicht anders, als ihren Duft einzuatmen. Blumig und süß.

»Ich konnte nichts dafür«, flüsterte sie in sein Ohr. »Sie ist einfach losgelaufen. Ich konnte wirklich nichts dafür.«

Er löste sich von ihr. Sagte nichts. Verwehrte ihr den Wunsch, sie freizusprechen, wovon auch immer. Als er zurück zu Matilda wollte, hielt sie seine Hand fest. »Ruben. Bitte.«

Er befreite sich, doch er sah sie an. Bei diesem zweiten Mal fiel es ihm schon leichter. Er spürte die Wut, die ihr Anblick in ihm auslöste, doch er hielt sie in Schach. Es war der falsche Zeitpunkt. »Es geht hier nicht um dich«, sagte er ruhig, drehte sich um und begann zu lächeln. »Und wer ist das hier?«, fragte er, während er einen der beiden großen Plüschhunde von Matildas Seite auf seinen Schoß nahm und sich auf den Bettrand setzte.

»Wir sollen nicht …«, sagte Alex in seinem Rücken. Es quietschte wie Kreide auf Tafel, als sie ihm den Stuhl hinschob. »Hier nimm den, ich kann stehen.«

Er schüttelte den Kopf. »Danke, nein«, er streichelte mit dem Daumen über Matildas Handfläche, die eingefroren lächelte, während ihre Augen zwischen ihm und Alex hin- und herwanderten.

»Das ist Pluto«, sagte sie. »Den hat mir Mama geschenkt. Und das ist Samson. Der ist von Kati. Cool, oder?«

»Sehr cool.« Ruben entspannte sich. Er wollte Alex nicht hier haben. Nicht in diesem Moment und nie wieder. Doch es ging hier auch nicht um seine Befindlichkeiten. Er atmete tief ein und schickte seine Wut vor die Tür.

*

»Sie hatte einen Schutzengel. Mehrere wahrscheinlich.« Dr. Azra Aldemir, Chefin der Kinderchirurgie, nippte an ihrem Kaffee und streichelte Ruben dabei seit gefühlten fünf Minuten die Hand. »Der SUV muss sie frontal erwischt haben. Es ist wie ein Wunder, dass sie mit der Gehirnerschütterung, dem gebrochenen Schienbein und ein paar Prellungen davongekommen ist.«

Ruben spürte seinen Magen rebellieren. Das Atmen fiel ihm immer noch schwer. Azra stellte ihren Becher auf den

Resopaltisch und nahm nun auch Rubens zweite Hand. Die Wärme ihrer Haut machte ihm seine eigene Kälte bewusst.

»Wir haben sie sofort ins MRT geschoben, um innere Verletzungen auszuschließen. Es ist alles okay. Wirklich, Ruben.«

Er nickte gedankenverloren. Dann stand er auf. »Ich geh' mal wieder zu ihr.«

»Kann ich noch etwas für dich tun? Du siehst furchtbar aus.«

Ruben schüttelte den Kopf. »Danke, Azra.«

Sie saßen an Matildas Bett, bis Schwester Gudrun sie freundlich fragte, wer denn heute die Nacht im Angehörigenzimmer verbringen wollte.

»Ich!«, sagten sie beide aus einem Munde. Dann begannen sie im Flüsterton zu diskutieren. Die arme Schwester nahm den Mut zusammen und bat darum, ob man dies vielleicht draußen besprechen könne, weil die Nachtruhe nun begänne – auch für die anderen Patienten …

Matilda streichelte mechanisch ihre Hunde.

Durch das gekippte Fenster rauschte das Geräusch des pladdernden Regens über den menschenleeren Gang.

»Ich werde hierbleiben heute Nacht«, sagte Ruben. »Ich denke, du kannst das verstehen.«

»In Ordnung.« Sie musste an seiner Stimme gehört haben, dass es für ihn nichts zu diskutieren gab.

Stumm standen sie nebeneinander und sahen in den Klinikgarten, als suchten sie in den strömenden Wassermassen nach weiteren Worten. Ruben kramte in seiner Hosentasche. Er fand ein paar Münzen, ließ Alex einfach stehen und lief die paar Schritte den Gang hinunter zu dem leuchtenden Automaten. Er warf das Geld ein und entschied sich für ein Twix. Er hatte seit gestern in Verona nichts gegessen. Als er zurückkam, hatte sie sich keinen Zentimeter von der Stelle gerührt. Er stellte sich wieder neben sie. Er hatte nicht einmal daran gedacht, ihr etwas mitzubringen. »Möchtest du?«, fragte er jetzt und hielt ihr den Riegel hin.

Sie schüttelte den Kopf.

Das Zellophanpapier knisterte in die Stille. Als er zum Mülleimer laufen wollte, griff sie nach seiner Hand. Er versteifte sich.

»Matilda hat mich gefragt, ob ich zurückkomme«, sagte sie, ohne den Blick von den beleuchteten Kiefern zu nehmen.

»Und was hast du geantwortet?« Ruben stopfte sich die Schokolade in den Mund, hoffte, dass der Zucker seine amoklaufenden Gedanken beruhigen würde.

»Dass es deine Entscheidung ist.«

Er schnaubte aus. »Ach ja? Seit wann das denn?« Seine Stimme polterte über den Gang. Er zwang sich, Alex anzusehen. Sie erwiderte seinen Blick. Machte keine Anstalten, die Tränen, die ihr über die Wangen liefen, wegzuwischen, hielt immer noch seine Hand. »Wenn das hier vorbei ist«, sagte sie schließlich mit fester Stimme. »Wenn Matilda nach Hause darf ...«, sie hielt ihn jetzt auch noch mit ihren Augen fest. »Lass uns neu anfangen, Ruben. Für Matilda.« Sie ließ ihn los.

Er wandte sich weg. Sein Hals war wie zugeschnürt.

»Ich war so einsam«, flüsterte sie. Er fühlte ihren flehenden Blick auf seiner Wange. Ihren Ich-kann-nichts-dafür-Blick, den sie auch aufgesetzt hatte an dem Tag, als sie ging.

»Klar«, sagte er heiser. »Alles meine Schuld.«

»Ruben, bitte ...«

»Ich gehe zurück zu Matilda. Wir sehen uns morgen.« Er zückte seine Chipkarte und ließ Alex stehen.

Er hatte sich diesen Moment ausgemalt. Immer wieder. Den Augenblick, wenn Alex ihren furchtbaren Fehler erkennen würde. Anfangs hatte er damit gerechnet, später darauf gehofft. Bis er endlich kapiert hatte, dass ihr Abgang keine Kurzschlusshandlung gewesen war, sondern eine wohldurchdachte Entscheidung. Ein von langer Hand geplanter Schritt, dem eine Affäre vorausgegangen war, die aufgrund ihrer Ernsthaftigkeit den Namen nicht verdiente. Irgendwann hatte er realisiert, dass Torsten lange vor ihm einen Platz in Alex' Herz gehabt hatte. Dass Matilda und er das Intermezzo waren und nicht der andere. Selbst als er das erkannt hatte, hatte er noch weitergehofft. Wenn nicht für ihn, dann für Matilda.

Und dann war er nach Italien gefahren – und was er nicht für möglich gehalten hatte, war passiert. Wie von selbst hatte sich eingestellt, was Kati ihm hundert Mal geraten hatte: Sein Herz hatte *losgelassen*. Und war – obwohl doch angeblich so geschwächt – gleich mal zur Höchstform aufgelaufen. Und nicht nur sein Herz ...

Eine Welle des Verlangens durchfuhr seinen Körper, als er an Juli dachte – so wie schon während der gesamten endlosen Rückfahrt, während sein schlechtes Gewissen ihn deswegen fast umgebracht hatte. Wie konnte er sich nach einer Frau verzehren, während seine Tochter auf dem OP-Tisch lag? Und nicht nur deshalb fühlte er sich miserabel. Er hatte Juli abserviert. Wie ein echtes Arschloch. Jetzt, wo die Sorge um Matilda von ihm abgefallen war, wurde ihm nichts als übel bei dem Gedanken an seinen ruppigen Abschied. Doch er würde sich ihre Nummer besorgen, sie anrufen. Gleich morgen. Sich entschuldigen – und ihr sagen, wie sehr er sie jetzt schon vermisste. Er spürte sie plötzlich wieder, die Lebendigkeit in seinem ganzen Körper, und er grinste angesichts der Erkenntnis, dass die Story, die er Kati zu erzählen hatte, nicht nur von einem heißen Flirt handelte …

»Papa?« Matildas verschlafene Stimme riss ihn zurück ins Jetzt.

Er beugte sich zu ihr, flüsterte: »Alle okay, mein Schatz, ich bin hier. Schlaf weiter.«

»Papa, zieht Mama wieder zu uns?«

Ruben sah in die großen grünen Augen. Sah das Flehen, die Unsicherheit, die Verletzungen. Er schluckte, verscheuchte den süßen Moment der Schwäche wie einen schönen Traum. Dann nickte er.

Ihr Lächeln erhellte Matildas Gesicht in der Dunkelheit, als hätte jemand den Deckenstrahler angeschaltet. »Schön«, sagte sie und schloss die Augen.

KAPITEL 23

Juli

Sie war diesen Weg schon Hunderte Male gelaufen, den Bordeauxplatz entlang über die Pariser Straße bis zum Orleansplatz, mit viel zu wenig Aufmerksamkeit für das schöne Haidhausen, immer in Gedanken bereits im nächsten Meeting oder bei einem ihrer Kunden. Normalerweise schwappte ihr unterwegs der Kaffee lauwarm ins Gesicht – weil sie ihn erst im letzten Moment in den Alubecher umschüttete, und weil sie es zu eilig hatte, um anzuhalten. Heute blieb Juli stehen. Nahm den Kaffee so bewusst zu sich, als taugte er zum Mutantrinken. Die neuen Sandalen aus Polignano, für die sie sich aus einer idiotischen Melancholie heraus entschieden hatte, passten zu ihrer Urlaubsbräune, aber weder zur Temperatur noch zur Stimmung. Wie aus Beton gegossen fühlten sie sich an und mit jeder Trinkpause wurden sie schwerer. Schon zwanzig Minuten trödelte Juli nun herum auf dem Weg, für den sie normalerweise fünf brauchte, denn ihre Wohnung lag nur ein paar Straßen vom Agenturbüro entfernt. Sie hatte nicht erwartet, dass es ihr so schwerfallen würde zurückzukehren – nicht, als sie verwirrt und doch gefasst in Verona in den Flieger gestiegen war, nicht, als er spät in München gelandet war, und auch nicht, als sie die S-Bahn nach Hause genommen hatte, während draußen der Frühjahrsabendhimmel so brannte wie ihr Herz.

Mit zittrigen Fingern hatte sie dann die Wohnung aufgesperrt und erleichtert festgestellt, dass abgesperrt war, dass sie also diese erste Nacht für sich haben würde und sich in Ruhe auf die Auseinandersetzung mit Basti vorbereiten konnte, von der sie nicht die geringste Vorstellung hatte, wie sie ausgehen würde. Sie war ins Wohnzimmer gelaufen, vorbei an der offenen Küchenzeile. Dort stand mit eingetrockneten Rändern noch der Kaffeebecher von vor zwei Wochen in der Spüle, wo sie ihn am Morgen eilig abgestellt hatte, als das Sturmklingeln Becca ankündigte, die sie aufpickte für vierzehn Tage Traumurlaub.

Die Luft war stickig, aufgeheizt mit Erinnerungen und leer zugleich. Juli riss die Fenster zum Balkon auf, atmete einen Moment tief. Und dann, wie von selbst, führten ihre Füße sie ins Schlafzimmer. Und da stand er, ihr blauer Koffer. Wie am Morgen ihrer Abreise. Als hätte sie die letzten zwei Wochen nur geträumt. Jemand musste Becca reingelassen haben! Aus einem Impuls heraus war Juli am Koffer vorbei zum Schrank gelaufen, dem für zwei viel zu kleinen Kleiderschrank, in dem Basti für immer provisorisch ein paar freigeräumte Fächer nutzte. Sie waren leer.

Juli fragte sich, warum sie etwas anderes erwartet hatte, sich womöglich etwas anderes gewünscht hatte, doch beim Anblick der hohlen Schrankfächer brach ein Damm. Sie rannte aus dem Schlafzimmer ins Bad, sah, dass auch Bastis Zahnbürste fehlte. Und während sie angesichts dieser lächerlichen

Geste das Gefühl überkam, in ihrer eigenen Soap gelandet zu sein, überfluteten die Tränen bereits ihre Wangen.

Sie verbrachte die Nacht auf dem Sofa, weil sie es nicht fertigbrachte, sich in das Bett zu legen, in dem sie zehn Jahre lang mit Basti geschlafen hatte. Am Sonntagmorgen versuchte sie zum ersten Mal, ihn zu erreichen. Er ging nicht ans Telefon. Sie schrieb ihm eine Nachricht.

Ich bin zurück, würde gerne mit dir reden.

Als er bis mittags nicht reagierte, begann sie sich mit dem Gedanken auseinanderzusetzen, dass sie ihrem Ex-Freund zum ersten Mal in der Agentur begegnen würde, und dass es offensichtlich genau das war, was er wollte.

*

Die Kollegen begrüßten sie freudig, freundlich und dankenswert desinteressiert. *Stimmt, du warst ja im Urlaub! Siehst gut aus. Kannst du morgen ins Meeting kommen?* So war es doch immer: Derjenige, der wegfuhr, erlebte große Dinge, lebensverändernde womöglich, während zu Hause die Zeit unbeeindruckt weiterlief. Wenn der Zeitreisende dann zurückkehrte, war es an ihm, nicht nur den Körper, sondern auch die Seele möglichst schnell zurückzuholen und sich wieder einzuschwingen ins echte Leben.

Als sie sich an ihren Schreibtisch setzte und den Computer hochfuhr, dachte Juli zum ersten Mal seit Tagen an Becca. Es war ihr tatsächlich gelungen, die Aktion am Autogrill, ja die ganze Person ihrer Kollegin für eine Zeit lang einfach zu vergessen. Als sie jetzt den mit pinken Post Its übersäten

Arbeitsplatz und die über den Bildschirm staksenden Flamingos sah, wurde ihr schlagartig bewusst, dass auch diese Konfrontation kurz bevorstand. Es blieb keine Zeit, sich ihrer Einstellung dazu zu widmen, denn in diesem Moment hörte sie auf dem Gang bereits nicht nur eine, sondern gleich zwei vertraute Stimmen.

»Ernsthaft, das hast du ihr ins Gesicht gesagt?«

Beccas Lachen am frühen Morgen klang wie eine Mischung aus Mariah Carey und Goldmariechen.

»Ja klar.«

Zwei kichernde Silhouetten erschienen in Julis Augenwinkel und so sehr es ihr widerstrebte, sie konnte nicht anders, als den Kopf zur Tür zu wenden und zu glotzen. Becca sah aus, als hätte sie erst heute Morgen die letzte Massage genossen: Ihre Haut, von der sie wie immer viel zeigte, glänzte wie frisch eingeölt in makellosem, hautkrebsfreundlichem Beige. Sie kicherte schon wieder, warf den Kopf in den Nacken und zupfte den fluffigen Dutt zurecht, ohne ihre Beute aus den Augen zu lassen. Auch sie hatte die Sonne heute überschätzt, trug einen kurzen vanillefarbenen Stufenrock ohne Strümpfe und sah darin aus wie ein verlockendes Puddingdessert. Basti stand mit den Händen in den Hosentaschen daneben und genoss die Aufmerksamkeit mit angedeutetem, aber – wie Juli wusste – umso effektvollerem Lächeln. Er trug den grünen Armyparka in der Farbe seiner Augen, den Juli ihm ausgesucht hatte. Die beiden waren so intensiv miteinander beschäftigt, dass sie Juli nicht einmal bemerkten – obwohl sie ihr Geplänkel direkt vor ihrer Tür veranstalteten.

»Morgen«, sagte Juli schließlich laut und mit erstaunlich fester Stimme.

»Ach, Morgen!«, flötete Becca, lächelte kurz triumphierend und wandte sich wieder Basti zu.

»Hi«, sagte Basti. »Bis gleich dann!« Er lief davon. Beccas Irritation über diesen abrupten Abgang half Juli kaum, ihre eigene zu überspielen. *Er* spielte beleidigte Leberwurst? Sie versuchte ihre brennenden Augen davon zu überzeugen, dass das nun wirklich zum Totlachen war. Becca packte ihr Bulletjournal aus und platzierte es neben dem goldenen Übertopf ihrer Monstera. Sie rollte mit dem Stuhl vor den Bildschirm und ließ die Flamingos verschwinden.

Juli holte Luft. »Wie war dein Urlaub?«

Becca stierte auf ihre E-Mails. »Gut. Danke. Deiner?«

»Wie schön, dass du fragst. Hätte nicht gedacht, dass es dich interessiert.«

Becca warf ihr einen knackig überheblichen Blick zu. »Sorry, Juli, ich hab echt keine Zeit, das jetzt zu diskutieren.«

»Nee, ist klar.« Juli schnaubte und hätte am liebsten die Maus in ihrer Hand zerquetscht. Sie öffnete ihren Kalender, die Lippen fest zusammengepresst, um die überquellenden Worte zu stoppen. Sie würde sich nur lächerlich machen. Ein Termin stach ihr ins Auge. Sie unterdrückte ein Stöhnen.

10.00 Uhr Update Heinemann.

Na bestens. In einer halben Stunde hatte sie die große Freude, sich mit Basti, Rebecca und ihrem Chef über den Stand des Events für ihren wichtigsten Kunden auszutauschen. Sie konnte es kaum erwarten.

Basti spielte tatsächlich das Opfer. Juli machte sich bewusst etwas früher in Richtung des Meetings auf. Bastis Büro lag auf dem Weg. Doch es war leer. Als sie den Besprechungsraum betrat, saß er bereits am Tisch, den Blick starr auf dem Bildschirm seines Laptops. Er trug die Knöpfe seines Jeanshemds weit offen. Der Blick auf die behaarte Brust darunter störte sie plötzlich. Sie setzte sich auf den Platz neben ihm.

»Was soll das?«, sagte sie leise.

Er sah nicht auf. »Was soll was?«

Juli seufzte. »Dein Ernst?«

Er reagierte nicht.

»Du spielst beleidigt? Ich versteh's nicht.«

Er stierte auf die Präsentation vor ihm, klickte ziellos durch die Charts, während sie von der Seite seine Augen fixierte.

»Kannst du das bitte lassen?«, knurrte er schließlich.

»Was denn?«

Er klappte den Deckel des Laptops zu. »Hör zu, Juli. Ich fliege nach Apulien, zeig ne echt romantische Geste. Und du schickst mich eiskalt zurück. Ich weiß nicht, wie du das fändest – mal von der Kohle abgesehen. Ist aber auch egal. Wäre gut, wenn du dich jetzt einfach wieder auf den Job konzentrierst. Wir haben hier nämlich ganz schön Stress gehabt, während Madame unerreichbar in der Sonne lag.«

Juli schnappte nach Luft. »Wie meinst du das, *unerreichbar*?«

»Hast die Mail von Sandra nicht gelesen, oder?«

Sandra war die Assistentin ihres Chefs, Markus. Wenn sie ihr wirklich geschrieben hatte, so hätte Juli es tatsächlich nicht gesehen. Denn sie hatte sich erlaubt, ihre Abwesenheitsnotiz mal ernst zu nehmen. *Ich lese meine E-Mails nicht regelmäßig. Bitte wenden Sie sich deshalb in dringenden Fällen an meine Kollegin Sandra Hofmeister …*

»Wieso hat sie mich nicht angerufen?«

»Guten Morgen!« Markus betrat den Raum und Julis Frage verhallte unbeantwortet. »Ah, die Urlauberin …«

Juli nickte. »Markus, ich wusste nicht, dass –« Sie unterbrach sich selbst. Was tat sie da? Wer wusste denn, ob Basti sie nicht nur unter Druck setzen wollte.

»Tut mir leid!« Becca rauschte in den Raum, ihren Laptop vor der Brust wie ein Model die Fotomappe. Sie nahm neben Markus Platz, Basti und Juli gegenüber.

»Okay, schieß los!«, sagte Markus, während er etwas in sein Handy tippte.

Rebecca begann von der Präsentation zu erzählen, die, wie Juli erst jetzt erfuhr, bereits stattgefunden hatte. Trotz des Ärgers im Vorfeld sei alles *tippitoppi* gelaufen. Der Kunde sei *zurück auf Schiene*, alle *Brandherde gelöscht*.

»Und das Budget ist durch?«, fragte Markus, während Juli überlegte, von welchem Ärger Becca sprach und wie sie ernsthaft mit jemandem hatte in Urlaub fahren können, der *tippitoppi* sagte.

»Yep!« Becca drehte ihren Stuhl in seine Richtung, schlug langsam ihre Beine übereinander und schenkte ihm ihr Coverlächeln. »Unterschrieben, jeder Cent.«

Markus grinste breit. »Wer kann, der kann, sag ich da.« Er sprang auf. »Sehr gut, ihr Lieben, weiter so.« In der Tür drehte er sich um. »Habt ihr mit Juli die – *Änderungen* besprochen?«

Becca und Basti schüttelten den Kopf. Etwas an Beccas zufriedenem Gesichtsausdruck brachte Juli in Hab-Acht-Stellung.

»Macht das am besten gleich!«

»Was mit mir besprechen?«, fragte Juli, doch Markus war bereits aus der Tür.

Becca reckte sich und bog die Wirbelsäule ins Hohlkreuz.

Sie ist ein Sitzzwerg, dachte Juli, nicht ohne einen Hauch Freude an dem kleinen Makel, der ihr bisher entgangen war.

»Ich werde die Leitung des Projekts übernehmen.«

»Wieso?« In Julis Kopf rauschte es. »Es ist mein Kunde«, sagte sie langsam.

Rebecca sah ihr in die Augen ohne die geringsten Anzeichen von schlechtem Gewissen. »Nicht mehr. Der Kunde wollte Klarheit, und die haben wir ihm gegeben.«

»Es war überhaupt nichts unklar.«

Rebecca suchte Basti mit einem Ist-sie-so-naiv-Blick, doch er stierte weiter auf seinen Bildschirm.

»Keine Ahnung, Juli.« Sie zog ihre perfekt geformten Schultermuskeln zu den Ohren. »Am Freitag war das große Event-Kick-Off – und ich kann dir sagen, wir hatten einige Unklarheiten zu beseitigen …« Sie lachte süffisant. »Du hast in der Zeit wahrscheinlich gerade Chianti gesoffen.«

Juli starrte sie an. Sie dachte daran, wo sie Freitag gewesen war und mit wem sie tatsächlich Rotwein getrunken hatte. Nur tat das hier nichts zur Sache, rein gar nichts. Sie wandte den Blick zu ihrem Ex-Freund. »Wir reden von einer Weihnachtsfeier. Das Kick-Off war für nächsten Monat geplant.«

»Es wurde vorgezogen«, sagte Basti. »Das wollte ich dir in Italien eigentlich sagen.«

Juli wurde heiß. »Hast du aber nicht.«

Basti zuckte mit den Schultern. »Hätte es einen Unterschied gemacht?«

Juli schwante plötzlich, was passiert war. Sie hatte Bastis Geste nicht ganz so romantisch aufgenommen, wie von ihm selbstverständlich erwartet, hatte ihn nach seinem Macho-Verständnis frech abblitzen lassen. Und da hatte er eben seinen persönlichen Racheplan entwickelt, mit Rebecca in der Hauptrolle, deren eifriger Ehrgeiz ihm während ihres Techtelmechtels kaum verborgen geblieben sein konnte. Juli wurde übel angesichts einer so erbärmlichen Motivation, bei der weder das Wohl ihres Kunden noch die Zuneigung zu der Frau, mit der er die letzten zehn Jahre verbracht hatte, von Belang war.

»Hast du Becca ins Spiel gebracht?«, fragte sie heiser.

»Es gab Ärger, weil die Location im Arsenale abgesagt hat – jemand musste sich schnell kümmern«, murmelte er.

Kümmern. Aber nicht das Projekt stehlen. Juli ließ ihn nicht aus den Augen. »Es ist mein Konzept. Das weißt du. Venedig war meine Idee. Es sind meine Kontakte.« Sie griff nach ihrem Handy. »Ich werde meinen Kunden anrufen«, sagte sie.

Mit gekräuselter Geiernase schüttelte Becca den Kopf. »Mmhm, keine gute Idee«, sagte sie. »Markus hat das neue Team schon abgesegnet und *dein* Kunde am Freitag auch.« Sie lächelte süffisant. »Mach dir nichts draus. Anscheinend war es dein Urlaub ja wert.«

Basti sah aus dem Fenster, die Augen auf die gegenüberliegende Sechzigerjahrefassade gerichtet, als wäre es der Horizont der Sierra Nevada. *Eure Probleme,* sagte dieser Blick, *sind weit unter der Würde eines Kreativchefs.*

Urplötzlich legte sich Julis Wut, als hätte jemand die Herdplatte abgestellt. Fühlte sie sich gerade schlecht, weil sie in Urlaub gefahren war? Zum ersten Mal seit drei Jahren. Kämpfte sie gerade verbissen um die nächsten Monate Wochenendarbeit? Darum, dass der selbstverliebte Chef der Firma Heinemann sich kurz vor Weihnachten von seinen Mitarbeitern feiern lassen konnte, während sie mit letzter Kraft dafür sorgen würde, dass das Feuerwerk genau im richtigen Moment startete? Darum, dass der Kreativdirektor wie üblich die Lorbeeren – inklusive möglicher Gehaltserhöhung – einheimsen würde, während sie die Drecksarbeit machte? Sie verzog die Mundwinkel zu dem süßesten Lächeln, das sie fertigbrachte, und hob die Hände. »Okay. Ganz wie ihr meint.«

»Gut.« Zähnebleckend versuchte Rebecca erst gar nicht, ihren Triumph zu verbergen. »Dann lass uns nachher gleich die Übergabe machen!«

*

Juli saß auf dem Sofa, den Laptop auf den Knien. Ohne den Blick vom Bildschirm zu nehmen, tastete sie in Richtung Boden und riss ein Stück Pizza aus dem Karton. Der warme Duft nach Teig und Italien war das einzig Gute daran. Energisch schob sie die Erinnerungen weg und konzentrierte sich auf das, was sie zurück ins Jetzt brachte: an die zweihundert ungelesene E-Mails. Es waren lediglich die, die Sandra als *wichtig* empfunden hatte und die heute Abend noch weiterbearbeitet werden wollten, bevor morgen das neue Pensum hereinprasselte. Doch Juli kam nur im Schneckentempo voran. Immer wieder jagten ihre Gedanken zurück zu Basti, der das letzte Mal, als sie dieses Büro betreten hatte, noch ihr Freund und wahrscheinlich zukünftiger Vater ihrer Kinder gewesen war. Und zu Rebecca, in der sie, wenn nicht eine Freundin, dann zumindest eine loyale Kollegin gesehen hatte.

Die unerklärliche Kaltschnäuzigkeit, mit der Juli das Meeting heute beendet hatte, hatte sich so schnell verflüchtigt wie der Zauber einer brennenden Wunderkerze – befeuert von Erinnerungen an die zurückliegenden Erlebnisse, die ihr für eine Sekunde so viel wichtiger erschienen, als wer welchen Kunden pampern durfte. Als sie sich später von Rebecca bei der Übergabe – deren Ton eher einer feindlichen Übernahme ähnelte – ihre Arbeit der letzten Monate wie die Butter vom Brot hatte nehmen lassen, wäre sie ihrer Kollegin am liebsten an die Gurgel gegangen. Doch sie hatte klein beigegeben, sich mit zusammengebissenen Zähnen den ganzen Tag von Mail zu Mail gehangelt, sich auf Budgetzahlen, Termine und Next Steps neuer Projekte gestürzt und den Laptop schließlich auch noch mit nach Hause geschleppt – wohlweislich, denn E-Mails waren allemal besser als gar keine Gesellschaft.

Juli angelte sich ihre Wolldecke mit den Füßen und kuschelte sich hinein, rollte sich wie ein Embryo um das Gerät. Sie fröstelte schon den ganzen Tag. Langsam verschwammen die Buchstaben vor ihr. Eine Träne bahnte sich ihren Weg aus den müden Augen. Sie schlug mit der Faust den Laptopdeckel zu. Nebenan hörte sie das Tellergeklapper ihrer Nachbarn Nadja und Peter auf dem Balkon. Lilli, ihrer drei Jahre alten Tochter, schmeckte das Essen wohl nicht, doch kühl schien niemandem von ihnen zu sein. Vielleicht sollte Juli einfach bei ihnen klingeln, sich zurückmelden und fürs Blumengießen bedanken. Doch ihr war nicht nach Erzählen – und Erklären.

Aus einem Impuls heraus kramte sie nach dem Handy und wischte über das Display. Die Nummer war die letzte unter den Favoriten. Sie zögerte kurz, dann legte sie ihren Finger darauf.

»Peters?«

»Mama?«

»Juli! Wie geht's dir? Warst du nicht im Urlaub?«

»Ja. Doch. Ich bin seit Samstag zurück.«

»Und, wie war's?«

Juli atmete aus. Sie war dankbar, dass ihre Mutter – obwohl sie allen Grund gehabt hätte – sich niemals beschwerte, wenn ihre Tochter nach Wochen der Funkstille plötzlich das Bedürfnis verspürte, sie anzurufen. »Kann ich vielleicht morgen Abend vorbeikommen, Mama? Dann erzähl ich dir davon.«

* * *

Es waren kaum fünfundzwanzig Minuten nach Vaterstetten, doch der Weg erschien Juli jedes Mal wie eine Weltreise. Von der Hauptstraße führte die erste Abzweigung nach dem Ortsschild direkt in die kleine Reihenhaussiedlung, in der ihre Eltern vor fünfundzwanzig Jahren ein Haus am Reißbrett erworben hatten. Der Bauprozess war eine der glücklichsten Zeiten ihrer Familie gewesen. Nie wieder hatte es sich so angefühlt, wie als sie zu dritt über dem Grundriss gebrütet, regelmäßig *Köttbullar* bei Ikea gegessen und über die ersten grünen Spitzen des neuen Rasens im Garten gejubelt hatten.

Sie stapfte über die Waschbetonfliesen, vorbei an den über-schwänglich rosa blühenden Pfingstrosen. An der Ein-gangstür hing ein frischer grüner Kranz, umwickelt mit einer karierten Schleife. Juli drückte auf die Klingel und kaum eine halbe Minute später riss Maria die Tür auf. »Juli. Wie schön.« Lächelnd breitete sie die Arme aus. Sie roch intensiv nach Rosen, doch alles andere wäre wohl besorg-niserregend gewesen. Ihre Mutter gab es nur in dieser Blu-menwolke, und für einen Moment überließ Juli sich gerne ihrer überschwänglichen Umarmung.

»Komm rein«, sagte Maria, als sie losließ. »Ich habe Apfel-kuchen gebacken.«

Die gewohnt stickige Luft schlug Juli entgegen, doch darin hing der unwiderstehliche Duft von frischem Teig. Sie schlüpfte aus den Sneakers, platzierte sie in die Reihe der anderen ordentlich aufgereihten Schuhe und ignorierte das glänzend schwarze Herrenpaar ganz außen. Aus der Küche dudelte ein italienischer Schlager. War das jetzt Absicht oder ein verrückter Zufall? Sie lief weiter ins Wohnzimmer.

»Setz dich schon, ich hol gleich Tee und Kuchen«, sagte Maria hinter ihr.

»Für mich lieber Kaffee. Wenn's geht«, erwiderte Juli, während sie innerlich die Augen verdrehte über den ewig gleichen Wortwechsel. Doch vielleicht kam sie einfach zu selten her, als dass ihre Mutter sich hätte merken können, dass sie noch immer keine Teetrinkerin war.

»Ach ja!« Das übliche *Um-diese-Zeit-noch* ersparte Maria ihr heute.

Juli öffnete die Terrassentür. Dann ließ sie sich in das abgewetzte, beige Ledersofa fallen, das irgendwann einmal der letzte Schrei gewesen war. Der kleine Tisch davor war liebevoll gedeckt. Im Stövchen brannte bereits das Teelicht, und auf beiden Tellern steckten Gänseblümchen in den Kuchengabeln auf den gelben Papierservietten. Juli stibitze einen Keks aus der kleinen Silberschale, dann lehnte sie sich zurück und ließ den Blick über das Bücherregal schweifen, den unangefochtenen Blickfang des Wohnzimmers. Die vor den Büchern drapierten, unzähligen Fotos und Gruß-karten zu betrachten, war wie ein Schnelldurchgang durch die Lebensphasen einer vermeintlich glücklichen Familie. Allein Juli konnte nicht umhin, selbst beim flüchtigen Hin-schauen jedes einzelne der Erinnerungsstücke in *davor* und *danach* einzuordnen. Ihr Unterbewusstsein machte das auto-matisch – wie eine Polizeikommissarin. Die Scheinheiligkeit dieser Fotogalerie war für Juli mit ein Grund für ihre latente Abneigung gegen dieses Haus, das sie seit ihrem Auszug mit achtzehn nur besuchte, wenn es unbedingt sein musste. Ein plötzlicher Impuls ließ sie aufspringen und ans Regal treten. Zum ersten Mal seit vielen Jahren nahm sie ein Foto in die Hand, das aus San Vincente, das Elena und sie mit beiden El-ternpaaren vor der *Casa Vista Blu* zeigte. Jahrelang hatte Juli dieses Bild gehasst, war ihr das Strahlen der sechs Menschen darauf jedes Mal, wenn sie es ansah, wie ein Dolch in die Brust gefahren. Sie hatte nie verstehen können, warum ihre Mutter dieses verdammte Foto nicht vernichtet hatte.

Maria kam ins Zimmer, ein riesiges Tablett in den Hän-den, auf dem der knusprige Apfelkuchen, eine dicke Tee-kanne und die Kaffeetasse um die Wette dampften. Wie ertappt stellte Juli das Bild zurück und schob sich zurück auf die Couch. »Ich war in San Vincente«, sagte sie.

»Ach, wirklich?«, sagte Maria und reichte ihr die Espressotasse. Italienischer Lebensstil wurde weiterhin großgeschrieben im Hause Peters. »Und wie war's?«

»Gut.« Juli versenkte ihre Nase im Kaffee und bemühte sich, ihre Gefühle zu sortieren.

Ihre Mutter goss sich Tee ein, verteilte den Kuchen, dann sah sie Juli mit ihren blauen Augen neugierig an. »Erzähl mal. Du hast gar nichts gesagt.«

Juli nahm ein Stück Kuchen. Er zerfiel auf der Zunge, warm und süß. »Es war schön«, sagte sie. »Heiß. Fast wie im Sommer.«

»Ach, ja?« Maria lächelte. »Ja, das ist es in Apulien manchmal um diese Jahreszeit.«

Im Garten hämmerte ein Specht.

»Warum hast du Papa damals nicht verlassen?« Die Frage kam direkt aus Julis Unterbewusstsein, wo sie jahrelang gelegen und vor sich hin geschimmelt hatte. Jetzt hatte sie es endlich geschafft, die wohl etwas müden Kontrollinstanzen zu umgehen. Juli war überrascht, aber irgendwie dankbar.

»Weil wir uns geliebt haben.« Die Antwort kam prompt. Ohne den Wimpernschlag einer anderen Möglichkeit.

Juli fragte sich, ob es die Wahrheit war. Oder ob ihre Mutter sich nie eine andere erlaubt hatte, bis heute nicht. In den frischen Teig in ihrem Magen sickerte vertraute Wut. Der wohlbekannte Zorn darüber, dass niemand niemals auch nur für einen Moment daran gedacht hatte, dass Juli ein Recht auf die *echte* Wahrheit haben könnte. Ihre Mutter nicht und genauso wenig ihr Vater. Sie waren sich immer einig gewesen hinter ihrer verdammten Fassade des Schweigens – von dem Moment an, als sich die Wagentüren am

Morgen ihrer verfrühten Abreise damals geschlossen hatten. Und Juli hatten sie allein gelassen. Mit ihrer Erinnerung, ihren Fragen und ihrem Unverständnis.

»Wie geht es den Brunis?«, fragte ihre Mutter in die Stille.

Juli starrte sie an. »Elena hat das Hotel übernommen. Ihr Vater ist dement«, sagte sie mechanisch. »Er hat mich nicht erkannt.«

»Oh. Das ist traurig.«

»Ja. Und sehr anstrengend für Elena.«

Maria nickte. Dann sah sie Juli wieder in die Augen. »Und Marina … Signora Bruni?«

Juli zuckte die Schultern. »Keine Ahnung. Sie lebt in Mailand.«

Maria nickte immer noch, tief in Gedanken. »Ich weiß, wie schwer es dir immer noch fällt, es zu verstehen.« Sie lächelte liebevoll. »Aber ich habe mit dieser Geschichte vor vielen Jahren abgeschlossen. Und Papa hat es auch. Wir waren uns sehr nah. Danach näher denn je, seltsamerweise.«

Juli spürte den Druck auf ihrer Brust, das Gefühl, keine Luft zu bekommen. Sie dachte an die Bank, an das Stöhnen, an den romantischen Mond. »Ich weiß«, sagte sie. »Aber ich nicht. Ich konnte es einfach nicht.«

Maria nickte. »Und das ist in Ordnung. Es war auch für Papa in Ordnung.«

Juli atmete aus. Sie verscheuchte eine Fliege vom Kuchen, atmete wieder ein. »Basti hat mich betrogen. Ich habe mich von ihm getrennt«, sagte sie schließlich.

Zu ihrer großen Überraschung verzog sich Marias Mund zu einem breiten Lächeln. »Wie gut«, sagte sie. »Das ist richtig gut!«

Juli runzelte die Stirn.

Maria bemühte sich noch nicht einmal, ihre Begeisterung zu verbergen. »Es tut mir leid, dass dir das passiert ist«, sagte sie, »aber Bastian …«, sie nahm die Hände im Gebet zusammen und rollte die Augen. »Ich konnte nie verstehen, was du an ihm findest. Außerdem …«, ihr Gesicht wurde ernst, »wenn ich ehrlich bin, überrascht es mich auch nicht, was du erzählst. Er ist ein selbstverliebter Gockel, Juli.« Sie legte den Kopf schief. »Er passt gar nicht zu dir.«

Juli schnappte nach Luft. »Und das sagst du mir jetzt?«

Maria zuckte mit den Schultern. »Bisher hat dich meine Meinung nicht sonderlich interessiert. Noch Kuchen?« Ohne Julis Antwort abzuwarten, legte sie ihr ein weiteres Riesenstück auf den Teller und klatschte mit Schwung Sahne darauf.

Juli stöhnte, aber widersprach nicht.

»Und jetzt?«

»Keine Ahnung«, seufzte sie. »Es ist alles so – verkorkst.« Sie verspürte plötzlich das dringende Bedürfnis ihrer Mutter von Ruben zu erzählen. Doch es war genug für heute.

»Vielleicht solltest du mal die Stadt wechseln.«

»Wie meinst du das jetzt schon wieder?«

»Na ja. Du bist fünfunddreißig. Du hast dein Leben lang in München gelebt. Ich mein ja nur.«

»Weil du so viel in der Welt herumgekommen bist?«

»Weil ich es *nicht* bin!«

Juli konnte kaum fassen, was ihre Mutter da sagte. Dass sie genau den Gedanken aussprach, der seinen Weg heute in den frühen Morgenstunden in Julis Kopf gefunden hatte. Sie sprang auf. »Danke Mama.«

Maria lächelte. »Wofür?«

»Für den Hinweis. Und den Kuchen.« Juli küsste Maria auf die noch erstaunlich braunen Haare. »Und für alles«, murmelte sie.

Maria erhob sich. »Das war ja ein kurzer Besuch. Sehen wir uns bald wieder?«, fragte sie an der Tür, so wie jedes Mal.

»Klar«, sagte Juli und winkte zum Abschied mit dem ungewohnten Gefühl, dass sie es ernst meinte.

Noch im Auto zog sie ihr Handy aus der Tasche und scrollte durch die Liste ihrer alten Anrufe. Als sie gefunden hatte, was sie suchte, wäre ihr das Telefon fast aus der Hand gefallen vor lauter Aufregung. Sie starrte auf die Nummer und versuchte, die feurige Diskussion in ihrem Kopf zu schlichten. War es völlig verrückt, sich von den Worten ihrer Mutter inspirieren zulassen – einer Sechzigjährigen, die sich anmaßte, ihrer Tochter, mit der sie kaum Kontakt hatte, Ratschläge zu geben? Sollte sie nicht warten, bis das Schneegestöber sich legte und der Alltag seine normale Form angenommen hatte, anstatt hier Hals über Kopf die Pferde scheu zu machen? Wahrscheinlich war es sowieso zu spät, und sie machte sich grundlos verrückt, also … Sie drückte auf die Nummer. Als es tutete, klopfte ihr Herz so heftig, dass sie kaum atmen konnte.

»Berger?«

Juli schluckte ihre Zweifel hinunter. »Hallo Frau Berger, hier ist Juli Peters. Erinnern Sie sich? Wir hatten vor zwei Wochen telefoniert.«

»Frau Peters! Aber natürlich erinnere ich mich. Sehr schade, dass ich Sie nicht überzeugen konnte.«

»Also. Es ist so.« Juli holte Luft. »Ich habe mich gefragt, ob ihr Kunde noch interessiert wäre. Denn bei mir haben sich inzwischen ein paar Dinge verändert.«

KAPITEL 24

Ruben

Auf dem Boden leuchtete der Apfel auf Katis geöffnetem Laptop, daneben verbreiteten die Reste eines indischen To-Go-Currys ihren nicht mehr ganz so verführerischen Duft. Ruben setzte sich an den Tisch und streckte die Beine von sich.

»Und, wie war dein Tag?« Kati knallte ihm den halb vollen Rotwein von gestern vor die Nase.

Ruben zuckte mit den Schultern, während er die Flasche entkorkte und zwei Gläser füllte. Er bemühte sich zu ignorieren, dass Katis munterer Tonfall in etwa so gut zu ihrem Gesichtsausdruck passte wie die feuerrot manikürten Fingernägel zu ihrer verwaschenen Haremshose.

»Sprechstunden-Montag. Anstrengend. Und bei dir?«, sagte er, ohne sie anzusehen.

»Viertausendachthundert Worte. Eine neue Leiche. Läuft gut.« Kati schnappte sich die braune Pappschale vom Fußboden. Auf dem Weg zum Tisch pickte sie irgendetwas Gelbes heraus. »Hast du gegessen?«

Ruben schielte zur Decke.

Kati seufzte. »Alter. Wie soll das weitergehen?« Sie nickte in Richtung Küche. »Es gibt noch frisches Brot …«

»Danke.« Er schüttelte den Kopf.

Kati suchte in ihrem Handy nach der passenden Musik. Sie ließ sich Zeit, signalisierte unmissverständlich, dass sie von ihm erwartete, das Gespräch in Gang zu bringen.

»Und, wie geht's Sarah? Will sie nicht bald mal herziehen?«, fragte Ruben.

Kati runzelte die Stirn. »Ruben.« Sie beugte sich zu ihm mit dem liebevoll besorgten Blick einer Kindergärtnerin. »Was machst du schon wieder hier? Es ist das dritte Mal diese Woche. Ich – will mich echt nicht einmischen, und ich trinke immer gern ein Glas mit dir, nur –«

»Genau!«, unterbrach sie Ruben. »Also Prost. Auf diesen Bombensommer.« Ihm war klar, dass er seiner besten Freundin dringend eine Erklärung schuldete. Nur wusste er beim besten Willen nicht, was er ihr sagen sollte. Er wusste ja selbst nicht einmal, warum er Abend für Abend im dritten Stock haltmachte, während seine Aversion, die eine Treppe weiter hochzusteigen und Glücklich-vereinte-Familie zu spielen, jedes Mal ein Stück größer wurde.

Kati erwiderte sein Lächeln gequält. »Es ist Frühling. Und wieso bist du nicht zu Hause bei deiner Tochter? Ich meine, anscheinend hast du deine Arbeitszeiten ja neuerdings ganz gut im Griff. Aber wenn du schon zu einer halbwegs zivilen Zeit aus der Klinik kommst, wieso hängst du dann dauernd bei mir ab?«

Ruben stierte in den Rotwein, nahm einen Schluck. »Hmm. Das Stehen tut dem Primitivo gut. Findest du nicht auch, dass er noch besser schmeckt als gestern?«

Kati verdrehte die Augen.

Sie würde keine Ruhe geben. Trotzdem nahm Ruben

einen weiteren Schluck und platzierte sein Glas in Zeitlupe zurück auf den Tisch. Als sie ihn immer noch nicht aus den Augen ließ, platzte er heraus. »Es ist einfach eine Katastrophe.«

»Dachte ich mir fast«, sagte Kati ungerührt. »Was genau?«

»Alles.« Er suchte nach einer milderen Ergänzung für die Beschreibung des Zustands, in dem er sich seit Matildas Entlassung aus dem Krankenhaus befand. Und er spürte den Widerwillen, überhaupt darüber zu sprechen, wie einen Knoten in der Luftröhre. Was sollte das Gerede bringen? Er war verzweifelt. Okay. Doch jede Erörterung der Situation würde ihm nur noch bewusster machen, wie ausweglos sie war. Er hatte Matilda etwas versprochen. Er würde sein Versprechen halten. So einfach war das. »Alex und ich können keine zehn Minuten im selben Raum sein, ohne uns an die Gurgel zu gehen«, sagte er schließlich. »Und in der Klinik schonen sie mich immer noch. Ich werde um sieben vom Chef persönlich verabschiedet.« Er zog eine Grimasse, dann bemühte er sich um ein nonchalantes Lächeln. »Also muss eben meine beste Freundin herhalten … Ich hoffe, das ist okay für sie«, setzte er nach einer Pause leise hinzu.

Kati schwieg. Schüttete Rotwein nach. Skippte zum x-ten Mal den laufenden Song.

Das Gefühl, dass mehr in der Luft lag als die Anzahl seiner Besuche, verdichtete sich in Rubens Brust.

»Es ist Matildas größter Traum«, fuhr er fort. »Also – gebe ich mir Mühe zurechtzukommen.« Er versuchte, Katis Gesichtsausdruck zu lesen, die seinem Blick mit zusammengekniffenen Lippen hartnäckig auswich. »Verrätst du mir trotzdem, was du denkst?«

Abrupt sprang sie auf, lief zum Fenster und öffnete es. Die milde Luft strömte in das kühle Altbauzimmer. Irgendwo bimmelte die Straßenbahn. Das tatsächlich sommerliche Stimmengewirr auf der Kastanienallee machte Ruben bewusst, wie absurd es war, hier drinnen zu sitzen, während Alex den lauen Abend oben auf seiner Dachterrasse genoss.

»Kati?« Ihr Schweigen machte ihn ganz kirre. Als fehlten ihr die Worte, als suchte sie fieberhaft nach der passenden Formulierung. Kati, die Wortakrobatin, der die Sätze normalerweise noch schneller aus dem Mund als aufs Papier purzelten. Die einen Dreck darauf gab, ob das, was sie sagte, wohl überlegt oder politisch korrekt war. »Kommt da heute noch was?«, fragte er zunehmend verunsichert.

»Seid ihr eigentlich – zusammen?«

»Wieso?« Ruben versuchte ihren Blick zu erhaschen, der rastlos durchs Zimmer wanderte, als sei sie intensiv damit beschäftigt, ihre Wohnzimmereinrichtung zu überdenken. »Nein. Sind wir nicht«, sagte er. »Aber Matilda hofft darauf.«

»Und – wie ist es mit dir?«

Ruben erhob sich. Lief zu ihr ans Fenster, in der Hoffnung, dass mehr körperliche Nähe auch dem Gespräch die ungewohnte Distanz nehmen würde. Er lehnte sich neben sie an die Fensterbank. »Sag mal, was soll das?«, fragte er. »Du redest wie eine Fremde. Dabei weißt du ganz genau, wie schwer es für mich ist. Von Italien habe ich dir auch erzählt … Also, bitte, verrätst du mir einfach, was du denkst?«

Kati drehte sich zu ihm. »Ich habe sie ein paar Mal gesehen. Alex, meine ich.«

Ruben horchte auf. »Ach so?«

Aus der kurzen Entfernung sah sie ihm eindringlich in die Augen. »Mittags. Im *Daluma*.«

Das war das Café, in dem Kati manchmal aushalf. »Ja? Und?« Ruben verstand nicht. »Alex arbeitet noch nicht wieder.«

»Sie war nicht allein.«

In Rubens Brust begann es zu pochen. Er hatte plötzlich nicht mehr die geringste Lust, Kati weiter Würmer aus der Nase zu ziehen.

Doch jetzt fuhr sie von selbst fort: »Sie saßen hinter den Bananenstauden, weißt schon, ganz hinten in der Ecke, Alex mit dem Rücken zu mir. Aber, na ja, sie ist ja – nicht zu übersehen.«

Ruben nickte mit trockenem Mund.

»Also versteh mich nicht falsch. Sie haben nur geredet. Sonst nichts. Ich dachte nur … weil es immer der gleiche Typ war, solltest du es wissen.«

»Wie sah er aus?«

»Blond, längere Haare, andere Klamotten als sie. Und irgendwie jünger. Und seine Nase – hat was von einem Habicht.«

»Torsten«, sagte Ruben ruhig. Er trank den letzten Schluck Rotwein, spürte den kühlen Stein des Fensterbretts an seinen Oberschenkeln.

Kati drehte sich zu ihm. »Shit. Das hab ich befürchtet. Tut mir so leid.«

Er konnte spüren, wie sie zögerte, ihn in den Arm zu nehmen.

»Muss es nicht.« Ruben drückte sanft ihre Hand. »Muss es echt nicht.« Er versuchte seine Gefühle zu sortieren. Sah

Katis Sorge im Augenwinkel, während im schwindlig wurde von der plötzlichen Klarheit, die in seinen Geist schwappte.

»Ruben?«

Er hielt immer noch ihre Hand. Jetzt sah er ihr endlich in die Augen. »Danke«, sagte er. »Das ist genau das, was ich gebraucht habe.« Er schluckte hart. Doch der Knoten in seiner Kehle hatte sich aufgelöst.

*

Es roch nach den Resten von mexikanischem Essen. Alex machte ständig Nachos oder Quesadillas oder Tacos. Sie gab sich größte Mühe, ihren selbstauferlegten neuen Mutterpflichten nachzukommen. Und Matilda war begeistert. Sie hätte sich auch von Grießbrei ernährt, solange er nur von ihrer Mutter zubereitet worden wäre.

Ruben streifte die Schuhe ab, warf seine Tasche in die Ecke und lief gleich weiter zu Matildas Zimmer. Durch den Türspalt leuchtete nur noch das sanfte Rosa des Nachtlichts. Das schlechte Gewissen sauste in seinen leeren Magen. Wie feige er war. Dank seiner Feigheit verpasste er es seit Tagen seiner Tochter Gute Nacht zu sagen. Vorsichtig stieß er die Tür auf. Er bewegte sich auf Zehenspitzen, um nicht auf irgendein Stofftier zu treten. Matilda lag entspannt auf dem Rücken, die beiden überdimensionalen Stoffhunde saßen zu ihren Füßen. Als er näher kam, schlug sie die Augen auf.

»Papa!«

Selbst im Halbdunklen konnte er das müde Strahlen erkennen und es schickte ihm eine Mischung aus Schmerz und Glückseligkeit ins Herz.

»Ich wollte dich nicht wecken, mein Schatz.« Er küsste sie auf die Stirn. »Ich hab dich lieb.«

»Ich dich auch«, murmelte sie und drehte sich zur Seite.

Er küsste sie erneut, dann verließ er leise das Zimmer.

Alex saß auf der Couch. Sie trug einen schmalen Rock, und der eine Träger ihres zitronengelben Tops war ihr von der Schulter gerutscht. Ihre knochigen Schlüsselbeine stachen ihm ins Auge. Ruben hatte Alex nicht nackt gesehen, seit sie eingezogen war. Jetzt erschreckte es ihn, wie abgemagert sie war. Als er näherkam, hob sie den Kopf vom Laptop, der auf den makellosen Beinen lag und schob sich die markante Lesebrille ins Haar. Sie sah aus wie einem Modefoto entsprungen, und einmal mehr fiel es Ruben schwer, sich die perfektionistische Alex mit dem Weltenbummler Torsten vorzustellen.

»Wo warst du?« Sie klappte den Laptop zu und strich sich ihre rote Mähne aus dem Gesicht. Ihre katzengrünen Augen flackerten.

»In –«, Ruben schluckte das *der Klinik* herunter. »Bei Kati«, sagte er stattdessen. Keine Lügen mehr.

Alex kniff die Augen zusammen. »Tja, das musst du mir erklären. Du ziehst es vor, deine Zeit bei deiner Freundin zu verbringen, statt mit mir und deiner Tochter zu Abend zu essen?« Sie schüttelte den Kopf und schob ihr Top zurecht. »Anscheinend habe ich was verpasst.« Ihre Stimme schrillte in seinem Ohr. Er ließ sich in den Sessel ihr gegenüber fallen, rutschte dann zurück auf die Kante und lehnte sich in ihre Richtung. »Du hast recht. Es tut mir leid.«

Ein Lächeln erschien auf ihren Lippen. Sie war überrascht, dass er so schnell einlenkte. Zufrieden öffnete sie den

Laptop erneut. »Verstehen muss ich das nicht.« Sie schob die Brille auf die Nase. »Aber bitte, ich möchte nicht mit dir streiten.« Sie vertiefte sich zurück in ihren Bildschirm. »Es sind noch Reste vom Chili auf dem Herd – falls Kati nichts gekocht hat.«

»Alex, ich würde gerne mit dir reden.«

Erstaunt klimperten die Wimpern über ihrer Hornbrille. »Okay …?«

»Ich glaube nicht, dass es funktionieren wird. Das mit uns.«

Alex Gesicht zeigt keine Regung. Sie war eine unglaublich beherrschte Frau, die selten die Kontrolle über ihre Gefühle verlor. Das hatte sie zu einer hervorragenden Anwältin gemacht. Wenn er es sich recht überlegte, hatte er sie überhaupt nur einmal außer Fassung erlebt. Damals, als sie Matilda und ihn verlassen hatte.

»Meinst du nicht, es ist ein bisschen früh, das zu beurteilen?«, fragte sie schließlich mit fester Stimme.

»Du triffst dich mit Torsten.«

Die Kontrolle entglitt ihr. Er sah es am hektischen Flattern ihrer Wimpern und den roten Flecken, die ihren blassen Hals hinaufwanderten wie eine allergische Reaktion.

»Wie kommst du darauf?«, ächzte sie.

»Lass uns bitte nicht unnötig Versteck spielen, Alex. Ihr trefft euch im Café. Man kann euch sehen.«

»*Man?*«

»Kati.« Er beobachtete ihre Brust, die sich hob und senkte, und wartete auf ihre Erklärung.

Sie holte hörbar Luft »Ja. Okay. Wir haben uns ein paar Mal gesehen.«

»Das heißt, er ist zurück in Berlin?«

»Seit einer Woche.« Ihr flammendes Gesicht war ein einziges Flehen.

»Du kannst nicht ohne ihn. Hab ich recht?«

»Ich habe es versucht.«

Er schwieg, hin- und hergerissen zwischen seinem Mitgefühl, weil ihn Alex' Verzweiflung trotz allem ungewöhnlich berührte, und heftiger Wut, weil sie diejenige gewesen war, die all das hier forciert hatte. Sie hatte Matilda überhaupt erst eingeredet, dass ihre Eltern wieder zueinanderfinden könnten, ohne ihn nach seiner Meinung zu fragen. Und natürlich hatte sie damit gerechnet, dass er Matilda ihren größten Wunsch nicht verweigern würde.

»Sag doch was, Ruben. Bitte.« Wasser stand in ihren Augen, grün wie die Brandenburger Seen. Er starrte hinein und ertappte sich bei dem Gedanken, dass ihm nie bewusst gewesen war, wie selten sie weinte. Plötzlich verspürte er den Drang, sie in den Arm zu nehmen und an sich zu drücken. Doch trotz ihrer fühlbaren Verzweiflung strahlte Alex auch die übliche Distanz aus, die seinen Impuls im Keim erstickte. Waren sie sich eigentlich jemals wirklich nah gewesen? Alex war eine Einzelgängerin. So wie er. Und die Vorstellung, dass sie genau deshalb gut zusammenpassten, war ein Trugschluss. Wie sollte aus Distanz hoch zwei Liebe entstehen? Schon eine gute Beziehung zwischen ihnen war ein Kraftakt, der sie beide auslaugte. Ruben hatte geahnt, dass Alex in Torsten denjenigen gefunden hatte, bei dem sie sich fallenlassen konnte. Es schmerzte nicht länger. Weil sein Herz einfach nicht mehr bereit war, Kompromisse einzugehen. Nie wieder würde es sich mit weniger als hundert Prozent zufriedengeben. Er hatte es nur bis zu diesem Moment nicht realisiert. »Und jetzt?«, fragte er.

Alex wischte sich über die Augen. »Ich weiß es einfach nicht«, sagte sie leise.

Ruben stand auf, setzte sich neben sie und legte beide Arme um sie. Sie ließ den Kopf an seine Brust sinken, doch er spürte ihren Widerstand. Er streichelte über ihre weichen Haare. Wie lang hatte er sich danach gesehnt, ihr wirklich nah zu sein? Womöglich seit dem Tag, an dem er sie kennengelernt hatte. Er ließ sie los und sah ihr tief in die wunderschönen Augen. »Matilda wird es verstehen. Wenn nicht jetzt, dann irgendwann.« Er atmete aus. »Ich hoffe es zumindest.«

KAPITEL 25

Juli

Je länger die Fahrt dauerte, desto bewusster vermied Juli den Blick auf das Taxameter. War denn in Berlin alles eine Weltreise? Nur eben von Mitte nach Kreuzberg fühlte sich an wie einmal quer durch München. Wie ein Dorfkind drückte sie die Nase ans Fenster, um so viel wie möglich zu sehen, aufzusaugen und daraus ein Gefühl zu entwickeln, ob dieses erste Date mit Berlin Potenzial für mehr als eine Nacht hatte. Sie stalkte diese Stadt, warf die Augen in jeden Winkel, nutzte lange Ampelphasen, um nach Anhaltspunkten zu suchen, die ihr bei dieser schweren Entscheidung hilfreich sein konnten. Lag ihre Mutter richtig mit ihrer Ansicht, dass es mit Mitte dreißig höchste Zeit war, endlich die Heimat zu verlassen, die ewige Komfortzone, die doch eigentlich sowieso keine mehr war? War es nicht schon unkomfortabel genug, nach zehn Jahren plötzlich ungewollt Single zu sein? Musste man auch noch gleich die Stadt wechseln?

Juli kannte Berlin nur aus Filmen und aus Erzählungen. Unzählige Male hatte sie bereits in ein bestürztes Wie-du-warst-noch-nie-in-Berlin-Gesicht geblickt und sich gefühlt, als telefonierte sie noch vom Festnetz. *Du würdest es lieben!* Würde sie? Im Moment überwog das Gefühl, verloren zu gehen in dieser riesigen Stadt, die nicht annähernd so einladend daherkam wie ihre Heimat. Die keine Berge hatte und deren See bestenfalls Assoziationen an Nachkriegsfilme weckte. Schlappe tausend Kilometer bis nach Italien – ob das zur Liebe taugte? Und dann war da noch die Sache mit den Berlinern. Sie kannte genau zwei. Nummer eins war dabei, nach Italien auszuwandern, um eine Familie zu gründen, und die Möglichkeit, Nummer zwei zufällig zu begegnen, eher ein triftiger Grund, auch weiterhin einen großen Bogen um die Hauptstadt zu machen.

Je länger die Fahrt dauerte, desto lauter grummelte Julis Magen, desto wirrer stolperten ihre Gedanken durcheinander. Erinnerungen an die letzten Wochen blitzen plötzlich durch Zukunftsbilder wie Stroboskope in einem Technoclub. Wie sollte sie so Klarheit bekommen? Juli beschwor das Gefühl herauf, das noch frisch knapp unter ihrer Verwirrung schwebte: Als sie vorhin den ersten Schritt in das Agenturgebäude gesetzt hatte, dessen schmaler Glasbau eingeklemmt zwischen Berlin Mittes schicken Läden und Cafés lag, hatte die Vorstellung an diesem Ort womöglich in einigen Wochen ein- und auszugehen, ein leichtes Prickeln hervorgerufen, aus dem im folgenden Gespräch sprudelnde Begeisterung geworden war. Eva, Julis potenziell zukünftige Chefin war ihr vom ersten Moment an sympathisch. Dass sie die Gründerin und Vorsitzende der Geschäftsführung war, der Juli angehören sollte, war – so Eva – ausdrücklich irrelevant. Im Gegenteil, schon in den ersten fünf Minuten machte sie klar, dass sie eine echte Partnerin für die kleine, auf nachhaltige Events spezialisierte Agentur *The Green Way* suchte. Es folgten zwei Stunden, in denen Eva und Juli bereits in konkrete Projekte eintauchten, aufgeregt Chancen diskutierten, Ideen entwickelten. Juli fühlte sich so inspiriert wie lange nicht. Wie im Rausch war sie nach dem Gespräch über die Neue Schönhauser Straße getänzelt. Erst als sie ins Taxi gestiegen war und der Fahrer ihre Frage, wie lange es denn nach Kreuzberg dauern würde, mit einem unfreundlichen *Bin ich Gott?* beantwortete, war die positive Aufregung wieder in Unsicherheit umgeschlagen. Und je grauer die Häuser draußen wurden, je beschmierter die Fassaden, desto mehr fragte sich Juli, ob dieser Job – so reizvoll er auch war – wirklich Grund genug sein konnte, sich in die Ungewissheit dieser Großstadt aufzumachen.

Das Handy brummte.

> *Sorry, bin zu spät,*
> *beeil mich, freu mich so!*

> *Und ich mich erst.*

Julis Herz machte einen kleinen Hüpfer. Was für ein unglaubliches Glück, dass Luna gerade jetzt zurück in Berlin war – leider nur für ein paar Wochen, um ihre Zelte hier abzubrechen.

Das Taxi fuhr rechts ran. Juli zahlte, stieg aus und ließ den Blick schweifen. Kreuzberg war anders als Mitte. Eher so, wie sie sich Berlin vorgestellt hatte, faszinierend abstoßend und einladend zugleich. Ein authentischer Mix aus hässlichen Sechzigerfassaden, sanierten Prachtbauten, unerwartet saftigem Grün und lebendigem Kiez. Im uneitlen *Café Paula*, in dem sie Luna treffen würde, fläzten coole junge Frauen auf Bierbänken in der Sonne, die fahl durch die dichten Blätter der Kastanien lugte. Unschlüssig wartete Juli einen Moment. Schließlich fragte sie den Typen, der das Geschirr von den Tischen räumte, ob hier Selbstbedienung sei. Als er freundlich nickte, trat sie nach drinnen und reihte sich in die Schlange ein.

Sie fühlte sich deplatziert zwischen so viel schwarzen Leggins – allerdings nicht erst in diesem Laden. Schon beim Anblick der anderen Agenturmitarbeiter, einschließlich Eva, war ihr das Outfit, in das sie sich heute Morgen gezwängt hatte, wie die idiotischste Fehlentscheidung aller Zeiten vorgekommen. Nach Berlin im Kostüm? Gut, man konnte das jetzt nicht ändern.

»Juliiii!«, kreischte es plötzlich hinter ihr.

Sie fuhr herum, sah den leuchtend weißen Schopf in der Tür und ihr wurde warm.

»Luna!« Juli winkte, breitete dann theatralisch die Arme aus, weil ihr plötzlich nach großer Geste war. Sie umarmten sich, so gut es ging in der Enge. Juli schob Luna ein Stück von sich. »Uii«, quietschte sie hingerissen. »Darf ich?«

Luna streckte ihren Bauch vor und nickte grinsend, während Juli über die kleine Wölbung strich, von der nur Insider erkennen würden, das sie nicht auf zu gutes Essen zurückzuführen war.

»Wie geht's dir?«, sagte Juli, obwohl die Frage absolut überflüssig war, denn Luna sah aus, als würde sie sich ausschließlich von den Smoothies ernähren, die hinter der Theke unter anhaltend ohrenbetäubendem Lärm gemixt wurden. Ihr Gesicht strahlte rosig, gesund und deutlich rundlicher als noch vor ein paar Wochen, und ihr ansteckendes Lächeln verstärkte den Eindruck, dass Luna vor Glück ein paar Zentimeter über dem Boden schwebte.

»Gut«, sagte sie. »Megagut.«

Die Karte entsprach dem Publikum, alle sahen hier irgendwie aus, als kämen sie direkt aus dem Yogastudio nebenan. Juli bestellte eine Buddha-Bowl und einen grünen Saft, dann folgte sie Luna gut gelaunt zurück nach draußen. Luna plapperte sofort drauflos wie eh und je. *Wie lang bist du hier, bleibst du über Nacht, ziehst du echt nach Berlin? Jetzt, wo ich weggehe, nee oder, kann nicht sein …*

Juli nickte eifrig und antwortete, und irgendwann nahm sie Lunas Hand: »Stop mal. Jetzt erzähl endlich von dir!«

»Okay …« Luna glackste und raufte sich die Haare. »Wir sind mitten im Umzug. Aber *der Italiener* lässt seine schwangere Freundin keinen Strich tun.« Sie schlug die Hände vors Gesicht. »Übermorgen geht's los. Ich freu mich so. Auch wenn ich noch keinen Plan hab, was ich in Bologna überhaupt mache. Enzo will natürlich, dass ich mich fürs Kunststudium einschreibe.« Sie seufzte übertrieben, dann grinste sie verschmitzt. »Ich seh mich ja eher in einer Bar, hihi. Na ja«, sie zeigte auf ihren Bauch, »mal sehen, auf was der da Lust hat.«

»Ein Junge?« Juli quietschte wieder. »Oh Mann, Luna, ich kann es immer noch nicht fassen!«

»Frag mich mal.« Luna tätschelte wieder ihren Bauch.

»Aber seit ein paar Tagen macht der Kerl jede Nacht Party. Wahrscheinlich, damit ich ihn nicht vergesse.« Sie nahm einen Schluck Saft und lächelte mit grün verschmiertem Mund.

»Was sagen eigentlich deine Eltern?«, fragte Juli.

»Och, die sind so anstrengend. Wollen mich am liebsten bei sich unterbringen.« Luna rollte mit den Augen. »Sie sind total lieb. Aber ich brauch halt meine Freiheit.«

Juli fragte sich, wie Lunas Freiheitsdrang sich bei aller Verliebtheit wohl mit süditalienischen Genen vertragen würde, doch sie hielt den Mund.

»Ich bin ja echt froh, dass wir in Bologna sind«, fuhr Luna fort, als hätte sie mal wieder ihre Gedanken gelesen. »Gegen Enzos *Mamma* ist meine eine Rabenmutter. Sie macht sich die ganze Zeit Sorgen, dass ihr Sohn und ihr Enkel verhungern, so weit weg von ihrer Küche.« Luna zog eine Grimasse, dann wurde sie ernst. »Aber das ist mir alles egal.« Sie atmete aus. »Ich bin so verliebt, Juli.« Plötzlich schimmerte es in den grauen Augen. »Das macht mir echt Angst.«

Juli streichelte ihre Hand. »Hey, ihr seid ein Traumpaar.«

Luna zuckte mit den Schultern. »Ich weiß nicht.« Sie wischte sich mit der Hand über die Augen. »Scheiße, das sind die Hormone. Und jetzt kommst du auch noch nach Berlin!« Es klang, als sei Juli ein wirklich wichtiger Mensch in ihrem Leben. Und Juli fühlte das Gleiche. Sie hatten schließlich einiges miteinander erlebt. »Hey«, sagte sie, »ich komm Enzo Junior angucken, da kannst du Gift drauf nehmen. Und ob ich wirklich umziehe – keine Ahnung!«

Luna runzelte die Stirn. »War dein Bewerbungsgespräch nicht gut?«

Juli seufzte. »Es war perfekt.«

»Na dann«, Luna hob ihr Glas. »Willkommen in Berlin!«

Juli zog die Schultern hoch. »Ich hab auch Angst.«

»Wovor denn bitte?«

»Vor Berlin.«

»Hä?« Luna riss die Augen auf.

»Ich kenne doch niemanden hier. Und ich hab mein ganzes Leben in München verbracht. Ich kenne meinen Bäcker, meine Friseurin, meine Nachbarn. Wenn es nach mir gegangen wäre, wäre ich wahrscheinlich immer noch mit meinem ersten Freund zusammen.«

»Gehe ich recht in der Annahme, dass du dann jetzt mit Nick verheiratet wärst?«, sagte Luna trocken.

Juli grinste. »Nicht ganz. Aber du weißt schon, was ich meine ... Außerdem bin ich nach zehn Jahren Beziehung jetzt Single. Ehrlich gesagt«, sie senkte die Stimme, »zum ersten Mal in meinem Leben. Es war sonst immer eine Art Staffellauf, wenn du verstehst, was ich meine.« Sie seufzte. »Kannst du mir vielleicht zeigen, wie Tinder geht? ... Luna?«

Luna guckte an ihr vorbei in die parkenden Autos. »Oh, was?«

»Tinder! Kannst du mir dabei helfen, mich startklar zu machen?«

Luna lächelte verschmitzt. »Du willst daten? Na dann ...« Sie stierte wieder intensiv über Julis Schulter, dann hob sie die Hand.

Neugierig drehte Juli sich um ... und ihr Herz sackte auf den Sandboden.

Seinem Gesichtsausdruck nach zu urteilen, war auch er nicht informiert worden. Er blieb abrupt stehen. Zwei

Hipster drängten um ihn herum, während er Juli anstarrte wie einen Geist.

»Luna, was …?«, stammelte Juli.

»Überraschung!« Lunas Gesicht sprühte vor Begeisterung über ihren Coup. Sie klatschte in die Hände. Dann winkte sie aufgeregt. »Ruben, jetzt komm schon her!«

Juli hatte sich umgedreht. Paukenschläge hämmerten durch ihren Körper und jagten ihr Hitze bis hoch unter den Scheitel. Sie umfasste ihr Smoothieglas mit beiden Händen, suchte vergeblich nach ein bisschen Abkühlung.

»Ja, Moin«, sagte Ruben neben ihr und stützte sich mit noch gebräunten Armen auf den Kopf des Biertischs. »Hi Luna. Ich dachte, ich treffe dich und – Enzo.«

Sein Lachen klang so aufgesetzt, dass Juli der Saft hochkam. »Charmant wie eh und je«, murmelte sie, nahm allen Mut zusammen und sah ihm direkt in die Augen. Sie genoss das Entsetzen darin.

»Nein, Mist, ich …« Sein Adamsapfel verriet heftiges Schlucken, und er sah so verzweifelt aus, dass ihr Ärger schon verflog. Jetzt beugte er sich in ihre Richtung, und ihr Herz veranstaltete den nächsten Trommelwirbel.

»… bin einfach ziemlich überrascht«, murmelte er in ihr Ohr. »Hallo Juli.«

Sie spürte seine Wange erst links, dann rechts, während sie ihre Sinne beschwor, sich zurückzuziehen, um den Bildern der Erinnerungen die Farbe dieses unerwarteten Wiedersehens zu entziehen. Flach zu atmen, um ihre Nase vor seinem Duft zu schützen. Die Saftringe auf der Tischplatte zu studieren statt des weißen T-Shirts mit dem Champion-Logo. Hatte er nur dieses eine, verdammt? Juli fokussierte die Geräuschkulisse der umliegenden Tische, kämpfte verzweifelt gegen den Effekt seiner Stimme auf ihre sowieso schon zitternden Knie. Als er ansetzte, sich neben sie zu schieben und sie sein Lächeln im Augenwinkel wahrnahm, verschränkte sie ihre Arme vor der Brust.

»Bitte entschuldigt – ich konnte einfach nicht widerstehen«, trällerte Luna und strahlte wie ein Einhorn. Ihre Begeisterung war ihr noch nicht einmal zu verdenken: Sie hatte ja nicht den blassesten Schimmer. Juli wünschte sich, sie hätte ihrer Freundin irgendwann irgendwas erzählt – dann wäre sie jetzt nicht die Einzige am Tisch, die dieses Dinner für drei für eine grandiose Idee hielt.

»Ich dachte, wir zu dritt … Das wird es nicht so schnell wieder geben.« Luna schob die Unterlippe nach vorne. »Willst du dir was zu essen holen, Ruben? Enzo kommt mich übrigens später abholen, dann siehst du ihn auch noch.«

Ruben nickte, sprang wieder auf. »Okay. Ich geh mal kurz. Will noch jemand was?«

»Ein Wasser wäre super. Und kannst du mir noch eine Portion vom Crispy Tofu mitbringen?« Luna strahlte ihn an. »Danke!«

Juli schüttelte nur stumm den Kopf. Als Ruben im Café verschwunden war, entspannte sie sich für den Moment.

»Na, was sagst du?«, fragte Luna. »War das mal ne gute Idee?«

»Mmhm. Ihr beiden habt also Kontakt?«

»Wir waren ein paarmal Kaffee trinken. Ich mag ihn einfach.«

Juli nickte mechanisch.

Luna beugte sich nach vorne. »Er erzählt ja nicht so viel. Aber wenn ich ihn richtig verstanden habe, ist seine Frau wieder eingezogen. Gesehen hab ich sie allerdings noch nie.« Juli nickte immer noch und ließ ihr Lächeln einrasten.

Ruben kam zurück, und Luna begann mit Begeisterung die Story vom Trampen aufzurollen. Anschließend erzählte sie Ruben von Julis neuem Interesse an Tinder, und schließlich fragte sie, wie es denn jetzt bei ihm zu Hause liefe.

»Wir grooven uns ganz gut ein«, antwortete er.

Juli zog die Mundwinkel noch ein Stück weiter auseinander. Sie pickte in Lunas Tofu und tat, als sei es der netteste Nachmittag seit Langem. Sie musste nur mitspielen, dann würden die Details, die in Lunas Version der Reise fehlten, irgendwann auch in ihrem Gedächtnis verblassen. Sie würde einfach vergessen, dass sie einmal geglaubt hatte, der Mann neben ihr könnte für sie mehr werden als eine nette Bekanntschaft – für den Wimpernschlag eines schwülwarmen Abends in der Stadt von Romeo und Julia. R & J – wer hätte da nicht Fantasien entwickelt? Hirngespinste, die aus dem Ende eines Urlaubs den Anfang von – was auch immer ersonnen hatten. Doch sie waren zurückgekehrt. Ruben zu Frau und Kind. Juli zu Basti. Bei den einen klappte es mit der Versöhnung, bei anderen eben nicht.

Und im echten Leben saßen sie nebeneinander wie Fremde, die nur von Lunas Enthusiasmus daran gehindert wurden, Reißaus zu nehmen vor der Anspannung, die zwischen ihnen herrschte.

*

Enzo brachte Ablenkung, als er irgendwann mit Amy an seiner Seite zu ihnen stieß. Luna ließ den Kopf an seine Schulter sinken und er seine Hand auf ihren Bauch und über die Freude an der echten Romanze am Tisch gelang es Juli, zumindest die letzten Stunden dieses Treffens ein wenig zu genießen. Als Enzo irgendwann zum Aufbruch drängte, weil noch einiges zu packen war, musste sie dennoch achtgeben, dass man ihr die Erleichterung nicht anmerkte. Sie umarmte die beiden Turteltauben innig und Ruben etwas kürzer, brabbelte etwas Melancholisches in Richtung *Wir sehen uns irgendwie, irgendwann* zum Abschied und flüchtete flugs unter die Kastanien, damit niemand auf die Idee kam, sie auf ihrem Fußweg ins Hotel begleiten zu wollen.

Eva hatte ihr empfohlen, unbedingt ein Bier im *Badeschiff* auf der Spree zu trinken. Ganz alleine? Nach diesem Tag? Beim besten Willen nicht. Lieber befreite sich Juli endlich von ihrem unbequemen Outfit und dem Korsett der guten Miene zum Wir-können-Freunde-sein-Spiel. Kaum im Hotel angekommen, schmiss sie sich in die Jogginghose, dann aufs Hotelbett und wischte durch das Serienangebot ihrer Streaming-App.

Das Handy surrte, als gerade der Vorspann begann. Eine unbekannte Nummer. Juli zögerte, dann drückte sie den grünen Knopf. »Ja?«

»Juli?«

Sie saß plötzlich kerzengerade. »Woher hast du meine Nummer?«

»Von Luna.«

Schweigen. Typisch. Juli spürte nicht den geringsten Drang, ihm zu helfen.

»Hast du heute Abend was vor?«, sagte er schließlich.

Sie lachte auf. »Wie meinst du das? *Heute Abend*? Es ist zehn nach zehn. Ich liege abgeschminkt im Bett. Nein, Ruben, ich habe heute nichts mehr vor.«

»Hättest du Lust, mit mir spazieren zu gehen?«

Jetzt verschlug es ihr die Sprache.

»Juli? Bist du noch da?«

»Ja. Ich meine, nein. Wieso sollte ich? Es ist spät, und mein Zug geht morgen um halb sieben.«

»Du fährst Zug?«

»Ja. Ich mag keine Flugzeuge.«

»Ich würde gerne mit dir reden.«

Sie schluckte, ignorierte ihr Herz, das begann eine italienische Schnulze zu singen. »Wieso, wir haben doch vorhin …« *Was zum Teufel …?*

»Allein«, unterbrach Ruben und brachte ihr Herz damit endgültig in völlig unangebrachte Urlaubsstimmung.

»Ich weiß nicht«, sagte Juli. Sie war inzwischen ins Bad gelaufen und hatte kopflos begonnen, sich die Wimpern zu tuschen. »Ich bin heute echt genug durch Berlin gekurvt.«

Er schwieg – mal wieder, räusperte sich. »Ich stehe hier unten.«

»Oh.«

»Also, kommst du?«

Er wandte ihr den Rücken zu, als sie aus dem Fahrstuhl trat. Juli nutzte den Moment, um sich zu sammeln. Sie betrachtete ihn, zum ersten Mal heute ohne Scheu. Weißes T-Shirt,

Jeans – wie konnte jemand in so konsequent unaufgeregten Klamotten so konsequent aufregend aussehen? Sie erinnerte sich an ihren ersten Gedanken, als er damals aus seinem Wagen gestiegen war: *Ach du Sch****. Auch daran hatte sich nichts verändert.

Er sah auf, lächelte schief und steckte das Handy in die Hosentasche. Während er auf sie zukam, bemühte sie sich, ihr Atmen in den Griff zu bekommen. »Also?«, warf sie ihm so ruppig wie möglich entgegen.

»Schicker Trainingsanzug! Also – gehen wir ein Stück?«

Schon als er ihr die Tür aufhielt und dabei den Arm unbewusst um ihre Schultern legte, ahnte sie, dass sie sich für Netflix hätte entscheiden sollen.

Draußen lief er einfach los, die Spree entlang, in großen Schritten.

»Hast du's eilig?«, fragte Juli.

Er bremste ab, atmete aus. »Sorry.« Er sah sie von der Seite an, lächelte. Wie sollte sich ihr Herz so beruhigen? Sie riss sich los, richtete ihre Aufmerksamkeit bewusst auf die Umgebung. Höchste Zeit, dem Viertel endlich Beachtung zu schenken. Sie hätte gedacht, dass diese kahle Gegend leer gefegt sein würde um diese Uhrzeit. Doch das Gegenteil war der Fall, das Ufer der Spree war bevölkert wie der Englische Garten an den ersten Frühlingstagen. Nachtgestalten saßen in Gruppen auf dem grauen Rasen oder flanierten mit Flaschen in der Hand, gemischt mit staunenden Touristen im Licht der fahlen Beleuchtung entlang der Mauergraffitis. Faszinierend war es hier, ultracool und geschichtsträchtig – eigentlich alles andere als romantisch. Doch als Juli für einen Moment das Treiben um sie herum ausblendete, fühlte sie sich von Rubens purer, wortloser Präsenz neben ihr überwältigt wie am Strand in Apulien. Besser, die Realität wieder einzublenden. »Und?«, sagte sie. »Was wolltest du mit mir besprechen?«

»Stimmt.« Er lachte. Blieb stehen und sah ihr in die Augen. »Ich wollte einfach wissen, wie es dir geht.«

»Mir? Gut.« *Haben wir das nicht vorhin schon ausführlich besprochen?*

Sein Blick durchbohrte sie. Sie musste etwas dagegen tun. Lief wieder los. Nebeneinanderlaufen half. Man musste sich nicht bemühen, den anderen nicht anzusehen. »Wirklich, alles gut. Stell dir vor, ich war noch nie richtig Single. In fünfunddreißig Jahren noch nie unabhängig.« Sie lachte ins dunkle Wasser. »Ich würde es gerade nicht anders wollen.«

»Das klingt wirklich gut«, sagte Ruben. »Freut mich für dich.«

Juli hoffte, dass sich die Geschichte irgendwann nicht mehr nur gut anhören, sondern auch anfühlen würde. »Und bei dir?«, fragte sie mutig. »Luna sagt, deine Tochter hat alles gut überstanden?«

»Ja«, er lachte erleichtert. »Sie hatte einen riesigen Schutzengel.«

»Gott sei Dank.« Juli holte tief Luft. *Go for it!* »Und deine Frau?«, fragte sie mit fester Stimme.

Ruben blieb stehen.

»Luna hat mir erzählt, dass ihr zusammen seid.«

»Luna liegt falsch.« Seine Stimme klang plötzlich scharf. »Wir sind nicht *zusammen*. Eine Zeit lang hat Alex bei uns gewohnt. Wegen Matildas Unfall. Aber letzte Woche ist sie ausgezogen.« So musste es klingen, wenn er seinen

Patienten die reinen Fakten einer Krankheit erklärte. »Was ich dir eigentlich sagen wollte: Es tut mir leid, wie es gelaufen ist in Verona.« Er klang immer noch wie Dr. Werner, der eine Patientin auf die Herz-OP vorbereitet. »Ich habe mich nicht bei dir entschuldigt und das wollte ich unbedingt nachholen.« Er sah sie an, und seine Augen sagten etwas anderes, als seine Sachlichkeit vermuten ließ.

Bilde dir nichts ein! »Alles okay«, sagte Juli. »War doch ein schöner Urlaubsabschluss.« Sie strich sich die Haare aus dem Gesicht und warf einen neckischen Ich-bin-Single-und-steh-auf-One-Night-Stands-Blick in die Nacht.

Er erwiderte ihn nicht. »Ja. Das war es. Sehr schön«, murmelte er in Richtung Spree.

»Du, ich muss morgen wirklich früh raus.«

»Ja, sicher. Also zurück?«

Sie nickte und drehte um.

Auf dem Rückweg fragte Juli nach der Geschichte der *East Side Gallery*. Er wirkte dankbar über ein Gesprächsthema, erzählte angeregt, und sie lachten, und hätte Julis Herz nicht gebrannt wie Feuer, es hätte sich wie der Beginn einer Freundschaft anfühlen können.

*

Der Sommerregen trommelte auf das riesige Glasdach des Berliner Hauptbahnhofs. Juli suchte fröstelnd nach ihrem Gleis. Der ICE nach München stand schon bereit. Müde Reisende warteten auf Einlass. Und auch Juli konnte es nicht erwarten, in den gepolsterten Zugsessel zu fallen und diese aufwühlende Stippvisite mit den Kilometern hinter sich zu lassen. Als das Handy sie vorhin geweckt hatte, war sie gerade mit betonschweren Beinen über die noch intakte Berliner Mauer geklettert. Die Traumflucht saß ihr in allen Knochen. Es wäre besser gewesen, gar nicht zu schlafen.

Nachdem Ruben gegangen war, hatte sie sich hellwach im Sessel am Fenster zusammengerollt. Mit wunderschönem Blick auf die nächtliche Spree den Tag Revue passieren lassen, wieder und wieder. Am liebsten hätte sie die unpassenden Stellen heraus- und aus den vielversprechenden das Video ihres Neuanfangs zusammengeschnitten. Doch kaum, dass sie begann, sich das großartige *Abenteuer Berlin* so detailliert wie möglich auszumalen, war sie überrollt worden von überfordernden Gefühlen.

Warum war Ruben noch einmal gekommen? Hätte er sie nicht einfach in Ruhe lassen können? Nein, denn da war ja noch ein schlechtes Gewissen zu beruhigen. Jetzt konnte Dr. Saubermann sicher bestens schlafen, weil er nicht länger das Arschloch dieser Sommeraffäre war. Je intensiver sie darüber nachgedacht hatte, desto wütender war sie geworden. Statt zur Ruhe zu kommen, war sie kurz davor gewesen, ihn anzurufen, um ihm zu sagen, dass er sich seine Entschuldigung sonst wo hinstecken sollte. Von wegen *daten*. Sie hatte definitiv die Nase voll von Männern. Und Berlin – sie hatte es versucht. Und sie verstand jetzt, was die Menschen meinten, wenn sie von dieser Stadt schwärmten. Sie hatte den Reiz des Unbekannten gespürt. Sie spürte ihn immer noch, irgendwo tief unter ihrem dringenden Wunsch, in die Routine zurückzukehren. Die Anziehungskraft des Unperfekten, die Sehnsucht nach Veränderung. Doch sie war einfach nicht mutig genug. Sie hatte ja noch nicht einmal ein Tattoo. Gleich im Zug würde sie Eva ihre Absage schreiben: … *danke für die wunderbare Chance, aber ich bin noch nicht soweit …*

Ein hydraulisches Schnaufen kündigte das Öffnen der Türen an. Juli schnappte sich ihren Koffer. Ein Mann im Anzug drängte sich vor ihr an die Tür, riss sie auf und drehte sich dann zu ihr. »Bitte nach Ihnen.«

»Juli!«

Sie starrte den Typen an, der nicht verstand.

»Ähm, steigen Sie ein?«

Juli hörte ihn kaum, drehte sich langsam um in die Richtung, aus der das Rufen gekommen war.

»Juli!« Er kam den Bahnsteig heruntergerannt, mit wehendem Regenmantel. Als ihre Blicke sich begegneten, bremste er ab, schnaufte sichtbar aus. Die Ringe unter seinen Augen konnten mit ihren konkurrieren. Er kam zu ihr, hielt ihr einen Becher *Einstein Kaffee* entgegen. »Für die Fahrt.«

»Danke.« Juli kniff die Augen zusammen. »Ruben, was willst du hier?«

Und dann spürte sie seine Hand in ihrer Taille. Er zog sie an sich, so plötzlich, dass ihr der Becher fast aus der Hand fiel. Seine Lippen waren warm und rau und sehr sanft.

Gleich löste er sich wieder, strich ihr zärtlich die Haare aus dem Gesicht, lächelte, bis sein Mund sie erneut fand. Diesmal insistierte er, und sie gab auf. Sie war zu müde, zu verwirrt, zu verdammt verliebt in diesen Mann. Als sie seinen Kuss erwiderte, zog er sie noch näher.

»Entschuldige«, flüsterte er in ihre Lippen. »Ich wollte das schon gestern tun.« Sein Mund spazierte zu ihrem Ohr, schickte Schauer über ihren Nacken und kreuz und quer durch ihren Körper.

Sie seufzte, versuchte kraftlos, sich zu wehren.

»Ich brauche manchmal etwas länger.« Er hielt sie einfach fest. »Und ich bin verdammt schlecht mit Worten.«

Juli wurde schwindlig. Endlich schaffte sie es, sich von ihm zu lösen. Er sah ihr in die Augen. Er würde dort lesen, was sie für ihn empfand, und sie hatte keine Lust mehr, es zu leugnen – genauso wenig wie noch länger zu hoffen, dass das, was sie in seinen sah, irgendetwas bedeutete.

»Ich habe eine Tochter«, sagte er. »Und manchmal muss ich Nachtschichten machen. Aber das weißt du ja. Und ich weiß, dass du im Moment lieber Single bleiben möchtest.«

An Gleis zwanzig bitte einsteigen …

Ruben holte hörbar Luft. »Trotzdem wollte ich dich fragen …«

Juli rieb sich die Arme.

»Ich wollte dich *bitten*, Berlin eine Chance zu geben.« Er schluckte. »Und mir«, setzte er hinzu. »Denn alles andere wäre der reinste Wahnsinn.«

Er hatte die Hände in die Manteltaschen gesteckt. Für einen winzigen Moment kostete Juli seine Unsicherheit aus, obwohl es sie Kraft kostete, dem Wunsch, ihn zu küssen, auch nur eine Sekunde länger zu widerstehen. Schließlich gab sie auf. Sie legte die Arme um seinen Hals und zog ihn zu sich.

»Nu, wollense da noch mit?« Der Schaffner stand kaum einen halben Meter neben ihnen und gaffte womöglich schon eine ganze Weile.

»Komme!« Juli löste sich entschlossen. Sie griff nach dem

Koffer und stieg in den Wagen. Ihre Beine fühlten sich so leicht an, als hätte sie Sprungfedern unter den Sandalen.

»Also?«

Sie musste lachen über Rubens verzweifeltes Gesicht und wäre am liebsten zurück in seine Arme gesprungen. »Ich denke darüber nach«, sagte sie und nickte dabei.

EPILOG

Juli

Kein einziges Wölkchen trübte den azurblauen Märzhimmel und an den Stellen, wo die Sonne den Sandstein erwärmte, hatten sich die Gäste bereits ihrer Jacketts und Stolas entledigt.

Dabei war Lunas dringender Wunsch, Baby Ricos Taufe anstatt in einer traditionellen Trattoria in der *Cactus Bar* zu feiern, durchaus riskant gewesen, denn die einzige Möglichkeit, Enzos Großfamilie an einer langen Tafel unterzubringen, war draußen unter der Markise. Hätte das Wetter nicht mitgespielt, hätte man nicht einmal in den Salon ausweichen können, weil Elena im Hotel seit dem Winter die dringend notwendigen Renovierungsarbeiten durchführte.

Gleich nach ihrer Ankunft in San Vincente hatte Juli mit eigenen Augen gesehen, was Nick schon am Telefon angedeutet hatte: Er hatte seine Chance bekommen. Und es schien, als hätte er sie nicht vertan – Elena wirkte völlig verändert. Laut Nicks Erzählung ließ sie sich beim Umbau des Hotels zwar nur da unterstützen, wo es unbedingt nötig war, und auch das heutige Event lag fest in ihrer Hand. Doch während sie zwischen Küche und Piazza hin- und herpeste und Anweisungen an ihr Personal gezielt wie Tennisbälle platzierte, strahlte ihr schönes Gesicht mit der Sonne um die Wette. Und Juli, die ihrer Freundin so gut es ging zur Seite stand, entging der ungewohnt zärtliche Blick nicht, mit dem Elena Nicks unverhohlen verknalltes Lächeln hier und da erwiderte.

Der Tag hätte perfekter nicht sein können. San Vincente lag im sonnigen Winterschlaf, und so teilten die Taufgäste die Piazza nur mit Einheimischen. Von ihren Stammplätzen auf den Bänken rund um den Kirchplatz hatten ein paar Nachbarn und Fischer das Geschehen vor dem Hotel neugierig verfolgt. Enzos Einladung zu einem Stück der überdimensionalen, mit weißer Schokolade überzogenen Eistorte waren sie zuerst nur skeptisch gefolgt. Doch inzwischen waren sie die letzten, die neben Mamma Zampieri noch an der Tafel saßen. Sie beobachteten nun von hier aus die Piazza und nippten dabei nicht am ersten Glas Limoncello.

Und es gab heute wahrlich etwas zu gucken vor der Kirche: Nick hatte es nicht nur irgendwie geschafft, zwei Boxen mit Clubdimensionen und ein DJ-Pult zu organisieren, sondern auch die Einwilligung der Kommune. Die hübsche Bedienung der Gelateria Zampieri, die sich als Enzos Schwester entpuppt hatte, machte mit ihren Freundinnen den Anfang und eröffnete mit den Pumps in der Hand die Tanzfläche zu Nicks wildem Mix aus italienischen Klassikern und Clubsound. Es hatte kaum zwei Songs gedauert, bis Freunde, Geschwister und Großeltern folgten – die ganze bunte Generationen-Mischung.

Juli hatte sich einen Barhocker neben den DJ und sein Pult gerückt. Sie hielt die Nase in die Sonne, doch die Augen weit offen – auf einen einzigen Tänzer gerichtet, der sich an den Händen seiner Tochter so unglaublich sexy bewegte, dass Julis Herz schneller schlug als die Beats. Sollte sie sich nicht langsam an seinen Anblick gewöhnen? Irgendwann nicht mehr das Atmen vergessen, nur weil er sie anlächelte? Vielleicht lag es heute auch daran, dass sie ihren Freund noch nie im Anzug gesehen hatte. Es sollte ja Frauen geben, die auf Arztkittel standen ... Sie allerdings war schon immer eher Team Bond als Dr. Dreamy gewesen. Und in diesem schneeweißen Hemd zu Nachtblau – einen Hauch dunkler noch als seine Augen – ließ Ruben all die herausgeputzten Italiener wie Anfänger aussehen. Es fiel Juli schwer, ihn auch nur für einen Moment seiner süßen Tochter zu überlassen.

Als er den Kopf in ihre Richtung drehte und die Sonnenbrille in die Haare schob, ging ihr Herz *woooosh* hoch wie eine Sylvesterrakete. Immer noch. Sein Lächeln verriet ihr, dass er auch auf die Entfernung ihre Gedanken lesen konnte. Es war ihr nicht mehr peinlich – eher die Frage, die seine funkelnden Augen stellten. Sie schluckte, zupfte das Dekolleté ihres roten Kleids zurecht, das vielleicht ein bisschen gewagt war für eine Taufe. Ruben schielte zum Himmel, und sie lachten beide.

»Was ist so lustig?«, fragte Nick neben ihr, der ein Ohr vom Kopfhörer befreit hatte.

Juli konnte nicht antworten. Sie war gerade dabei, ihrem Freund den Hosengürtel zu öffnen – in Gedanken, weil das auf dieser Reise die einzige Möglichkeit war, schließlich teilte sie das Bett mit Matilda. Ruben war auf Nicks Sofa untergebracht, und in Nicks zweitem Gästezimmer wohnten Lunas Eltern. Juli lachte, als Ruben ein paar sinnliche Hüftschwünge machte.

»Sag schon, was gibt's zu lachen?«, insistierte Nick.

»Nichts. Ich bin nur verliebt.«

»Ach, wirklich?« Nick grinste auf seine Displays. »Das ist mir total neu.« Er drehte an seinen Reglern, verlangsamte den Beat und blendete schließlich über in einen sanft sonnigen Rhythmus. Die Tänzer jubeln, als *Jovanotti* begann, seine Liebesserenade zu rappen.

Juli strahlte Nick an. »Dieser Song ... dass du den wieder ausgegraben hast!«

Nick machte eine kleine Verbeugung. »Auf besonderen Wunsch.«

»Was meinst du?«, fragte Juli.

Er nickte in Richtung Tanzfläche, wo Ruben Matilda etwas ins Ohr flüsterte.

»Ruben hat mal gesagt, dass er sich bei *Serenata Rap* in dich verliebt hat.«

Juli starrte ihn verständnislos an.

»Unser erster Abend? In meinem Haus? Amarone, Musik ... Erinnerst du dich dunkel?«

Juli boxte ihn an den Arm. »Aber Ruben hat doch gar nicht getanzt an dem Abend ...«

»Nö. Aber du! Worauf wartest du noch?«

Auf der Piazza hüpfte Matilda in Richtung Luna, die selig lächelnd mit Rico im Arm neben Enzo auf den Stufen von San Vincente saß. Amy lief Matilda schwanzwedelnd entgegen, und die richtete ihrer neuen besten Freundin das verrutschte weiße Tuch um den Hals.

Ruben tanzte allein. Als Juli aufsprang, lächelte er, und sie verfluchte ihre hohen Hacken. Dann war er bei ihr und zog sie mit zu den anderen Tanzenden. Er legte ihre Hände um seinen Nacken und seine an ihren Rücken. Sie ließ ihre Stirn an seine Brust sinken, genoss seinen vertrauten Duft und begann, sich mit ihm zu bewegen. Seine Hände rutschen ein ganzes Stück tiefer, und mit einem unmerklichen Ruck zog er sie näher. Seine Lippen suchten ihre.

»Matilda kann uns sehen«, murmelte Juli, während sie nach Luft schnappte, weil sie sich immer noch nicht gewöhnt hatte an seine Art, sie zu küssen.

»Ich weiß«, antwortete er und machte einfach weiter.

Danke!

Dieses Buch ist meiner Schwester gewidmet. Ohne dich Nani hätte ich irgendwann sehr mutig alles in den Müll geschmissen. Du weißt, dass es mir bitterernst war. Doch dann kam diese Sprachnachricht – und plötzlich fühlte sich alles leicht an. Miss youuu.

Ich kann es gar nicht oft genug sagen: Schreiben ist ein Dschungel der Gefühle. Allein würde ich mich darin hoffnungslos verirren. Danke an euch alle, die ihr mir immer genau die Unterstützung schenkt, die ich gerade brauche.

Danke Doro für dein untrügliches Geschichtengespür – und mentales Coaching ohne Ende. Danke Laura, für viel Geduld und das perfekte (italienische!) Cover. Danke Ruth fürs Korrigieren. Und danke Steffi, die du mir wieder gute Laune und ein wunderschönes Innendesign im High-Speed-Modus gezaubert hast.

Danke Robi und Tim für besondere Liebe in besonderen Zeiten. Danke Mami, dafür dass dich jedes meiner Bücher auch noch beim fünften Lesen begeistert.

Grazie mille Nico per l'italiano corretto. Sono felice di conoscerti.

Danke! mit Ausrufezeichen an meine Bloggerinnen. Es ist immer wieder eine riesige Freude mit euch! Und die Worte, die ihr für meine Geschichten findet, treiben mir oft die Tränen in die Augen.

Das Wichtigste zum Schluss: Danke liebe Leserin, dass du meine Geschichten liest. Ich hoffe, diese konnte dir in schwierigen Zeiten ein paar schöne Stunden bescheren!

Dein Feedback ist wahnsinnig wichtig für mich – so wie für alle Autoren. Vielleicht hast du ja Lust, eine Rezension auf Amazon oder einer anderen Buchplattform zu hinterlassen. Selbst wenn sie nur aus einem Satz besteht, unterstützt du mich damit sehr, und hilfst mir, mein Buch auch für andere Leserinnen bekannt zu machen. Hättest du ein paar Minuten Zeit dafür? Danke von Herzen!

Bleiben wir in Kontakt!

Wenn du mehr über meine Bücher und mich erfahren möchtest, findest du mich in den sozialen Netzwerken:

auf Instagram:	@majaover
auf Facebook:	Maja Overbeck Autorin
im Web:	majaoverbeck.de

Auf meiner Website kannst du meinen Newsletter abonnieren: majaoverbeck.de/newsletter

Ungefähr einmal im Monat schreibe ich dir darin über das, was mich gerade bewegt: Wo ich mit meiner neuen Geschichte stehe, was ich lese, welche Musik ich höre usw. Außerdem bekommst du kostenlose Leseproben, kannst an Gewinnspielen teilnehmen oder über ein neues Cover abstimmen.

Soundtrack

Hast du Lust auf noch mehr Urlaubsstimmung?

Hier sind Julis, Rubens, Lunas und Nicks Songs:

1. *We Are The People* – Empire of the Sun
2. *Feel Better* – Say Yes Dog
3. *Swear Like a Sailor* – Tep No
4. *Catania* – Agantino Romero, Conrow
5. *Sugar* – Robin Schulz (feat. Francesco Yates)
6. *Tonight Tonight* – Celeste
7. *Sirens, Extended Version* – Monolink
8. *Feels Right* – Roosevelt
9. *Golden* – Harry Styles
10. *Closer Still* – TENDER
11. *Holding on to Summer* – Pool
12. *Berlin an der Spree* – Emilio
13. *Serenata Rap* – Jovanotti

Zur Playlist auf Spotify
https://spoti.fi/3axwBbq

„Wenn du vor der Liebe flüchtest und mitten hineinstürmst. "

Eine romantische und humorvolle Liebesgeschichte über
einen Neuanfang, der sich nicht nur dank Nordseewind stürmischer
entwickelt als geplant.

ISBN 978-3947738922

www.kampenwand-verlag.de

Hat dir das Buch gefallen?

Ich freue mich sehr, dass du mein Buch gelesen hast.
Wenn es dir gefallen hat, wäre es toll, wenn du ihm
bei dem Online-Shop eine Bewertung gibst,
bei dem du bestellt hast. Oder du schreibst bei einem
deiner Lieblings-Buchportale eine Rezension.

Ich freue mich nicht nur sehr darüber, Meinungen zu meinem
Buch zu lesen, es hilft mir auch dabei, weitere Geschichten
zu schreiben und neue Leser für meine Bücher zu finden.

Vielen Dank für deine Unterstützung!

KAMPENWAND
VERLAG